JN253275

研究叢書67

モダニズムを俯瞰する

中央大学人文科学研究所 編

中央大学出版部

まえがき――モダニズムという語との格闘

本書は、中央大学人文科学研究所「モダニズム研究」チームの五年間（二〇一三年度～二〇一七年度）にわたる活動の研究成果である。

外国語文学研究の場合、どうしても言語ごとに研究枠が設定されてしまい、よほど横断的な意図をもたないかぎり、他の外国語や他の学問分野の研究者との学術的交流は難しい。本研究所においては、研究テーマを自由に設定し、学内外を問わず有志の研究員を募り、チーム、すなわち公式な研究会を作ることができる。かねてより、他外国語・他分野の研究者との交流を熱望していたわたしたちは、この仕組みを活用しチームを立ち上げたのである。

中心メンバーは近現代文学を専門としている点では一致していたが、そもそも専門とする言語が異なっていた。この際、いかなる主題が研究会としてふさわしいのか議論をしたうえで、おずおずと「モダニズム研究」という名称をつけたのである。おずおずとチームを発足させたのは他でもない、モダニズムを主題として研究成果をまとめた研究チームはすでに本研究所にも存在したし[1]、「二十世紀初頭の欧米および日本における〈モダニズム〉運動の総合的研究」を行った濱田明を中心として集まった総勢四〇人近くとなる「モダニズム研究会」が大きな成果を残していたからである[2]。ここにその重要性においてはひけをとらない個々の研究者の成果や翻訳が加わってくる。研究蓄積の豊かさはすでに飽和状態にあったと言っても過言ではあるまい。

それから一〇年近くたったが、わたしたちは次のように研究目的を設定した。

一九世紀後半から二〇世紀前半にかけての一世紀間に近代化をなしとげた西洋諸国は、国際的な政治関係や軍事活動、諸国内の社会体制、都市居住者を中心とした人々の生活の在り様など、さまざまな面で激的な変化を経験する。これと歩調を合わせるように芸術面でも新しい動きが各地で生まれることになるが、それはさしあたりモダニズムと呼ぶことができるであろう。こうした芸術の革新は、通信技術の発達、西洋諸国の覇権拡大を背景として、即座に世界各地へと伝わった。本研究では、この近代性と革新性を意識したモダニズム運動の様態を、ヨーロッパ、ラテンアメリカ、アジアなど、世界各地の詩人・作家たちの作品を分析することで明らかにしていきたい。

わたしたちは、モダンという語を歴史的区分としての近代という意味でとらえ、その時期に現出した文化的な事象を対象としたのである。そして、いま現在の生活様式と直接的に接続すると考えられる近代の時代を特徴付ける文化的側面を、さしあたりモダニズムとみなすことにしたのである。しかも、近代という時代に関心を持っているという点では一致しているメンバーが言語を横断して研究交流をする際に、すでに多義性をはらんだモダニズムという語が、各自の研究対象を並列したときの混淆的状態を表現するのにもっとも便利な語のひとつであることは疑いようのないことだった。なによりも、先行研究の成果が積み上がるほど、「歴史学上のいわゆるモダン〔＝近代〕の時代枠に入るという共通点以外に活動理念や思想傾向において特筆すべき共通性はほとんどない」とモダニズム研究会の濱田明が述べるように、モダニズムという語のもつ幅広さ、問題の複雑さが鮮明になるばかりである。こうした問題の複雑化に、わたしたちの研究成果が加わることによってさらに問題を豊かにできるのではないかというのが、この研究会発足の、後から考えるところの動機だった。

とはいえ、こうしてモダニズムを研究するという名目で集まっているというのに、モダニズムという語が指す対象が、国・地域によって歴史的背景が異なり、そして分野や言語によって研究アプローチも微妙に異なるゆえに、個々の認識の違いはますます浮き彫りになり、モダニズムの意味は拡散し、その濃度は希薄化することになる。はたしてこれは、モダニズムとみなされる諸芸術活動を俯瞰するという枠組みがはらむ遠心性の力学によるものなのか、それとも分野横断的研究会がそもそももっている性質によるものなのかはわからない。こうした問いに意味があるのかどうかすら定かではないものの、研究を広義のモダニズムという語でくくることがもたらす帰結のひとつであったことはたしかである。

近代に展開されたさまざまな芸術実践を、ひとつの定義を手がかりに作家や作品を選り抜きまとめていくほど不自由なことはないし（そこからこぼれるものがいくらでもあるからだ）、たとえモダニズムの多くが同時多発的に発生しているからといってモダニズムの運動をデュルケームのいう個人を超越した社会的事象として扱うことにもためらいがある。こうしたためらいを一言でいえば、モダニズムという語への距離ということになろう。この距離ははじめからあったというよりも研究会の活発な議論を通して生まれてきたものである。たとえば研究会の場で交わされた議論において、同時代においてもモダニズムと呼ぶにふさわしくなかろうと思われる芸術実践があるはずだという異論があったからである。彼らが近代の時代を共有していようと、斬新さ、革新、変化、進化、否定、断絶といったことを必ずしも目指しているわけではないし、たとえそうだとしても解釈する際にモダニズムとしてくくるわけにはいかないという、モダニズム万能主義への反発とでもいえる反応である。わたしたちが出発点でゆるやかに共有した同時代性という共通点も、議論が微細に入るにしたがって、イズムという接尾語のはらむイデオロギーの問題と直面することになったのである。この場合のイズムとは、その当時に氾濫した芸術運動群の「主義」という意味ではなく、むしろわたしたちが「モダニズム研究」チームという枠組みで、近代の芸術を語りたいという臆見のことである。個々の研究が深化するほどに、モダニズムという語は足かせにもなる。なるほどこの語は、もはやマジックワードではなくなってしまったのである。

しかしだからこそ、あえて俯瞰するという態度があってもよいのではないか。モダニズムとみなされる運動を分析するのでも、モダニズムから離れる実践を分析するのでもよいのではないか。また、どのように受けいれられていくのかという受容の問題を俎上にあげるのでも、あるいはいったんモダニズムの枠組みを離れてある主題からアプローチするのでもよいのではないか。

いまわたしたちが生きている時代から少しさかのぼった一九世紀後半から二〇世紀の半ばごろまでの時代の芸術実践を、各々が実証的に分析したものの集積が本書であるが、わたしたち執筆者は可能な限り主観を排しつつも、地域に、言語に、作家に密着して分析することを余儀なくされてもいる。いきおい各論考にみられるモダニズムの定義、そしてモダニズムに対する距離感はそれぞれ異なることとなり、このことはまぎれもない事実である。わたしたちは書くときには努めて対象に対して距離をとろうとしているけれども、対象に密着していることも事実である。俯瞰できるのは、読者として本書全体を読む段になってからであって、そのときあらためて他者の距離感を見定めながら自らの立ち位置を計測するのである。場合によってはモダニズムの認識の修正を迫られることがあるかもしれないが、それはその認識が未完成だからというわけではなく、むしろモダニズムとどう向き合うか、それに応じて対象をどう切り取るかという選択肢がいくらでもあるからである。その自由は、わたしたちに選択を強い、ときには孤立させ不安に陥れるのだ。

執筆者のひとりの言葉を借りるなら「メガシティのように巨大な概念」であるところのモダニズムは、巨大であるだけにできるだけ遠くから俯瞰しなくてはその全貌をとらえることはできないであろう。しかし、遠くから見るだけでは、個々の要素を把握することはできない。一方で、個々の要素を観察しようとすれば、全貌をとらえることをあきらめなくてはならない。この両方のパースペクティヴをもって対象と対峙することを、モダニズムという語はわたしたちに強いる。遠くからズームインするにせよ、近くからズームアウトするにせよ、いずれにしてもこのような作業を個々に強いるのである。

ここに掲載するのは、対象もアプローチも異なるさまざまな研究の成果である。それは個々でみればいずれも毛色の異なるものであり、いわば遠くから眺めたら像が見えるステンドグラスの小片でしかないだろう。モダニズムの芸術実践は多様であるけれども、それに呼応するかのようにモダニズム研究もだれもが納得できるような強固な構造を獲得しているわけではない。むしろ、それに抗うような思いが蠢いている地帯だ。このような含みを込めて、本書を『モダニズムを俯瞰する』と名づけたのである。だれが俯瞰するのか、あるいは俯瞰できているのか、そのモダニズムは同じ像を結ぶことが想定されているのか、これらの疑問の答えは徹頭徹尾、曖昧なままではあるが、少なくとも本書はわたしたち研究チームがモダニズムという語と格闘してきた軌跡だということをここに記しておきたい。

この五年間のチームの活動は、年数回開催される研究発表会が中心であった（巻末の研究活動記録を参照されたい）。自身の研究言語・領域であれば研究者同士の交流は比較的容易であるが、それが異分野との交流となるとなかなか簡単にはいかないだろう。それでも紹介に紹介を重ね、多様な研究者をゲストにお迎えし、刺激的な研究活動を広げることができたのは喜ばしいことであった。他分野の研究者との交流は研究者にとって必要な要素ではあるが、継続することは難しいというのが実態である。多忙の合間を縫って集まり、研究を盛り上げていただいたチームメンバー、発表者、参加者の諸氏には深い感謝の意を表したいと思う。

最後にこうした活動を様々な面から支援してくれた中央大学人文科学研究所に対する感謝の念をここに記しておきたい。とりわけ、研究所合同事務室の清水範子さん、百瀬友江さんならびに中央大学出版部の髙橋和子さんには大変お世話になっている。ここに特記して厚く御礼申し上げたい。

（1）中央大学人文科学研究所「二〇世紀英文学の思想と方法」研究会チーム（第一期・第二期ともに研究期間終了）。第一期の成果は中央大学人文科学研究所編『モダニズム時代再考』、中央大学出版部、二〇〇七年に収められている。

（2）モダニズム研究会編『モダニズム研究』、思潮社、一九九四年。モダニズム研究会編、『モダニズムの越境』、人文書院、二〇〇二年。

二〇一七年一〇月

研究会チーム「モダニズム研究」

主査　本　田　貴　久

目次

ロートレアモン伯爵の剽窃の技法

――『マルドロールの歌』第五歌第一詩節、第五歌第二詩節を中心に――

三枝大修

はじめに

メガシティのように巨大な概念「モダニズム」を俯瞰してみると、遠くにかすむ地平線のあたりに「ロートレアモン伯爵」ことイジドール・デュカス（Isidore Ducasse, 1846–1870）の姿が見えてくる。彼が生き、『マルドロールの歌』（一八六九年）と『ポエジー』（一八七〇年）を書いたフランス第二帝政期の終盤は、年代的に言って、もちろん「モダニズム」の風景の中心とはなりえない(1)。だがその周縁部に、ひっそりと、しかし確かな存在感をもって彼は立っている。というのも、少なくともエクリチュールにおけるある種の実践において、彼は「モダニズム」の主役となった作家や芸術家たちの先駆者の一人とみなされているからだ。その実践とは、すなわち、「剽窃」である。

剽窃の使用によって、ロートレアモンは絵画でも文学でもシュルレアリスムとダダ運動の真の先駆けとなる。科学的なコンテクストの中で、つまり、芸術特有の領野の外で見つかった断片を「芸術作品」に組み込んだという意味で、デュカスの剽窃は、まず一九一〇年代にピカソ、ブラック、フアン・グリスといったキュビストたちが壁紙や新聞の切り抜きを自作に組み込むことで実践した――ついで一九二〇年代にマックス・エルンストをはじめとするシュルレアリストたちがこの技法から着想を得て行った――コラージュの特徴を帯びている。もっとも、シュルレアリストたちが特に力を入れたのは種々雑多なオブジェを突飛なかたちで出会わせることだったから、彼らの実践の意図はキュビストたちのそれとは異なっていたわけだが。なお、見つかった「そのままの状態の」断片を――いわば「既製の」ものを――それが本来機能していたコンテクストから引き離して別のコンテクストに移し、そこに組み入れると、その断片は不意に最初のものとはまるで異なる機能を果たしはじめる。この点で、デュカスの剽窃はマルセル・デュシャンのレディ・メイドの特徴をも帯びているのである。[2]

キュビストやシュルレアリストたちのコラージュの先駆け、マルセル・デュシャンのレディ・メイドの先駆けとしてのロートレアモン。彼が二〇世紀の「モダニズム」の主流に接続されうるとしたら、それはまさにこの剽窃者の肩書においてであろう。[3] だから本稿では、この詩人の創作手法の一つである「剽窃」のテーマに取り組むことにしたい。より具体的に言えば、『マルドロールの歌』に見られる剽窃の事例を分析し、それがこの作品の内外にどのような効果を生ぜしめているかを検証することにしたい。

とはいえ、デュカスが実践したコラージュの網羅的な検討は手に余るから、ひとまずはコーパスを絞ることにしよう。小論の主な考察対象は、群れ飛ぶ椋鳥の描写で有名な第五歌第一詩節と、『マルドロールの歌』の中でも剽窃箇所が際立って多い第五歌第二詩節である。本稿の第一節では前者を、第二節では後者を分析し、ロートレアモン伯爵の駆使した剽窃の技法とその特徴をわずかなりとも明らかにできればと考えている。

一　『マルドロールの歌』第五歌第一詩節

以下は『マルドロールの歌』第五歌第一詩節の冒頭部分である（デュカスの剽窃箇所には傍線を付してある）。最後の一文に至ってようやく明らかになるように、ここでは椋鳥の飛翔の様子が『マルドロールの歌』のエクリチュールに喩えられている。

私の散文がお気に召さないとしても、どうか読者が私に腹を立てたりなさらぬように。私の考えはともかく奇妙だと、君は主張する。君の言うことは、尊敬すべき御仁よ、なるほど真実だ。ただし、偏った真実にすぎない。ところで、およそ偏った真実というものは、なんと多くの錯誤や侮蔑を生み出す源泉ではなかろうか！　椋鳥の群団は独特の飛び方をもっていて、統一的で規則的な戦術に従っているように見える。たったひとりの隊長の声に正確に従う、よく訓練された軍隊の戦術であれば、こんなふうであろうと思われるように。椋鳥たちが従っているのは本能の声であり、その本能によって彼らは常に集団の中心に近づこうとするのだが、いっぽう飛行の速度は彼らを絶えず外側へと運んでいく。その結果、この多数の鳥たちは磁気を帯びた同じ一点に向かおうとする共通の傾向によって結ばれ、絶えず行き来し、縦横無尽に循環し交差しながら、激しく動き回る一種の渦巻を形づくるのであり、その集団全体は明確な方向をめざすことなく、全体としてその場で自転運動をするかに見えるが、それは各部分がそれぞれ独自の循環運動をする結果生じるもので、その内部では、中心が常に外側に広がろうとしているものの、そこに圧力をかける周囲の隊列の反作用に押し返されて、絶えず圧縮されているため、これらの隊列のどれよりも恒常的に密度が高く、またそれらの隊列自体も、中心に近づくほど密度が高くなっている。こうした奇妙な旋回の仕方をしながらも、椋鳥たちはたぐいまれな速度で周囲の空気を切り裂き、一秒一秒、彼らの疲労の終点にして巡礼の目的地に向けて、貴重な距離をかせいで着実に進んでいくのである。君も同じように、私がこれらの詩節の各々を歌う奇妙な仕方など気にしないでくれたまえ。(4)

まずは議論の前提となる基本事項をいくつか確認しておこう。イジドール・デュカスはこの椋鳥の描写を、直接的には「シュニュ博士」ことジャン＝シャルル・シュニュ（Jean-Charles Chenu, 1808–1879）の『博物誌百科』「鳥類」第五部から借りてきている。そして、そのことを明らかにしたのはモーリス・ヴィルーの一九五二年の論文「ロートレアモンとシュニュ博士」(5)であった。デュカスが『マルドロールの歌』の中で多くの文学作品を発想源にしていること、時としてそれらを模倣し、換骨奪胎し、パロディ化していることは以前から知られていたし、研究されてもいたが、「剽窃」という呼称がまったく誇張とならないほど逐語的に他人の文章を引き写している例が見つかったのは、これが初めてだった。(6)

ところで、やや複雑なのは、この詩節の中に移植されているテクストの帰属である。というのも、厳密に言えば、『博物誌百科』「鳥類」第五部に読まれる当該の文章を書いたのはシュニュ博士本人ではなく、その協力者ウイエ・デ・ミュール（Marc-Athanase-Parfait-Œillet Des Murs, 1804–1878）だったからだ。しかも、そのデ・ミュールでさえ、この椋鳥の描写の真の書き手とみなすわけにはいかない。なぜならば、彼もまたくだんの文章をビュフォン（Georges-Louis-Leclerc de Buffon, 1707–1788）の『鳥類の博物誌』から借りてきているからである。ところが、ビュフォンにもまた協力者がいて、椋鳥の飛翔の記述は鳥類学者ゲノー・ド・モンベヤール（Philippe Guéneau de Montbeillard, 1720–1785）の筆になるというのだから、事は入り組んでいる。いったん整理しておけば、こういうことになるだろう。ビュフォン『鳥類の博物誌』の協力者モンベヤールが書いた椋鳥の描写を、シュニュ博士『博物誌百科』の協力者デ・ミュールが引用し、それを今度はイジドール・デュカスが——あたかも自分で書いたかのように、引用符も出典も記さずに——『マルドロールの歌』の中に取り込んだのだと。このうち、ビュフォンは『鳥類の博物誌』第三巻の序文でモンベヤールの協力を仰いだことを明かし、その貢献度の高さを強調しつつ、互いの執筆担当箇所まで明記しているし[7]、デ・ミュールもまた引用を行った椋鳥の記述の直後に原著者モンベヤールの名前を記しているから[8]、言葉の厳密な意味での「剽窃」を行ったのは、やはりロートレアモン伯爵だけだということになる。原著者の署名を恣意的に消し去ることで文章の帰属を曖昧にする操作が「剽窃」であるとしたら、このケースはまさしくそれに当てはまるだろう。ともあれ、一つの署名の背後にまた別の署名が浮かび上がり、真の作者は何重にもテクストをさかのぼって探さなければ同定できないという、じつに興味深い例ではないだろうか。この椋鳥の描写の所有者を名乗る資格があるのは、はたしてデュカスなのか、シュニュ博士なのか、あるいはデ・ミュールか、ビュフォンか、モンベヤールか……。

なお、これもまた既知の事柄に属するが、デュカスは他人の文章を『マルドロールの歌』に嵌めこむにあたって接続部分を整えており、モンベヤールのオリジナルテクストでは「その群れ」(les troupes)と書かれていた最初の文の主語を、「椋鳥の群団」(les bandes d'étourneaux)へと書き換えている。また、借り物の文章が自分の文体によくなじむように——すなわち、読者が文章のリズムの変化に気づくのを防ぐために——全体的に読点を増やしてもいる。加えて、描写の中盤に読まれる「磁気を帯びた」(aimanté)という一語は、モンベヤールの原文にもデ・ミュールの引用文にも存在しない、デュカスの純然たる加筆である。さらに、「自転運動」と訳されている部分のフランス語原文に含まれる「évolution」という単語は、じつはデ・ミュールの写し間違いであり、ビュフォン名義の『鳥類の博物誌』を紐解いてみれば、この位置には本来「révolution」という語が配置されていたことが分かる(意味の上では「évolution」も「révolution」も「回転運動」を指すので、文の喚起するイメージにはさほど大きな変化は起こらない)。

ところで、『マルドロールの歌』第五歌第一詩節のテクストに『博物誌百科』からの引き写しが含まれていると知って、誰もがまず疑問に思うのは、デュカスが剽窃の標的としてなぜシュニュ博士のこの著作を選んだのか、また、その中でもなぜ特に椋鳥の描写を選んだのか、という点であろう。ロートレアモン研究の第一人者の一人、ミシェル・ピエルサンスも次のように疑問を呈している。

シュニュ博士の百科事典から、それと言明することなく鳥についての長い文章を引き写すとき、デュカスは何をしているのだろうか。科学は詩の源泉である、ということを示そうとしているのだろうか。それとも逆に、剽窃に気づくことのできない文学の愛好家たちを馬鹿にしようとしているのか。(9)

この点については、ピエルサンスが挙げている二つの可能性以外にもまだ多くの仮説を立てることができるだろうが、ややナイーヴなアプローチであることは承知の上で、イジドール・デュカスの伝記の中に、謎を解く手がかりを探ってみたい。というのも、博物学、特に鳥類が『マルドロールの歌』の作者の関心を惹いていたことが、いくつかの証言から推測できるからだ。

まず、モンテビデオ時代のデュカスについての貴重な証言を収めているアルバーロ・ギヨ＝ムニョスの『モンテビデオのロートレアモン』を参照してみよう。

イジドール・デュカスの自然科学への好みはごく幼い頃から際立っていた。動物学だけでなく、植物学、鉱物学、地質学も愛していた。〔…〕これまたロートレアモンの父方の伯父に聞いたことだが、イジドールはカミキリムシなどの鞘翅目の昆虫を集めていた。ラテンアメリカには種類が豊富で、色とりどりのものがいるからだ。〔…〕子供の頃、イジドールはアルマジロとハナグマをプレゼントにもらった。どちらも飼い慣らされたものだった。〔…〕モンテビデオでは夏の夜、ランタンビワハゴロモを追いかけていた(10)。

鳥類の名前こそ出てこないものの、動物を愛するイジドール少年の面影を生き生きと伝えてくれる逸話である。なお、渡仏前の少年にまつわるこういった証言は、渡仏後の「モンテビデオ人」について語るポール・レスペス〔ポー帝立高等中学校でのデュカスの同級生〕の述べるところとも一致している。レスペスとの手紙のやりとりを通じて多くの証言を手に入れ、それを紹介したフランソワ・アリコの記事から引用しておこう。

彼〔イジドール・デュカス〕は博物学が大好きでした。動物の世界に大いに好奇心をかき立てられていたのです。昼休みに高等中学校の庭で見つけた鮮紅色のハナムグリに長いあいだ見とれている姿を見かけたこともあります(11)。

この文章の続きを読むと、そこにはさらに鳥類への興味についても触れられている。だが、フランソワ・アリコのこの記事が『メルキュール・ド・フランス』誌に発表された一九二八年の時点では、シュニュ博士の『博物誌百科』からの剽窃はまだ明らかになっておらず、レスペスもまた——他のあらゆる読者と同じように——第五歌第一詩節に読まれる椋鳥の群れの描写は、デュカスの手になるものとばかり思いこんでいた。

マンヴィエル〔ポー帝立高等中学校でのデュカスの同級生〕と私が子どもの頃から狩りをたしなんでいることを知っていたので、デュカスはピレネー地方のさまざまな鳥の棲み処や習性について、またその飛び方の特徴について、私たちに何度か訊いてきました。

彼には注意深い観察の精神が備わっていました。だから、私はマルドロールの第一歌と第五歌の冒頭で、鶴の飛び方の、またとりわけ椋鳥の飛び方の見事な描写を読んでも驚かなかったのです。彼はよく研究していましたから。(12)

よく研究していたにもかかわらず、詩人が椋鳥の飛び方の描写を他人任せにしたのはなぜなのか。『剽窃の弁明』の著者ジャン＝リュック・エニグが推測しているように、「科学的な語彙を用いて書かれた観察記録や公理の中に、このうえなく完璧なもの、斬新なもの、詩的なものがあるように思えて、それらを自分の作品の中にそのまま取り入れた(13)」からだろうか。あるいは、デュカスの伝記研究の泰斗ジャン＝ジャック・ルフレールの以下の指摘に倣い、ここでの剽窃は「専門家たちの文章に対する敬意の表明」だと考えるのが妥当なのだろうか。

おそらくデュカスにとっての剽窃は、創作のための想像力を少々休めるための方法というよりも、専門家たちの文章に対する敬意の表明だったのだ。そして、それらの散文は、デュカスの目には完璧なものと映り、どんな修正を加えても意味の歪曲のおそれがあるので、パラフレーズは不要だと判断したのである。(14)

だが、先人たちの署名を消してその文章を横取りしてしまうとは、なんとも奇妙な敬意の表明の仕方ではないか。そう考えると、やはりデュカスは単純に、自らの愛の対象を、すなわち群れ飛ぶ椋鳥のスペクタクルを、専門家による見事な描写もろとも自分のものにしようとしたのではないかと思えてくる。大空を舞う椋鳥の飛翔の美しさに対する讃嘆の念と、その飛翔を見事に言葉に定着させたモンベヤールの文章に対する畏敬の念。その両者が共に所有の欲望へと転化したところで、第五歌第一詩節の剽窃は発生したのではないかと思われるのだ。

剽窃を行うデュカスの意図についてはまだ推測に頼るほかない部分も多いが、以上でひととおりコンテクストの整理は終わったので、本題に移っていこう。本稿で特に着目したいのは、先に掲げた引用箇所の中の以下の一文である。

こうした奇妙な旋回の仕方をしながらも、椋鳥たちはたぐいまれな速度で周囲の空気を切り裂き、一秒一秒、彼らの疲労の終点にして巡礼の目的地に向けて、貴重な距離をかせいで着実に進んでいくのである。

というのも、一見でたらめな飛び方をする椋鳥の群れにもじつは一定の「目的地」があることを告げるこの一節は、《椋鳥の群れの飛翔＝『マルドロールの歌』のエクリチュール》という比喩を成り立たせるための不可欠なパーツでありながら、ビュフォンの『鳥類の博物誌』にもシュニュ博士の『博物誌百科』にも含まれてはいないからだ。つまり、いかにも博物誌的な記述を思わせるその見せかけとは裏腹に、この部分はデュカスによる加筆にほかならないのである。

実際、モンベヤールの記述のどこを見ても、椋鳥の群れが所定の目的地に向かっていくなどとは書かれていない。この鳥の飛び方に続けて鳥類学者が紹介しているのは、椋鳥の大群が形づくる渦巻状の隊列の利点（猛禽類に襲われにくいこと）と欠点（人間の仕掛ける罠に一斉にかかってしまうこと）に過ぎないのである[15]。ということは、モンベヤールの描く椋鳥たちの飛び方と『マルドロールの歌』のエクリチュールのあいだには、本来は類似関係など成立していなかったということになる。デュカスの言わんとしていることに比して、『博物誌百科』に読まれる椋鳥の描写は叙述が足りていないのである。だからこそ、その不足を補うために、デュカスは盗んできた文章を強引に引き延ばし、椋鳥の群れは「奇妙な旋回の仕方をしながらも〔…〕巡礼の目的地に向けて〔…〕着実に進んでいく」という新たな記述――フィクション――を捏造し、書き加えざるをえなかったのだ。言い換えれば、詩人が『博物誌百科』から椋鳥の飛翔の描写を拝借したのは、そこにすでに自分の書きたいことが過不足なく表現されていたからではない。そうではなくて、モンベヤールから奪った材料だけでは自らのヴィジョンを表現しきれないと悟ったからこそ、不足しているパーツは自分の手で作り上げることにしたのである。そして、最終的にその両者を合体させることで、彼は半ば無理やりに《椋鳥の群れの飛翔＝『マルドロールの歌』の運動》という比喩を成り立たせたのだ。

だが、ここで起こっていることはそれだけではない。デュカスが椋鳥の旋回運動の描写をわがものとし、そこに一種の「続き」まで書き加えたことによって無視しえぬ変化を蒙るのは、デュカスの作品だけでなく、椋鳥をめぐる言説でもあるからだ。というのも、『マルドロールの歌』のテクストが、鳥類学者の観察眼に基づいた見事な描写を取りこむことで、文学性と科学性の融和にある程度成功しているとすれば、その一方で、モンベヤールによる椋鳥たちの描写もまた、本来は自然に忠実であるべき博物誌的記述にデュカスの創作が混じることで、言わばフィクション化されているからである。事実、椋鳥の群れが「たぐいまれな速度で周囲の空気を切り裂き、一秒一秒、彼らの疲労の終点にして巡礼の目的地に向けて、貴重な距離をかせいで着実に進んでいく」というのは、先述のとおり、真っ赤な嘘である。この嘘を口にしたロートレアモン伯爵にのみ奉仕する誤情報なのだ。『マルドロールの歌』の読者の中には、デュカスの加筆部分を鵜呑みにして、椋鳥の群れは本当に旋回運動を繰り返しながら一定の目的地に向かって前進していると信じてしまう者もいるかもしれない。だとすれば、『マルドロールの歌』と『博物誌百科』という二種類のテクストの縫合とデュカスの加筆によって大きく書き換えられ、歪められたのは、むしろ椋鳥をめぐる博物学的言説の方だとも言えるのである。

借用してきた博物誌の記述におまけを付けて返すことで、その本来のテクストとコンテクストとを歪めること。寄生先のテクストを、いつしか素知らぬ顔で食い荒らしてしまうこと。ある意味で、これは単純な剽窃よりもいっそう性質《たち》の悪い、新たな剽窃のかたちなのかもしれない。

だが、そもそも剽窃はなぜ悪なのか。なぜ必ずしも犯罪ではないのに、あたかも犯罪であるかのように忌み嫌われているのか。

盗作は、なるほど、一九世紀においてもすでに悪だった。少なくとも作家にとっては不名誉なことと考えられていた。文学上のさまざまなペテンを論じたシャルル・ノディエの『合法的文学の諸問題』が好評を博し、バイロンの作品を模倣しすぎると常々批判されていたアルフレッド・ド・ミュッセが——創作に資する模倣行為を擁護しようとする文脈の中でではあるが——「思考を盗むこと、言葉を盗むことは文学上の犯罪とみなされねばならない。どんなに巧妙な手を使おうと、見つけたその場で手に入れた財産であろうと、剽窃はやはり剽窃なのだ——猫が猫であるのと同じように」(16)と書くなど、他人の文章を借りることは忌むべきこと、恥ずべきことと考えられていたのである。特にミュッセの詩篇「杯と唇」の中に読まれる次の一節は、剽窃と名誉の関係を雄弁に語っていて印象的である。

昨年、私はバイロンの真似をしていると言われたが、
私のことをよく知るあなたは、そんなことはないと分かってくれている。
剽窃者の身分を、私は死のように憎んでいる。
私のグラスは大きくはないが、それでも自分のグラスで飲むのだ。(17)

だが、しばしば「盗み」に喩えられる剽窃が、じつはほとんどの場合、被害者には大した被害を与えていないという点は思い出しておいてもいいかもしれない。たしかに剽窃者は他人のテクストを強引に、かつ無断でわがものにしてはいるが、だからといって原典からその文章が物理的に抹消されたり、原著者が直接的な被害（金銭的な損害など）を蒙ったりするわけではないのである(18)。ジャン＝リュック・エニグはこう指摘している。

厳密に言えば、剽窃者は何も盗んでいない。〔…〕テクストから文を消し去るわけではなく（なんなら確かめていただきたい、文は相変わらずそこにあるから）、その分身をぱっと捕まえるだけなのだ。彼は一つの文から二つのものを作る。文にもう一つ、その存在を増やしてやるのだ(19)。

つまり、現代の用語で言えば、剽窃はカット＆ペーストではなく、あくまでもコピー＆ペーストなのである。オリジナルは消滅することなく保存される。その意味では、「盗み」は剽窃の比喩としては強すぎて、必ずしも正鵠を射ているとは言えないだろう。もう一度エニグを引いておこう。

狭義の剽窃は、つねに盗みに等しいというのも、剽窃の犠牲となった作者が、そのせいで作品を強奪されたというのも、どうやら難しいようだ。〔…〕実際には、オリジナルの著作は最初に署名した者の名前で登録され、そのまま図書館に収蔵されているわけだから、剽窃者は、所有権であれ、著作者人格権であれ、自分が模倣した作家から奪うわけではないのである(20)。

とはいえ、仮にあの椋鳥の記述の本来の筆者モンベヤールが現代によみがえり、ロートレアモン伯爵の『マルドロールの歌』第五歌第一詩節を読んだとしたら、どう思っただろうか。デュカスの剽窃のおかげで自分の文章が後世まで残り、読みつがれることになったと言って喜ぶとは、到底思えない。『鳥類の博物誌』の中身が無断で使用されたことにも不快の念を覚えるかもしれないが、それよりもむしろ、鳥類学者たる彼は、そこに余計な一文が——博物学的には誤りとしか言いようのない一文が——付け足されていることに対して怒るのではないだろうか。これではまるで、架空の椋鳥の生態の叙述に自分の文章も加担しているかのようではないか、と。勝手な加筆によって歪められた自分の文章も、この誤った情報の拡散に一役買っているかのようではないか、と。

ここにはやはり、何か新しい剽窃の形があるような気がする。他者の言説を無断で借用し、そこにもっともらしい加筆を行うことで、オリジナルのテクストとコンテクストとを撹乱し、場合によってはそれらを毀損する。図らずも——あるいは図っていたのかもしれないが——デュカスはここで、通常の剽窃よりもいっそう手の込んだ剽窃の技術を編み出してしまったのである。

二 『マルドロールの歌』第五歌第二詩節

続く第五歌第二詩節の中で語られるのは、一幕の夢幻劇のような物語である。舞台は何もない空間。のっぺりとした平坦な場所に、唯一の舞台装置として「丘」がそびえている。登場人物は語り手である「私」のほか五名。その内の四名は以前は人間であったようだが、いまはさまざまな動物（スカラベ、子羊禿鷹、ヴァージニア・ワシミミズク、「ペリカンの頭部をもつ男」）に姿を変えられている。残る一名は女だが、これまた人間の姿を失って、もはや「主成分が糞便でできている球」(21)にしか見えない。男たちに愛を誓っては裏切り、しかも彼らを次々と魔力で動物に変えた、その報いを受けているのだ。復讐の担い手となっているのは激情家のスカラベ（フンコロガシ）である。女は地面との摩擦で身体が砕け、「練り桶のパン生地状態[22]」になって糞代わりに転がされている。語り手はこの奇妙な場面に立ち会い、事情を把握しかねながらも興味を惹かれている。

語り手以外の五人がみな人間の姿を失い、異形の存在への変身を遂げていることで、モーリス・ブランショはこの第五歌第二詩節を『マルドロールの歌』における「変身」のテーマの極点と捉えていたが[23]、じつはこの詩節は作者のエクリチュールの次元に視線を移してみれば、同時に「剽窃」の極点ともなっている。というのも、モーリス・ヴィルーが明るみに出した『博物誌百科』からのテクスト借用六件のうち、じつにその半数にあたる三件がこの詩節に集中しているからである。しかも後年、さらに同種の発見は続き、例えばジャン＝ジャック・ルフレールはこの詩節に見られるスカラベの描写も――ヴィルーの調査からは漏れているが――『博物誌百科』「続・鞘翅目」の巻からの無断借用の可能性があると指摘している[24]。「鳥類」の巻から引き写されてきた六か所に比べれば、それほど逐語的な一致が目にとまるわけではないが、語彙のレベルではたしかにシュニュ博士の著作と『マルドロールの歌』とで重なる部分も多く、これまた興味深い類似であると言えよう。なお、これよりもいっそう確実な剽窃の例としては、例えば「飼い主の後を追って走る犬が描く曲線についての論文のように美しいヴァージニア・ワシミミズク[25]」という一節に含まれる「論文」について、まったくこの通りのタイトルのものが実在しているということが、やはりルフレールによって確かめられているし、さらには――のちほど詳しく取り上げることになるが――この詩節の中ほどに唐突に挿入されるサン＝マロの船長のエピソードも、『フィガロ』紙の三面記事の引き写しであることが近年証明されている。『マルドロールの歌』における「剽窃」をテーマとする本稿にとって、第五歌第二詩節はまさしく宝の山なのである。

ならば、それらの剽窃が、ここではいかなる機能を果たしているのか。以下、考察の対象を第五歌第二詩節に出てくる「動物たち」と「サン＝マロの船長の物語」の二つに分けて見ていこう。

1　動物たち

若干回り道をするようではあるが、まずはこう問うてみることにしたい。第五歌第二詩節の舞台は、地理的にはどのあたりなのか、と。

すると、この詩節の語り手が迷い込んだ場所については、奇妙なほど細部に関する情報が欠落していることに気づく。魔力によって動物に姿を変えられた登場人物たちが各々の習性に従って活動しているのは、描写を欠き、特徴も欠いた抽象的な空間、ほとんど数学的な意味における平面上でのことなのだ。そしてそこに、ひとつだけ、「丘」がそびえている。そびえていると言っても、あまり高さがあるようには見えない。地面に立つ語り手が少しばかり接近しさえすれば、それだけでもう丘の上に立つペリカン人間をさほど苦労もなく視界に収められるような、そんな高さなのだ。

ただ、この空間にはそれなりの広さが備わっているようである。語り手たる「私」は、急ぎ足で丘へと向かうスカラベを「遠くから」追跡しているが、しばらく歩いても「まだ事件の舞台からはかなり離れて」いるという(26)。このように、空間的な広さを暗示する表現が、第五歌第二詩節のテクストには随所にちりばめられているのである。物語の終幕でも、子羊禿鷹は「大気の高層部へと」消え、スカラベは「地平線」へと吸い込まれてゆく。どこと同定するには手がかりがあまりにも少ないが、語り手と異形の登場人物たちがどこか広々とした場所にいることはまちがいない。

ならば、種の名前が明示されている四体の動物の棲息地や特徴から、この物語の舞台となっている場所を割り出すことはできないだろうか。

「ペリカンの頭部をもつ男」とスカラベに注目した場合、まず想起されるのは古代エジプトであろう。すでに何人もの注釈者が指摘しているように(27)、エジプト神話ではトート神、ホルス神、セケル神、モンチュ神など、複数の神々が鳥の頭部をもつ姿で図像化されている。だから、ロートレアモンの創造したペリカン人間も、頭部だけが鳥類であるというこの畸形性によって、エジプトとの親近性をもつのである。一方、スカラベは、エジプトでは創造や再生の象徴として神聖視されており、エジプト神話の太陽神ケペラとも同一視される[28]。そこからさらに想像をふくらませてみれば、丘がぽつんとそびえるだけの第五歌第二詩節の殺風景な舞台空間は、エジプトの荒漠たる砂漠に重なって見えてくるかもしれない。だが、この空間のモデルをエジプトと確定する決定的な手がかりがあるのかと問われれば、あると答えるのはなかなか難しく、現実にはスカラベの棲息地もペリカンと同様、相当に広いのである（地中海沿岸、アフリカ、中央アジア、南米の一部など）。ジャン＝ジャック・ルフレールが強調していることだが[29]、シュニュ博士の『博物誌百科』にも「この種のスカラベは、モンテビデオ、ブエノスアイレスからパラグアイにかけて見つかる」という一節があり、モンテビデオ出身のデュカスが――エジプトとは無関係に――この記述に惹かれてスカラベを借用した可能性も排除はできない。

ならば、耳慣れない呼称をもつ二羽の鳥の方はどうだろうか。

まず、比較的整理しやすい方から見てみると、「ヴァージニア・ワシミミズク」（grand-duc de Virginie）は、その名の示すとおり、アメリカ大陸に棲息するミミズクの一種、夜行性の猛禽類である。学名は「Bubo virginianus」。「アメリカワシミミズク」という呼称の方が、現在は一般的であるようだ。名前には「ヴァージニア」とあるものの、もちろんヴァージニア州のみに棲息するわけではなく、広く南北アメリカ大陸に暮らしている。ビュフォンの『鳥類の博物誌』に言及があり[30]、シュニュ博士の『博物誌百科』にもこの鳥の図版（図1）が収録されているので[31]、デュカスはそのあたりからこの鳥の名前を借用してきたのかもしれない。

一方、「子羊禿鷹」（vautour des agneaux）の棲息地がどこかという点については、意見を提示するにあたって少々慎重さを要する。たしかにビュフォンの『鳥類の博物誌』には、「この子羊禿鷹あるいは羊禿鷹は、さまざまな時代にドイツとスイスでしばしば見られたものだが、鷲よりもはるかに大きく、コンドルであるとしか考えられない[32]」という記述があり、後年のロートレアモン研究者たちもおおかたこの見解を踏襲して、子羊禿鷹は「コンドルの俗称であろう[33]」、「コンドルの一種[34]」などと記している。だが、デュカスがはたしてアメリカ大陸の空を舞う鳥を思い描きながらこの猛禽類を『マルドロールの歌』に登場させたのかどうかについては、なおも一考の余地があるのだ。なるほど、彼がシュニュ博士の『博物誌百科』のみならず、右に挙げたビュフォンの『鳥類の博物誌』の記述まで参照したうえで子羊禿鷹を第五歌第二詩節に登場させたのであれば、この鳥がコンドルと同一のイメージのもとに収まっていた可能性もあるだろう。そして、その場合には、コンドルはアメリカ大陸にしか棲息しない鳥である以上、第五歌第二詩節の語り手の頭上で格闘を始める二羽の猛禽類は、ヴァージニア・ワシミミズクも、子羊禿鷹も、どちらも新大陸に生きる鳥だということになる。だが実際には、子羊禿鷹というのは現在から見れば「ヒゲワシ」(gypaète barbu)の旧称に過ぎず、一九世紀半ばの段階でもすでにシュニュ博士は、ビュフォンの旧式な見解を引くことなく、コンドルは「アンデスの大山脈に特有の動物である[35]」としたうえで、「ヨーロッパの鳥としてのヒゲワシは、ドイツ人言うところの「Laëmmer-Geyer」

図1　ヴァージニア・ワシミミズク
（出所） Dr Chenu, *Encyclopédie d'histoire naturelle,* Maresq et Cie, 1851–1861, section « Oiseaux », 1ère partie, planche nº 32.

図2　ヒゲワシ
（出所）　Dr Chenu, *Encyclopédie d'histoire naturelle*, Marescq et Cie, 1851-1861, section « Oiseaux », 1ère partie, p. 13.

〔原文ママ〕、すなわち子羊禿鷹である」[36]と記しているのである。つまり、ビュフォンの先の記述で言えば、「ドイツとスイスで見られた」という部分だけが正しいのであり、子羊禿鷹（＝ヒゲワシ）は、現実にはアメリカ大陸ではなく、ヨーロッパを含めた旧大陸のみに棲息する鳥なのだ（図2）。

　また、いったん分類学的な見地を離れたうえで、さらに注目すべきなのは、子羊禿鷹が、ヨーロッパの中でも特にピレネー山脈を棲息地の一つとしている点である。[37] すなわちこの鳥は、タルブ、ポーというピレネーのふもとにある二つの街で中等教育を受けたイジドール・デュカスにとって——実際に目にしたことがあるかどうかまでは分からないものの——決して無縁ではなかったと推測される生き物なのである。『マルドロールの歌』には「ピレネー山脈に棲むシャモワ」を指す「isard」という特殊な単語が何度か登場するが、第五歌第二詩節に召喚される子羊禿鷹も、このピレネー・シャモワと同じ資格において、デュカスにとっては地元の動物であったと言えよう。実際、ジャン＝ジャック・ルフレールは、イジドール・デュカスのものと推定される写真を掲載したことでも有名な一九七七年の著書『ロートレアモンの顔』の中で、ポーの街に現存するあるブロンズ像のことを話題にしている。

サン＝ルイ＝ド＝ゴンザグ広場にある帝立高等中学校の建物の横の噴水の彫像は、子羊禿鷹を象っている。生徒たちは毎朝ミサのためにサン＝ルイ教会に通っていたから、イジドール・デュカスもこの像を眺める機会には事欠かなかったわけだ。『マルドロール の歌』の中に見出されるのは、たぶん、その名残である。(38)

残念ながら、禿鷹とピレネー・シャモワの像を戴くこの噴水が完成したのは、デュカスの死後三〇年近くを経た一八九九年のことだから、ルフレールが推測しているようにイジドール少年がこれを目にしたということはありえない。とはいえ、この猛禽類が、ピレネー・シャモワと並んでポーの街の中心部の広場に彫像が作られるほど当地の人々にとって身近な動物であったということは、『マルドロールの歌』の読解のためにも記憶しておくべきだろう。

ここまで、第五歌第二詩節に登場する四体の動物の棲息地について整理してきたわけだが、そこから何が言えるだろうか。まず指摘しておきたいのは、物語の舞台となっている場所が同定しがたいということ、いやそれどころか論理的に言って現実には存在しえないということである。そもそも空中で戦っている子羊禿鷹とヴァージニア・ワシミミズクのみに注目してみても、先ほど確認したように前者は旧大陸に棲み、後者は新大陸に棲んでいるわけだから、現実世界でのこの二羽の遭遇はありえない。また、スカラベは暖かい土地を好むから、寒冷な高山にのみ棲息する子羊禿鷹がこの虫と出会う可能性もゼロに等しいだろう。そこに加わってくるペリカンも、棲息地そのものは広いものの、水辺の鳥であるという点でやはり他の三者とは一線を画している（しかも、この鳥だけは、頭部を除けばいまだに人間の形態を残している）。つまり、『マルドロールの歌』第五歌第二詩節に観察されるのは、現実にはありえない動物相、そして、共棲するはずのない動物たちが一堂に会する「どこにも存在しない場所」なのである。このとき、その「どこにも存在しない場所」は、必然的に第五歌第二詩節を夢へと、それからフィクションへと近づけてゆくだろう。

だが、書物の中の夢あるいはフィクションが、それなりに魅力的なものとして読者に体験されるためには、やや逆説的ながら、そこには濃密な現実性が付与されている必要がある。私見によれば、この詩節のテクストにその現実性を供給しているものこそが、シュニュ博士の『博物誌百科』から剽窃されてきた、あまり一般的とは言えない猛禽類の名前や、その他の動物たちに関する詳しい博物学的記述なのである。

実際、物語の舞台となっている場所の匿名性、抽象性とは対照的に、この詩節に登場する動物たちの具体性は際立っている。空中戦を繰り広げる二羽の鳥を指し示すにあたってデュカスが用いたのは「鳥」、「猛禽類」といった総称ではなく、「子羊禿鷹」、「ヴァージニア・ワシミミズク」という、いずれも指示対象がきわめて限定的で、それだけにイメージを特定しやすい呼称だった。すでに述べたとおり、前者はデュカスが高等中学校時代を過ごしたピレネーのふもとと縁の深い鳥だが、後者は単語レベルでの剽窃の産物、すなわちシュニュ博士の『博物誌百科』からの引き写しである可能性が高いだろう。一方、スカラベについては、「一匹のスカラベが、主成分が糞便でできている球をひとつ口吻と触角で地面に転がしながら〔…〕」という第五歌第二詩節の冒頭付近の描写と、「そいつは後足の腿を鞘翅《さやばね》の縁に恐ろしいほどこすりつけ、甲高い物音をたてた」という後半の記述が、やはり『博物誌百科』に含まれる文章を再構成して作られたものなのではないかと指摘されている。(39) スカラベが「後足の腿を鞘翅の縁に恐ろしいほどこすりつけ」て怒りを表すといった過剰なまでに具体的な細部が、この非現実的な物語にいくばくかの現実感を与えているのだとしたら、それもまたデュカスの敢行した剽窃の成果と考えるしかあるまい。

なお、ペリカンについての記述の盗用は、一九五二年のモーリス・ヴィルーの論文によってすでに異論の余地のない形で示されている。「ペリカン科の仲間には相異なる四つの種族が含まれる〔…〕。カツオドリ、ペリカン、鵜、それに軍艦鳥だ(40)」という博物学者を気どるかのような蘊蓄も、その直後に読まれる、

〔私はかつて目にしたことがあった――〕長々とした、幅広で、凸形の、穹窿状になった、骨の目立つ、爪の形の、中央部がふくらみ、先端が鋭く鉤型に折れ曲がっている、あのくちばしを。ぎざぎざした、直線状のあの縁を。先端の近くまで枝分かれした、あの下顎を。膜質の皮膚で覆われた、あの間隙部を。喉全体を占めていて、かなり大きく伸長できる、黄色い嚢状のあの広い袋を。そして基底溝に沿ってうがたれた、ほとんど目に見えない、縦長の、あの非常に小さな鼻孔を!(41)

というペリカンの顔の長大な描写も、『博物誌百科』の文章の切り貼りでできているのである。この最後の一例などは、言葉のインフレーションのせいでむしろ読者に悪ふざけのような印象を与えかねないが、ともあれ第五歌第二詩節の「場所」に関する情報がほとんど提示されないのとは対照的に、ペリカン人間の顔の造形は、借り物の博物学的知識を総動員して極限まで細かく描きこまれているということが分かるだろう。

徹底的に描写を欠いた「場所」の抽象性と、過剰なまでに描写される動物たちの具体性。そのギャップこそが、現実的であると同時に非現実的でもあるというこの第五歌第二詩節の夢幻的な雰囲気を生んでいるのだとしたら、身近で出会うことのできない動物たちの名前や生態、さらには身体各部の細密描写まで提供してくれる博物学者の書物からの剽窃は、まさしくロートレアモン伯爵の創作上の武器だと言える。かくしてデュカスは第五歌第一詩節に引き続き、ここでも剽窃の特異な使用法を見出してゆくのである。

2　サン＝マロの船長の物語

前述のとおり、第五歌第二詩節で描かれる出来事は、地理学的な固有名詞を欠いた、いずことも知れぬ場所で発生する。だが奇妙なことに、同じ詩節の中央部にはなぜか、「ブルターニュ」、「サン＝マロ」といった具体的な地名への言及をともなう短いエピソードが挿入されてもいる。第五歌第二詩節のメインプロットとは直接の関係を持たず、その部分だけで完結した物語を形づくっているため、以前から新聞の三面記事か何かの引き写しだろうと推測されていた一節である。

最近、ブルターニュの小さな港町で、沿岸運輸船の船長である老水夫がほとんど人知れず亡くなったが、彼こそは恐るべき物語の主人公であった。彼はその当時、遠洋航海の船長をつとめ、サン＝マロの船主に雇われて航海に出ていた。さて、一三か月ぶりにわが家に戻ってみると、妻はまだ床に臥していて、彼の跡継ぎを生んだばかりだったのだが、その認知に関して、彼にはいかなる権利も自分にあるとは思えなかった。船長は驚きも怒りもいっさい顔に出さず、妻に、服を着て町の城壁の上を一緒に散歩するよう冷静に求めた。季節は一月。サン＝マロの城壁は高く、北風が吹きすさぶと、命知らずの連中でも尻込みをする。不運な女は平静に観念して従った。家に戻ると、精神に錯乱をきたした。彼女は夜のうちに息を引き取った。だが、彼女はしょせん、女にすぎない。いっぽう私はといえば、男でありながら、これに劣らず大きなドラマを前にして自分自身を抑制し、顔の筋肉一本動かさずにいられたかどうか、心もとない限りだ！(42)

この引用文中、傍線部が『フィガロ』紙（一八六八年九月一二日）の記事からの引き写しなのだが、それが判明したのはごく最近、二〇一四年八月のことだった。発見者は、これもまたジャン＝ジャック・ルフレール。元の記事の筆者はエミール・ブラヴェ（Émile Blavet, 1838-1924）という作家兼ジャーナリストであり、『フィガロ』紙以外にも数多くの新聞や雑誌に寄稿を行っていたという。[43] 句読点以外にデュカスが加えた変更は、記事の中の「amateur」（愛好家）という単語――誤植――を「armateur」（船主）に修正したことのみである。『フィガロ』紙に掲載された一七行の文章を、詩人はほぼ逐語的に書き写したわけだ。では、いったいこの記事の何が、彼を剽窃へといざなったのか。

これ以前に突きとめられていたデュカスの剽窃の出所が、ほぼ例外なく博物学、数学、[44] 医学、[45] 音楽理論[46]など、広い意味での「科学」の領域に属する言説だったことに鑑みれば、文学からも科学からも遠く隔たっているように見える新聞記事の引き写しは、この詩人のエクリチュールをめぐる思考に新たな地平を切りひらく――そしてもちろん、新たな研究を要求しもする――重要な発見だったと言っていい。デュカスの剽窃の意図にしても、詩的言語と科学的言語の融合による異化作用、といった従来の解釈ではすべての事例をカバーしきれないことがますます明白になったわけだ。しかし、『マルドロールの歌』の作者がブラヴェの文章を引き写したとしたら、そこには何か理由があったはずである。それは何だろうか。

デュカスがエミール・ブラヴェという人物を識っていて、何らかの意図をもってこの年長の作家の文章を引いたという可能性もなくはないが、この二人の接触を示唆する資料はいまのところ見つかっていない。ならば、記事の中に見られる「ブルターニュ」、とりわけ「サン＝マロ」という地名がデュカスの関心を惹いたのではないか、と考えてみることもできるだろう。しかし、彼とサン＝マロとの関係は、伝記的に見る限りではあくまでも稀薄である。すぐに思いつくものとしては、モンテビデオへの里帰りの際に乗ったハリエット号が、一八五九年にサン＝マロで建造された船であること、またその船主がサン＝マロの人物であったこと、くらいだろうか。デュカスがこの街を訪れたという記録は発見されていないし、実際、足を踏み入れたことはなかったのかもしれない。ならば、自作の主人公を二度にわたって「黄金の髪をした海賊」[47]と呼んだ彼のことだから、かつて「海賊」

の根城であったサン＝マロの街に、興味や親近感を抱いていたのだろうか。それとも実際には、エミール・ブラヴェともサン＝マロとも何の関係もなく、単に新聞を読んでいて目についた記事を拾っただけなのだろうか。

第五歌第二詩節における「サン＝マロ」のこの唐突な出現の裏には、いまだ明らかにされざる詩人の伝記的事実が潜んでいるのかもしれず、デュカスの剽窃の意図や動機について、現時点で確定的なことを述べるのは難しい。だが、彼が何らかの水準においてこの三面記事を使えると判断したことは確かだろう。したがって、ここからは剽窃されたテクストが『マルドロールの歌』の中で果たしている機能について、作品の読解を通じて明らかにしていきたい。

まず、第一義的には、デュカスがこの位置にサン＝マロの船長の物語を取り入れたのは、比喩を成り立たせるためである。つまり、デュカス言うところの「大きなドラマ」を前にして、なおも精神の安定を保ちつづけられるかどうかという観点から、船長の妻と『マルドロールの歌』の語り手自身とが比較されているわけだ。

なお、「比較するもの」(comparant)、「比較されるもの」(comparé) という直喩を構成する二項の内、(48)「比較するもの」の方に他所から剽窃してきた語句・文章をあてがうのは、デュカスのいわば十八番である。すでに分析した第五歌第一詩節の椋鳥の描写もそうだったし、第五歌第二詩節に見られる他のいくつかの直喩もその類例としてカウントされる。例えば、以下の一文。

というのも、いつも飢えているかのように落ち着きのない鳥であるトウゾクカモメが、南北両極を浸す海洋地帯を好み、温帯には偶然やってくるにすぎないのと同じく、私もやはり平静ではいられず、ひどくゆっくりと脚を進めていたからだ。(49)

ここでは語り手が、平静でいられない自分を「落ち着きのない鳥であるトウゾクカモメ」に喩えているわけだが、傍線部全体が例によってシュニュ博士の『博物誌百科』からの引き写しなのである。いずれのケースでも、「比較されるもの」に比して「比較するもの」が常軌を逸して長いという特徴はあるが、直喩を成り立たせる何らかの類似点がその両者に見出されるということについては異論の余地がない。『フィガロ』紙から借用されてきた三面記事も、語り手の動揺を説明する譬え話としての役割はひとまず果たしていると言っていいだろう。

だが、エミール・ブラヴェの文章が『マルドロールの歌』の中で果たしている機能はそれだけではない。まず指摘しておくべきなのは、第五歌第二詩節のメインプロットとサン゠マロの水夫のエピソードとが主題論的に呼応しあっていることである。すなわち、不貞をはたらいた妻を罰する船長のこの小さな物語は、「後で展開される裏切り女への復讐というテーマを導入している」[50]のだ。裏切られた夫の復讐に遭って正気を失う船長の妻は、男たちを騙した報いを受けてスカラベの転がす球と化す魔法使いの女に正確に対応している。つまりこの詩節には、デュカスの文章にブラヴェの記事が嵌めこまれることによって、復讐譚の中にもう一つの復讐譚が展開されるという、一種の入れ子型構造が導入されているのである。

また、すでに話題にした第五歌第二詩節の何もない空間に、サン゠マロの船長のエピソードが挿入されることで不意に「海」のイメージが現出することも見逃すわけにはいかない。というのも、名高い「大洋への讃歌」が披露される第一歌第九詩節、巨大な鮫との交合が描かれる第二歌第一三詩節、両棲人間が登場して身の上を語る第四歌第七詩節、マルドロールとイチョウガニの戦闘が語られる第六歌第八詩節などを読めば分かるとおり、海はこの作品の中で数々の名場面の舞台となっている特権的な場所だからだ。事実、第五歌第二詩節に話を限ったとしても、サン゠マロの船長の物語と響き合うかのようにして、海にまつわるイメージは随所に張りめぐらされている。というのも、先ほど言及した「トウゾクカモメ」は――シュニュ博士の『博物誌百科』にも書かれているとおり――「海洋地帯」に棲む海鳥にほかならないし、その直後に「ペリカン科の仲間」として言及される「カツオドリ」や「軍艦鳥」も、海またはその沿岸に棲息する海鳥の一種にほかならないからだ。また、この詩節の主人公の一人でもあるペリカン人間が、物語のフィナーレで「灯台」に喩えられていることにも注目しておく必要があるだろう。

まるで人類という航海者たちに、自分という実例に注意を払い、陰鬱な魔女たちの愛からおのれの運命を守りたまえと警告するかのように、丘の上で灯台のようにおごそかな冷静さを取り戻し、相変わらず前方を見つめていた(51)

という彼は、比喩の力を借りて自ら「灯台」へと変身を遂げることで、周囲の空間を――少なくともイメージの水準では――「海」へと変容せしめているのである。だが言うまでもなく、それは決して穏やかな海ではあるまい。灯台と化したペリカン人間が身をもって警告しているように、愛憎の嵐に翻弄されることを運命づけられた「人類という航海者たち」が絶えざる難船の危機に直面する、そんな危険な海なのだ。このように、サン＝マロの水夫のエピソードは、『マルドロールの歌』の中で孤立しているかのように見えて、じつは「海」のイメージを介してデュカスのテクストとつながり、これと見事に響き合っているのである。

他者の手になるテクストがデュカス本人の文章とのあいだにこれだけ豊かな響きを奏でているというのもすでに驚くべきことではあるが、最後にもう一つ指摘しておきたいことがある。それは、このサン＝マロの物語が、『マルドロールの歌』の冒頭に読まれる読者への警告と共鳴し合い、このきわめて危険な書物を読むことの比喩ともなっているということである。参考までに、第一歌第一詩節の冒頭部分を以下に掲げておこう。

天に願わくは、どうか読者が蛮勇を奮い、ひとときは自分が読むものと同じく凶暴になって、方向を見失わず、これらの暗く毒に満ちたページの荒涼たる沼地を貫いてみずからの険しい未開の道を見出されんことを。というのも、読者が読むにさいして、厳密な論理と、少なくとも自分の抱く警戒心に釣り合うだけの精神の緊張をもってしなければ、この書物から発散する致命的な瘴気が、水が砂糖にしみこむように、その魂に浸透するであろうから。誰もがみな、この後に続くページを読むのはよろしくない。数人の者だけが、この苦い果実を危険なしに味わえるであろう。それゆえ、臆病な魂の持主よ、このような未踏の荒地にこれ以上入りこまぬうちに、踵を返せ、前進するな。私の言うことをよく聞くのだ。踵を返せ、前進するな、母親の顔をおごそかに凝視するのをやめ、崇敬の念をこめて顔をそむける息子の両眼のように。(52)

あえて象徴的な次元での読解を試みるならば、「命知らずの連中でも尻込みをする」という一月のサン＝マロの城壁は、右の引用文中の「荒涼たる沼地」の、「未踏の荒地」の、すなわちロートレアモンのテクストの等価物である。そして、そこに足を踏み入れることによって発狂して死に至る船長の妻は、「厳密な論理と〔…〕精神の緊張」を欠いているにもかかわらず『マルドロールの歌』の「暗く毒に満ちたページ」を読んでしまった、か弱き読者のアレゴリーとして理解することができるだろう。また、このとき、妻（＝読者）をあえてサン＝マロの城壁の上（＝危険な書物）へといざなう船長は、「踵を返せ、前進するな」と言いながらも「臆病な魂の持主」に「苦い果実」を差しだす『マルドロールの歌』の語り手の分身なのだと考えて差し支えあるまい。つまり、問題となっている一節は、エミール・ブラヴェの書いた新聞の三面記事でありながら、『マルドロールの歌』そのものを映し出す鏡としても機能しており、ここでは剽窃箇所の中と外とのあいだに、《船長＝『歌』の語り手》、《妻＝『歌』の読者》、《サン＝マロの城壁＝『歌』のテクスト》、という三重の平行関係が見出されるのである。偶然なのか、意図的なのかはわからないが、なんとも巧妙なコラージュではないか。ロートレアモン伯爵は、

『フィガロ』紙の中から見つけてきたこのエピソードを自作に嵌めこむことで、北風の吹き荒れるサン＝マロの城壁に、言葉の荒れ狂う『マルドロールの歌』を重ね合わせることに成功しているのである。

おわりに

剽窃は、「知性の鋭さ、技量、好奇心、書かれたものに対する情愛、注意深く正確な読み、感情的な類縁性、言葉に対する限りない愛という卓越した美質を要求する」(53)とジャン＝リュック・エニグは述べている。つまり、他人の文章を引き写しただけではひとかどの剽窃とは認められないのである。『ポエジーⅡ』で「剽窃は必要だ」と断言したイジドール・デュカスもおそらくそのことは理解していたのだろう。なぜなら彼は、続けてこうも書いているから。「それは、ある著者の文を正確に把握し、その表現を使い、誤った考えを消し去り、それを正しい考えで置き換える(54)」。

実際のところ、この有名な「剽窃宣言」がどこまでデュカスの真意を表しているのか、またどこまで『マルドロールの歌』と関係しているのかは定かではないのだが、本稿で見てきたいくつかの剽窃の事例が単なるテクストのパッチワークと一線を画すものであったことは確かだろう。エニグの列挙する「美質」に恵まれたロートレアモン伯爵は、「愛」と「好奇心」とをもって選び出し、掠めとってきた他者の言葉をときには加筆によって改竄し、ときにはいくつも貼り合わせてコラージュめいた画面を作り、ときには『マルドロールの歌』の複数の主題系が交差する位置に巧みに置いた。その結果、剽窃元であった博物学的言説は紛れこんできた誤謬のせいでフィクションと化し、コラージュめいた画面は濃密な夢幻性を獲得し、サン＝マロを舞台にした小話は『マルドロールの歌』そのもののアレゴリーへと変貌したのだった。たかが既製の文章の切り貼りと言うなかれ、なんとも目くるめくような芸の数々ではないか。このように、ロートレアモン伯爵は、剽窃するテクストの選択においても、『マルドロールの歌』の中でのその配置においても、さらには他人の文章の加工法・使用法においても、余人には真似しがたい精妙な技法を見せてくれたのである。

……と、ここまで書いたところで、第五歌第一詩節の椋鳥の描写への加筆はマルセル・デュシャンの『L.H.O.O.Q.』に、第五歌第二詩節の動物たちの群像はマックス・エルンストのコラージュ――特に怪鳥ロプロプが出てくるもの――に、『マルドロールの歌』への三面記事の嵌入は同じくデュシャンの『泉』に似ているような気がしてきたのだが、それは「モダニズム」の時代を専門領域としない浅学の研究者の単なる思いちがいに過ぎないのかもしれない。

（1）「モダニズム」という語のイメージについては以下を参照。「文学や芸術の領域における「モダニズム」として一般に連想されるのは、おそらく二〇世紀のアヴァンギャルド芸術、とりわけフランスにおけるキュビスムやシュルレアリスム、イタリアの未来主義やドイツの表現主義、ダダイスム、英語圏のモダニズム文学、ロシアの未来派などであろう」（大石紀一郎「〈モデルネ〉の両義性と非同時性」、モダニズム研究会編『モダニズム研究』思潮社、一九九四年、三〇頁）。

（2）Liliane Durand-Dessert, *La guerre sainte*, Presses universitaires de Nancy, t. 2, 1988, pp. 752-753.（拙訳。強調原文。なお、本稿における仏語文献の引用については、『マルドロールの歌』を除き、すべて拙訳を用いる（『マルドロールの歌』については、後出の註4を参照のこと）。

（3）ただし、誤解のないように注記しておけば、ロートレアモンの剽窃と、「モダニズム」の時代のパピエ・コレ、コラージュ、レディ・メイドなどの創作手法とのあいだには、前者が後者に着想を与えたといった直接の影響関係があるわけではない。というのも、後述するように、モーリス・ヴィルーの論考によって『マルドロールの歌』の中の剽窃が初めて暴かれたのは一九五二年のことに過ぎないからだ。ロートレアモンの実践が「モダニズム」のいくつかの技法を先取りしていたということは、第二次世界大戦後になってから事後的に見出されたのである。

（4）Lautréamont, *Œuvres complètes*, éd. Jean-Luc Steinmetz, Gallimard, coll. « Bibliothèque de la Pléiade », 2009, pp. 189–190.（『ロートレアモン全集』石井洋二郎訳、筑摩書房、二〇〇一年、一五八～一五九頁（訳文一部変更）。傍線による強調は引用者。以下、本稿の註においてこの筑摩書房版を参照する場合には『全集』と略記し、その直後に参照箇所の頁番号のみを記すこととする。また、本稿における『マルドロールの歌』の引用はすべてこの『全集』から行う。）

（5）Maurice Viroux, « Lautréamont et le Dr Chenu », *Mercure de France*, nº 1072, décembre 1952, pp. 632–642.

（6）後述するように、その後、ジャン＝ジャック・ルフレールやアンリ・ベアールによってさらに複数の例が報告されている。

（7）Cf. Buffon, « Avertissement », *Histoire naturelle des oiseaux*, L'imprimerie royale, t. 3, 1775, pp. i-iv.

（8）Dr Chenu, *Encyclopédie d'histoire naturelle*, Maresсq et Cie, 1851–1861, section « Oiseaux », 5ème partie, p. 179.

（9）Michel Pierssens, *Ducasse et Lautréamont : L'envers et l'endroit*, Presses universitaires de Vincennes et Du Lérot, 2005, pp. 72–73.

（10）Alvaro Guillot-Muñoz, *Lautréamont à Montevideo*, La Quinzaine littéraire, 1972, pp. 74–75.

（11）François Alicot, « A propos des *Chants de Maldoror*. Le vrai visage d'Isidore Ducasse », *Mercure de France*, nº 709, 1er janvier 1928, p. 204.

（12）*Ibid.*, p. 205.

（13）Jean-Luc Hennig, *Apologie du plagiat*, Gallimard, coll. « L'Infini », 1997, p. 122.（訳文の作成にあたっては、ジャン＝リュック・エニグ『剽窃の弁明』尾河直哉訳、現代思潮新社、二〇〇二年、を参考にした。）

（14）Jean-Jacques Lefrère, *Lautréamont*, Flammarion, 2008, p. 145.

（15）Cf. Buffon, *op. cit.*, pp. 179–180.

（16） Alfred de Musset, « Avant-propos d'« Un spectacle dans un fauteuil » » [1834], *Théâtre complet*, éd. Simon Jeune, Gallimard, coll. « Bibliothèque de la Pléiade », 1990, p. 6.（強調原文。）

（17） Alfred de Musset, « La Coupe et les Lèvres » [1832], *Poésies complètes*, éd. Maurice Allem, Gallimard, coll. « Bibliothèque de la Pléiade », 1957, p. 155.

（18） 一九世紀において、著作権者が実害を蒙るのはむしろ著書の海賊版が制作・販売された場合である。ノディエも「正当にも法によって対処が行われている窃盗の一種であり、その低劣さのあまり、文学的な議論の対象となる資格がない」ものとして海賊版を強く非難している（Charles Nodier, *Questions de littérature légale* [1ère éd. 1812], L'imprimerie de Crapelet, 1828, pp. 120–121）。

（19） Hennig, *op. cit.*, p. 42.

（20） *Ibid.*, p. 79.

（21） Lautréamont, *op. cit.*, pp. 192–193.（『全集』、一六二頁。）

（22） *Ibid.*, p. 196.（『全集』、一六五頁。）

（23） Maurice Blanchot, *Lautréamont et Sade* [1ère éd. 1949], Minuit, 1963, p. 146.

（24） Jean-Jacques Lefrère, *Isidore Ducasse*, Fayard, 1998, p. 489.

（25） Lautréamont, *op. cit.*, p. 197.（『全集』、一六六頁。）

（26） *Ibid.*, p. 193.（『全集』、一六二頁。）

（27） 例えばデュラン＝デセールの以下の指摘を参照のこと。「形態論的に言えば、ロートレアモンはエジプトをモデルにしてペリカン人間をこしらえている。トキの頭部をもつ知恵の神トート、あるいはイシスとオシリスの最愛の息子であり、ハイタカの頭部をもつホルス神の同類となるからである。」(Durand-Dessert, *op. cit.*, p. 766.)

（28） 「西へ西へと球を転がしていくデュカスのスカラベは、したがって、太陽の球を前方に押していくエジプトのケペラ神をモデルにして構想されている。この場合、太陽の球とは、つねに再生してやまない顕在的な世界の象徴である。」(*Ibid.*, p. 767.)

（29） Lefrère, *Lautréamont*, *op. cit.*, p. 144.

（30） Buffon, *Histoire naturelle des oiseaux*, L'imprimerie royale, t. 1, 1770, pp. 264–271.

（31） Dr Chenu, *Encyclopédie d'histoire naturelle*, Maresq et Cie, 1851–1861, section « Oiseaux », 1ère partie, planche n° 32.

（32） Buffon, *op. cit.*, t. 1, 1770, p. 151.

（33） Durand-Dessert, *op. cit.*, p. 776.

（34） Lautréamont, *op. cit.*, p. 649, n. 8.

（35） Dr Chenu, *op. cit.*, section « Oiseaux », 1ère partie, p. 26.

（36） *Ibid.*, p. 34. なお、「vautour des agneaux」（子羊禿鷹）というフランス語はヒゲワシを指すドイツ語「Lämmergeier」の直訳である（「Lamme」は「子羊（agneau）」、「Geier」は「禿鷹（vautour）」に相当する）。

（37） 『ル・モンド』電子版（二〇一五年八月三一日）の記事によると、二〇世紀の後半、フランスのヒゲワシは絶滅の危機に瀕していたが、近年の保護政策が実を結び、ピレネーには今日四〇組ほどのつがいが棲息しているという。Philippe Gagnebet, « Le gypaète barbu plane de nouveau sur les montagnes françaises », *Le Monde*, 31 août 2015 [en ligne]. <http://www.lemonde.fr/biodiversite/article/2015/08/28/le-gypaete-barbu-plane-de-nouveau-sur-les-montagnes-francaises_4739120_1652692.html>, consulté le 17 août 2017.

（38） Jacques Lefrère, *Le Visage de Lautréamont*, Pierre Horay, 1977, p. 138.

（39） Lefrère, *Isidore Ducasse*, *op. cit.*, p. 489.

（40） Lautréamont, *op. cit.*, p. 193.（『全集』、一六二頁。）

（41） *Ibid.*, pp. 193–194.（『全集』、一六三頁。）

（42） *Ibid.*, pp. 194–195.（『全集』、一六四頁。傍線による強調は引用者。）

（43） Jean-Jacques Lefrère, « Un drame à Saint-Malo : Dix-sept lignes d'Emile Blavet dans *Les Chants de Maldoror* », *Cahiers Lautréamont*, 17 août 2014 [en ligne]. <https://cahierslautreamont.wordpress.com/2014/08/>, consulté le 17 août 2017.

（44） 本稿でもすでに言及した「飼い主の後を追って走る犬が描く曲線について」は、デュ・ボワゼメという人物の書いた数学論文のタイトルである。Cf. Jean-Jacques Lefrère, « La courbe que décrit un chien », *Cahiers Lautréamont*, I-II, 1987, pp. 29-31.

（45）『マルドロールの歌』第六歌第六詩節には「尿道下裂とその外科治療」という論文の一節が引き写されている。Cf. Lefrère, *Lautréamont*, *op. cit.*, p. 147.

（46）『マルドロールの歌』第六歌第六詩節には一九世紀ドイツの音楽理論家ヘルムホルツの音楽理論の一節が引き写されている。Cf. Henri Béhar, « Beau comme une théorie physiologique », *Cahiers Lautréamont*, XV-XVI, 1990, pp. 51-56.

（47）Lautréamont, *op. cit.*, pp. 248, 254.（『全集』、二二九、二三五〜二三六頁。）

（48）例えば、「AはBのようだ」という直喩表現では、Aが「比較されるもの」、Bが「比較するもの」となる。

（49）Lautréamont, *op. cit.*, p. 193.（『全集』、一六二頁。傍線による強調は引用者。）

（50）『全集』、四七四頁、註二一。

（51）Lautréamont, *op. cit.*, p. 197.（『全集』、一六六頁。）

（52）*Ibid.*, p. 3.（『全集』、五頁。訳文一部変更。）

（53）Hennig, *op. cit.*, p. 87.（強調原文。）

（54）Lautréamont, *op. cit.*, p. 283.

〈追記〉

本研究は、ＪＳＰＳ科研費１５Ｈ０３２００の助成を受けている。

イタリア・モダニズム再考

土肥秀行

一　複数形の前衛

イタリアのみならず、全ヨーロッパ的な芸術の文脈において、狭義の「前衛」、すなわちそのまま未来派と重ねうる前衛は、第一次世界大戦前に生まれる。誕生の瞬間を告げた「未来派宣言」が、いくつものイタリア地方紙におけるプロト版掲載を経て[1]、極めて計画的に、仏語版となってパリの『フィガロ』紙に発表されたように、もはや境界にとらわれないトランスナショナルな性格の未来派は、キュビズム美術とも共鳴し、ダダにも初動を与えた。こうして広義の前衛を構成する諸運動が、未来派を中心に成立していく。同様に未来派から出た「若芽」としてパウンドは[2]、刷新運動たるモダニズムの意識を養っていった。広義のそれとして概念化した前衛は、モダニズムとの関係において、こうして親概念となる。筆者は数年前より「複数形の前衛」に注目してきた[3]。言い換えるならば前衛の多様性であるが、本稿にも、イタリアという地理的・言語的区分をふまえつつ、この前衛観を反映させていく。

前衛の議論において注意すべきなのは、支配的かつ独占的な未来派像にとらわれてしまっていないかという点である。未来派の中心性があるにしても、それがすべてではない。これまで未来派の「独り勝ち」のイメージが強く、イタリアの一九一〇年代と一九二〇年代については未来派、あるいはひとつの芸術潮流による占有状態が、当時から現代にいたるまで、自明のこととして受けとめられてきた。前衛を広義でとらえ、もし未来派が諸運動を抱合するというのであるなら、「単色」の時代を想定することとなるが、これこそ問い返していかなければならない（第二節）。未来派とは異なるなにかがなければ、広義の前衛を準備する多様性は成り立たないからである。

そこでモダニズムが新しさへの意志であるならば、そのモダニズムとの照応関係において、未来派ではないものまでが明かされる可能性が生じる。未来派がもはや新機軸を打ち出さなくなったとき、たとえば未来派が運動として定着してしまったとき、前衛の外延に未来派が転じ、それ以外の動きも可視化する（第三節）。

未来派の後から、異なる前衛諸派が生まれては消えていき、やがて「規範回帰」の時代がやってくる。ただこれを度々再起する古典主義のひとつに数えて入れてしまう過小評価は、正さなければならない。イタリアで弁証法的に過去との対話が行われている一九二〇年代にモダニズムの時代は到来する。ヨーロッパでモダニズムの嵐が席巻するときに、イタリアでは前衛や古典への批判的アプローチが、「規範回帰」とノヴェチェントの運動において可能となるのだ。こうした古典主義の枠に収まらない認識は、モダニズムからイタリアの固有性を照射することではじめて生まれる（第四節）。

シエナ大学のロマーノ・ルペリーニは、示唆的なタイトルの二〇一四年の論考「モダニズム、前衛、反モダニズム」«Modernismo, avanguardie, antimodernismo»(4)にて、モダニズムを、ひとつの学派でも運動でもなく、むしろ複合的な概念としている。これは -ism（英）もしくは -ismo（伊）という接尾辞をどうとらえるかにかかっている。そのニュアンスが「主義」となるのは一九世紀末であって比較的新しく、具体性をもった「派」として常にとらえられてきた。それを「主義」に近い概念として扱うことで、ルペリーニはより汎用性の高いものとして一般化を図っている。

二　モダニズムと未来派の複数の根と枝

確かにモダニズムとは、その発生時から具体性を帯びており、個々の運動に帰される言葉であった。ルベン・ダリオが、フランス詩に触発されラテンアメリカで創始した「モデルニスモ」からくだっていけば、二〇世紀になってようやく生まれる前衛との接点をもつモダニズムは、ひとつのヴァリエーションであり、語に複数性が生じる。モダニズムあるいはモデルニスモと語の根は同じであっても、それぞれ異なる文脈で異なる土地、そして異なる言語に帰される。とはいえいずれのケースにも、現代化あるいは刷新といったニュアンスが認められることも確かである(5)。

一方、概念としてのモダニズムと、未来派が重ねられうるのは、未来派 futurismo もまた複数の根をもつ語であるところからもきている。ともに複数形になりうる語なのである。あまり知られていないが、文人外交官であったガブリエル・アロマルがカタルーニャ主義の新展開をねらって、一九〇四年六月一八日にバルセロナ文芸協会で行ったカタルーニャ語のスピーチ El futurisme（翌年アヴァンス社より出版）(6)、ならびに一九〇七年に創刊したカタルーニャ語誌Futurismeにおいて、マリネッティに先んじて、初めて「未来派」が登場する。アロマルのケースにおいては、futurismeの語でもって民族的な刷新運動としての「未来志向」が意図されていたといえよう。とはいえ後発のマリネッティのそれを連想させる、「宣言文」と雑誌からなる計画性かつ戦略性により、アロマルはカタルーニャにおけるモダニズムを代表する。(7)

同様に民族的高揚を伴うケースとして、イタリアが中立政策を覆し、失地回復を理由に大戦への参戦を決めたとき、侵攻先とした港湾都市フィウメにて興った未来派が挙げられる。イタリアの「元祖」未来派の影響を受けた後発組、枝分かれした一派にあたる。アントニオ・ヴィドマルやフランチェスコ・ドレニクといったフィウメにて伊語で活動する文学者が、フィウメ事件以前の第一次大戦中に、未来派的契機を迎えるにあたって、フィウメ本来のコスモポリタンな民族性の称揚を主張に盛り込む。多元性を前面に押し出すのは、二〇世紀初頭の彼の地の文化的葉脈には、なにも未来派だけでなく、ウィーンのモダニズムや、世紀末的な頽廃主義が見出せるからである。それらが戦争勃発まで刺激しあいひとつの場を形成していた。そのダイナミズムに引き寄せられるように、大戦後のダンヌンツィオによるフィウメの実効支配が一九一九年九月から翌年一二月まで続く際、マリオ・カルリらの未来派文人たちが詩人一行に帯同し、当地の知識人にフィウメならではの民族的宣言の作成を促したのだった。(8) フィウメ事件が起こってから、イタリアの未来派によって種が播かれたというよりも、もともと前衛的な機運に満ちた土壌が用意されていたと、一九二〇年代に興隆をみるフィウメの文化事情を読むべきである。「未来派都市フィウメ」(9)と呼ばれたように、街自体がひとつの個性としてみられている。

モダニズムと未来派が内包するモザイクを指摘することで、それぞれが異質な要素同士を同居させつつ生成発達してきたとわかる。そこでさらに、未来派の興った一九一〇年代は、よく言われているように、はたして未来派の「独占状態」(10)であったのか次節で検証していきたい。

三　未来派とそうでないもの

誕生からほぼ十年が経った一九一八年、未来派の本部はマリネッティ自身とともにミラノから転出し、ローマで再出発する。いわゆる「第二未来派」のはじまりである。一般には、未来派の創立メンバーで中心的役割を占めた画家ウンベルト・ボッチョーニが、従軍中の一九一六年盛夏に落馬で亡くなったことが転機となったといわれる。(11) こうして運動は、ミラノ中心かつ原メンバー中心の態勢を脱する。と同時に、主な発信媒体となる機関誌も変遷をみた。未来派の拠り所ともなったフィレンツェのパピーニ主宰『ラチェルバ』《Lacerba》(一九一三〜一九一五年)が終刊し、『未来派イタリア』《L'Italia futurista》(フィレンツェ、一九一六〜一九一八年)へと受け継がれ、これも『未来派ローマ』《Roma futurista》(ローマ、一九一八〜一九二〇年)に取って代わられた未来派は、大戦期とも重なる時期に、運動の危機と転身を経て、一九二〇〜一九三〇年代には、権威的で長く安定した時代を築く。

大戦期には、未来派内の中心性が失われるだけでなく、戦前にヴォーチェ派と呼ばれるほどの文学的潮流を生んだ雑誌『ヴォーチェ』《Voce》(一九〇八年創刊、第二期が終わる一九一三年までが黄金期)以降に意識された文学そのものの中心性も失われる。これに連動し、ローカルな運動と雑誌が次々と生まれていく。当然、未来派寄りのものも、未来派に与しないものもある。脱中心の流れにあるとはいえ、まだかつての中心(未来派)との距離が意識される。近さにしても遠さにしても距離が生まれるのには、複数の要因があるからだ。戦争に関して、行動主義を掲げて前衛へと飛び出す外向きの文人にしても、あるいは前世紀的なロマン派の姿勢でもって滅私あるいは自己犠牲に向かう内向きの知識人(例としてレナート・セッラを挙げたい)にしても、いずれも参戦派に与する。ニュアンスの大きな違いはあれ、「合意のある時代」(ファシズム期の用語)であった。一方、かつて未来派が有していたような常に新しさを求める革新の精神は、いまや必ずしも未来派に存するわけではない。誕生から数年で、「未来派流」[12]が確立され、マリネッティ中心のセクトが組織され、新奇さは薄らいでいく。つまり未来派は、従来のシステムを過去主義として斥けることで登場してきたが、彼らの語彙で言うところの「未来派／過去派」の図式がもはや無効となり、状況は複雑化していくことになる。未来派以外は過去派として斥けるのは無理なのである。

未来派以降にあらわれた新たな流れの筆頭に挙げられるのが、開戦前夜一九一五年一月のナポリで創刊された『ラ・ディアーナ』に集ったグループである。ベルエポックの残り香漂う「文化都市」の名にふさわしい、ゲラルド・マローネを中心に形成された文人サークルであった。[13]特段、派や主義（接尾辞 -ismo で終わる新語）を掲げたわけではないが、創刊号で、マローネが挑発的な調子で「勇者宣言」«Il manifesto degli Ardimentosi»を放つとき、そこでの用語といい、[14]モットー「われらが未来派の新鮮なあらし」[15]といい、未来派寄りと認められる。『ラ・ディアーナ』が最も対抗意識を燃やしていたのが、同じくナポリで発刊されていた先行誌『ヴェーラ・ラティーナ』（「大三角帆」の意、一九一三〜一九一八年）である。『ヴェーラ・ラティーナ』の目玉であった、マリネッティの門弟カンジュッロ監修による連載「未来派面」と、『ラ・ディアーナ』のマローネのコラムを舞台として、二誌は論争を交えてもいる。この点では『ラ・ディアーナ』は反未来派的である。

実際、マリネッティが従軍中に書いた詩「戦況報告に横たわる婦人」*La signora coricolata fra i communicati di guerra*が一九一七年の特別号『ディアーナ撰集』«Antologia della Diana»に寄稿されるが、未来派との接近はここまでである。マリネッティからマローネへの私信では、未来派への合流をうながすアプローチはあったものの、所詮は無理な話であった。[16]

翌年、『ラ・ディアーナ』の共同編集者として、発行地ナポリから遠く離れたヴェローナ在住の詩人リオネッロ・フィウミが加わった。彼が打ち出した新路線と積極的なアプローチにより、執筆者の輪はイタリア全国へ、さらにはアルプス以北の国々（仏西瑞）へと広がっていった。実際に作品提供もしくは掲載にいたらなかったものの、アポリネールやツァラ、ハンス・アルプらに『ラ・ディアーナ』を知らしめることができた。未来派以外の動きが国外に知られた点が重要である。もっともツァラは、マローネとの文通においても未来派へと繋がることを優先していた[17]。

汎欧拡大路線をとったフィウミであるが、『ラ・ディアーナ』に参画する以前、一九一四年発表の処女詩集『花粉』*Pòlline* の冒頭で、「新自由派宣言」[18]を発表していた。アピールという極めて未来派的な手法をとりながらも、はじめに自分は未来派ではないとことわり、「新自由派」**neoliberismo** という自由詩（無韻詩）の運動をはじめようとしている。これが「新」であるのは、未来派系のブルーノ・コッラらがフィレンツェにて「自由派」**liberismo** を名乗り自由詩運動を展開していたからである[19]。ゆえに、フィウミが『ラ・ディアーナ』に加わったのは、未来派の運動を受け継ぎつつ詩人として出発していたものの、独立性の保てるニュートラルな場を求めたためであろう。

そしてこの二年目における変化以降、投稿者各人が、『ラ・ディアーナ』を範としつつ、各地で雑誌を立ち上げていく。戦中における雑誌文化がこうして開花する[20]。ナポリから故郷ボローニャへと戻ったフランチェスコ・メリアーノは、『部隊』«**La brigata**»（一九一六〜一九一八年）を立ち上げる。固有の方向性をもたずに、全国区の著名人（サーバ、アルヴァロ、レボラ、サヴィニオ、カッラー、ボンテンペッリといった単体で活躍しうる名）に寄稿を頼る点では『ラ・デイアーナ』に倣う[21]。

一九二〇年代前半のファシスト体制構築の段階よりその崩壊まで文人として深く関わることになるが[22]、未来派の初期詩人アンソロジー[23]参加から『ラ・ディアーナ』同人を経た詩人アウロ・ダルバは、同誌で得た仲間の寄稿も受け、『文学時評』«Cronache letterarie»をローマで発刊する（一九一六〜一九一七年）。第二の『ラ・ディアーナ』的存在であった。特筆すべきは、副題である「マリネッティの運動に与しない前衛隔週刊誌」«quindicinale avanguardista non allineato al movimento di MARINETTI»であり、[24]「未来派」と明示されず、「前衛」が前面に出る結果となり、「前衛主義」avanguardismo の一翼とみなされた。[25]

その他、マローネ一派による文学誌として、ヴィッラロエルによってカターニアで『泉』«La fonte»（一九一七年）が数号発刊される。[26]『泉』は、副題に「前衛文学の月刊アンソロジー」«antologia mensile d'avanguardia letteraria»とあるように、評論文による主張よりも作品掲載で特色を出そうとした。『文学時評』同様、ここでも「前衛」が前面に出ている。少なくとも未来派を看板にはしていない。蓋を開ければ、『ラ・ディアーナ』中心メンバーのフィウミの詩はもちろんのこと、未来派のマリネッティやブッツィ、カッラーもおり、アルメニア系トルコ人でイタリアに政治亡命した詩人ラント・ナザリアンツ Hrand Nazariantz の作品が、未来派詩人ルチーニの訳で載っている。さらに新たな前衛として、ツァラ作品が掲載された雑誌『ダダ』についても伝えられる。ローカルで短命な雑誌ながら、著名人の作品を載せつつ、話題性ある才能を紹介するバランス感覚を保持していた。またモスカルデッリとマリア・ダレッツォは『ラ・ディアーナ』に近い主張でもって、『紙葉』«Le pagine»（まずラクイラそれからナポリに本拠、一九一六〜一九一七年）を立ち上げ、こちらもいち早く「ダダ宣言」後にダダイズムをイタリアに紹介していた。

もちろん大戦下の雑誌文化を支えた媒体は、すべてが『ラ・ディアーナ』からの分化とはいわないが、これまで挙げたケース同様、いずれも他と横のつながりをもち合い、生まれては短いスパンで消えていく。

四　「規範回帰」と「ノヴェチェント」再考

こうして未来派の斬新さが中和される時代、あるいは前衛誌濫立の時代を経て、次なる段階が立ち現れるのである。本稿では、第三節でもって、いまだ認知の低い、中間にあって前後の緩衝となる期間の存在を訴えた。これは、次なる一九二〇年代初頭の「規範回帰」ritorno all'ordineを、単にそれまでの未来派を中心とした前衛の時代への反動とする見方[27]に異議を唱えるためである。反動であれば、すでに大戦期に、未来派に対して生じていたし、その反動が、新しさそのものへの批判へと転じていく、と考えなければならない。本稿では、未来派を承けて新しさへと目がむけられ、次いで新しさが多様性をみる時代をむかえ、そして新しさが見直されるという三段階で考えてみたい。第二の段階の重要性は、そこでは、かつて未来派によって「過去主義」（過去派）と一蹴された伝統にむけられた敵対意識かつ否定的なニュアンスが薄らいだことにある。これは、続く時代にて、過去＝伝統＝規範が再浮上するのにつながった。

「規範回帰」とは、特に大戦終結直後から一九二〇年までの「赤い二年」によく聞かれた言葉であった。ロシア革命に触発されて、また大戦による人々の疲弊と社会的緊張から、激しい労働争議が続くなか、「秩序回復」[28]が求められた。こうした芸術の埒外の用語が応用されるのは、戦場の生々しさをまとった「前衛」の場合と同じである。

この文脈でみれば、「秩序」とは来たるファシズム、そしてムッソリーニ独裁体制であった。ならば大戦中の文芸誌の「雨後の筍」状態から、いまや「嵐」が去り淘汰を経て、全体としては伝統へと回帰していく運動は、モダンな古典主義として、全体主義と結びついた反動というだけになってしまう。こうした過小評価を「誤解」

として、美術史家エレナ・ポンティッジャは自身のいくつもの研究[29]において問題視してきた。つまり「規範回帰」は、歴史上繰り返されてきた偽古典主義とは本質的に異なり、現代に特異な運動として再考すべき、というのがその主張の根幹にある。さらに言えば、イタリア外の文脈でもそうとらえられうる、真のモダニズム運動となる可能性をもつ。

戦後に「規範回帰」が叫ばれた時代に、ローマで発行されていた『監察』«La ronda»（ローマ、一九一九〜一九二三年）の中心メンバーは、美文で鳴らしたヴィンチェンツォ・カルダレッリ、イタリアでエッセイを実践しはじめた文学批評家エミリオ・チェッキらであった。文学史家のマッテオ・ヴェロネージによれば、監察派（ロンディスタ）は、「堅い古典主義でも、原理主義でも、規範回帰でもない」、「現代性（モダニティ）のニュアンスや不安に〔…〕開かれた古典性[30]」であると、既成の見方は読み直される。確かに名からして「規範回帰」の標語に沿うものの、その規範とは古いだけでなく新しくもある、というのが一九二〇年代の「古典主義」の特徴である。

美術界においては、戦後、一九世紀より育まれてきた歴史認識を元に、新たな同時代観を構築すべく結集したのが、「七名のノヴェチェント（〝九〇〇年代〟すなわち二〇世紀）画家」であった[31]。一九二二年のミラノにおいてである。翌年、ペーザロ画廊（ミラノ）にて彼らのはじめての展覧会（個展、グループ展）が開かれる。こうした機会にメンバーのひとりであるアンセルモ・ブッチが、グループを「ノヴェチェント」と呼んだとされる。それは「クアットロチェント」が一五世紀を指すと同時に、「ルネサンスの世紀」とのコノテーションをもつのを手本としている。歴史的な意味を自らに求めようとする意識のあらわれである。気をつけなければならないのは、「クアットロチェント（〝四〇〇年代〟すなわち一五世紀）の芸術のように」とブッチが言うにしても、作品においてルネサンスの様式的な倣いに走るのではなく、自らの在り方の問題として、歴史と現在を並列に対照させていることである。しかし実践において、ルネサンス期の具体と現実を出発点とする様式の再解釈にむかっていたので、「偉大な」世紀に倣う意図を示していたわけではなかったブッチの発言は曲解された。もし偉大さへの志向があるとするなら、それはノヴェチェントの面々に伴走する美術評論家マルゲリータ・サルファッティが持ち込んだ、友人ムッソリーニ寄りの政治性にほかならない。(32)

ノヴェチェント・グループに属してはいないが、かつて未来派絵画を牽引したカルロ・カッラーが、前衛的な形而上絵画から、「規範回帰」の典型とされる「プリミティブでアルカイックな作風」へと転じていったのは「フォルムの可能性を模索しつづけた成果」(33)であると表彰文化論の鯖江秀樹は看破している。このようにひとりの芸術家の変化を貫く姿勢に敏感な鯖江は、その名も『造形的価値』《Valori plastici》(ローマ、一九一八〜一九二二年)上で、かつて共鳴していた未来派風を脱しつつ、一五世紀ルネサンス絵画再評価に努めていた画家ジョルジョ・デ・キリコと、一方、未来派の影響を受けることなく一九二〇年代に広まる「ノヴェチェンティズモ」(ノヴェチェント一派)のなか頭角をあらわす画家フェリーチェ・カゾラーティとが、古典のモデルとして、例えばアンドレア・マンテーニャやピエロ・デッラ・フランチェスカに目をむける点で通じ合うと指摘している。この鯖江の視点が有効なのは、一九二〇年代に一般的な時代観と流行を示しうる点においてである。引用された二者だけでなく、カルパッチョもまたカゾラーティ作品の材源として指摘しうる(図1、2)。

あきらかにカルパッチョがベースにあるカゾラーティの《二人の姉妹》を、ピエロ・ゴベッティは真っ先に自身の絵画論『画家フェリーチェ・カゾラーティ』(一九二三年、図3)(34)で取り上げる。この例に訴えてゴベッティは、前衛の時代には理解されなくても、前衛が過ぎ去った現在、カゾラーティは古典(この場合はカルパッチョ)風であると正当な理解が進んだと述べる。「歴史的に育まれてきた絵画の意味に親しんだ知性でもって遂行される構成の探究」について、「回帰のテーマを好むとき」、「大幅な遅れはあったもののイタリアの批評界は、妥当な説明をするべく、《姉妹たち》についてカルパッチョによる型と構築物に思い当たった」[35]。このような言い方でもってゴベッティが批判しなければならない既存の美術批評とはいかなるものであったかは容易に察しうる。そして古典は、前衛においては受け容れられなかったが[36]、前衛の先にある〝自伝的で個人的な日々の現実〟とまとめうるゴベッティによるモダニティ（伊語ではモデルニタ modernità）には欠かせないものであったとわかる。過去と現在の存立する二元状態が、一九二〇年代のいわゆるイタリアのモダニズムの時代に認められる。

　鯖江の論は、まさにこのゴベッティによるカゾラーティ研究を中心に展開される。この選択が戦略的といえるのは、リベラル派の知識人ゴベッティによる絵画論を分析対象としつつ、画家のみならず批評家についても、ノヴェチェントに通じる時代精神を導き出そうとしていたからである。篤い友情が介在するだけでない、作家と批評家の相互補完の関係のその時代の最善の例として、ゴベッティによるカゾラーティのモノグラフを取り上げるのである[37]。

　現代の研究において鯖江が戦略的であるように、ゴベッティにしても、知識人と芸術家の街トリノにおいて、そのオーガナイズ力を奮い言論と出版活動を展開していた。主宰する『リベラル革命』«La rivoluzione liberale»（一九二二〜一九二五年）における先鋭的な政治批評でもって

図 1　『二人の姉妹（開かれた本と閉じた本）』カゾラーティ（1883〜1963）作
（«Due sorelle (libro aperto, libro chiuso)», 1921）、個人蔵。
（出所）　Piero Gobetti e Felice Casorati. 1918-1926, a cura di R. Maggio Serra, catalogo della mostra a cura di M. Mimita Lamberti (Torino - Archivio di Stato, 30 ottobre-2 dicembre 2001), Roma-Milano : Ministero per i Beni e le Attività Culturali - Electa, 2001, p. 61

図2『二人のヴェネツィア貴婦人』カルパッチョ（1465〜1525）作
（出所）«Due dame veneziane», 1490-1495、ヴェネツィア、コレル美術館。

胎動期のファシズムに警笛を鳴らす一方、カゾラーティ論は、自身の出版社の十五冊目、そして結果的に唯一の美術批評としてカタログに並ぶ(38)。左派運動に共感しつつも当時興りつつあったリベラリズムの旗手らしく、反未来派的で反権威主義的姿勢は、この芸術論でもはっきりと示される。「大袈裟な理屈をこねる計画に抗して、絵画と伝統に衝動的に応える(39)」カゾラーティに、自らの姿勢も重ね合わせている。

もはやこの時代をとらえるには個をみていくしかないようである。本稿では、現在のところ唯一可能な方法として個別アプローチを試みている。というのも、ノヴェチェント七人衆にしても、共同で何かを訴えはせず、文学への応用例であるマッシモ・ボンテンペッリにいたっては、イタリアの閉鎖性打破という方針は保つも、対立し合う思考を行き来する揺れをみせるからである。ボンテンペッリが、初期のラディカルなファシズムを信奉していた鬼才クルツィオ・マラパルテと共に運営する雑誌『900』（〝ノヴェチェント〟、一部仏語、ローマ、一九二六〜一九二九年）を、ジェイムズ・ジョイス、ラモン・ゴメス・デ・ラ・セルナ、ゲオルグ・カイザー、ピエール・マク・オルランといったバラエティある欧州各国の作家や知識人の寄稿する国際的な雑誌とする。しかし、ノヴェチェントの根本的な内部対立となる、stracittà と strapaese、すなわち都市派と田舎派に分裂しての論争の舞

図3　ピエロ・ゴベッティ『画家フェリーチェ・カゾラーティ』内表紙
（出所）　Gobetti, P., *Felice Casorati pittore,* Torino : Piero Gobetti Editore, 1923, ora in riproduzione anastatica, Firenze, SPES, 2001

台となっていく。コスモポリタンな洗練、もしくはピュアな聖性をみせる野蛮と土着、両極に引き裂かれた議論は、逆にボンテンペッリ個人の抱える豊かな曖昧と矛盾を浮かび上がらせる(40)。

カゾラーティあるいはボンテンペッリ、それぞれにおいてその時代ならではの固有性があったことになる。それは彼らが「二〇世紀」を自称する、しないにかかわらず、古典もしくはモダンのいずれかを意識するに関係なく、それこそ未来派は「前衛の雰囲気」であるとマリネッティが言ったのと同じ意味での、あるひとつの「雰囲気」が一九二〇年代を覆っていたということである。

五　ふたたびイタリアの固有性について

イタリアのモダニズムを問うときに悩ましいのが、日本語に導入されている英語圏の「モダニズム」の語と概念を基準とすると、どうしてもずれが生じることである。モダン（英）とモデルノ（伊）、モダニティとモデルニタ、モダニズムとモデルニスモといったように、対応する語同士で意味範囲にずれがある。スペイン語圏のモデルニスモの独自性についてはある程度認知が進んでいるのは第二節に示したとおりである。イタリアにおいては、モデルニスモと伊語風に呼んでみても、どうしても異国のものという印象が否めない。そもそも一八世紀以降のあらゆる潮流は、イタリア固有の事情にはまらない傾向がある。ヨーロッパの文化的政治的ヘゲモニーが常に北へとスライドし、イタリアが辺境化していくのに合わせて生じる弊害ともいえよう。啓蒙主義、ロマン主義といった一連のパラダイムとのずれを常に大きくしていく。それはいまやマージナルなイタリアの遅れと言ってよい。

しかし二〇世紀となると話は違ってくる。イタリアは前衛の震源地となるからである。未来派の発生によって他国に先駆けて前衛芸術運動が興り、さらには大戦を経て、いち早く全体主義という政治の前衛が興る。「前衛」の語は、現実の政治である戦争で用いられたのが芸術の分野に応用されたものだが、こんどはブーメラン現象により、前衛の芸術が政治にインスピレーションを与えた。こうして二〇世紀の美術に関しては先を行くものの、モダニズムという括りには、未来派にしても、その批判的な継続であるノヴェチェントにしてもどうもおさまりにくい。しかし、モダニズムと年代的に等しい、イタリアの規範回帰やノヴェチェントが対応関係にあるとされてきた。

イタリアの文脈と、より大きなヨーロッパの枠とのあいだにずれがあるにしても、本稿では、そのずれは自明として言及は控え、むしろイタリアの文脈の内側に留まり再検討を行ってきた。自明とされるイタリアの固有性——こと二〇世紀初頭の前衛に関しては、先駆者としての誇りをもつゆえに強い固定観念がある——のいくつかの表象についてである。未来派は絶対的な影響力を奮ったのか、規範回帰は未来派のアンチテーゼなのか、ノヴェチェントはそもそもひとつの運動なのか、モダニズムといえるのか、といった問いを立てながらである。具体的な例にうったえつつも、どこまで説得的にこれらの問いに迫り、答えを得ることができたか定かではないが、最後にひとつ言えるのは、未来派がすべてのはじまりとすると、それ以降、繰り返し生起する前衛のひとつとしてノヴェチェントがあり（同時に未来派も第二未来派として存続しつつ）、それは古典主義が絶え間なく起こってくる様とパラレルである、ということである。この新しさと伝統の並走があって、戦後も前衛が否定と刷新を繰り返し、立ち消えることなく前衛世代が積み上げられていくというイタリアの固有の事情のもととなっている。

（1）一九〇九年二月二〇日の『フィガロ』掲載に先立つ二週間のあいだに、イタリアの地方紙に発表された。その数四〇を超えると起草者マリネッティは計算していた。D'Ambrosio, M., *Nuove verità crudeli : origini e primi sviluppi del futurismo a Napoli*, Napoli : Alfredo Guida, 1990, p. 54.

（2）ファシズム独裁が成立する一九二〇年代以降、もはや体制に従属し権威化した未来派側からは、アングリストであるリナーティによる次の見立てのように、未来派の「親権」の主張がなされる。「ヴォーティシズムにしてもイマジズムにしても、未来派の幹から出た若芽であろう」（Linati, C., *Scrittori angloamericani d'oggi*, Milano : Corticelli, 1932, p. 93）。このファシズムという共通のイデオロギー的基盤ゆえ、パウンドと未来派の一九三〇年代の協調は、一九二〇年代に第二期をむかえる未来派機関紙『詩』«Poesia»（ミラノ、一九二〇〜一九二一年）において首班マリネッティが掲げた方針であるところの、あらゆる新傾向の受け皿として未来派が開かれたことに端を発する。Cfr. Salaris C., «Pound e Marinetti. L'occhio e il ciclone», *Ezra Pound 1972–1992*, a cura di L. Gallesi, Milano : Greco & Greco, 1992, p. 529.

（3）ローカルな未来派を具体的な検討対象としつつ、「地理と時代に幅のある複数の未来派像（futurismi）」（土肥秀行「ゲラルド・マローネとナポリの未来派」『イタリア語イタリア文学』第八号、二〇一六年、九五頁）を提起する。

（4）シジスモンド・マラテスタ財団主催、二〇一四年開催のモダニズムシンポジウムの基調講演。ルペリーニが監修にあたる出版社パルンボのサイトに収録。
URL http://www.laletteraturaenoi.it/index.php/interpretazione-e-noi/271-modernismo,-avanguardie,-antimodernismo.html (2017/8/1)

（5）語の起源として重要な歴史事項である。なお一九世紀末には、フランスのアール・ヌーヴォー影響下、カタルーニャ地方の建築家ガウディやドメネクの産業化した建築様式もまたモデルニスモと呼ばれた。ペソアの与したリスボンにおける前衛的文学運動もモデルニスモであった。一九〇〇年代初頭のことである。イタリアでは、モダニズムの語は、現代の政治的・科学的な社会通念に照らし合わせてカトリックを刷新する運動、「神学的モデルニズモ」modernismo teologico あるいは「カトリック教会モデルニズモ」modernismo cattolico において初めて登場する。賛同者は、一九〇七年、ときの教皇ピウス一〇世により破門された。この宗教界のモダニズムは、イタリアのみならず他の西欧諸国に広がりをみせたが、その様は「異種混淆」«eterogeneo» であった。参考 «modernismo (più precisamente m. cattolico)», *Treccani Filosofia*, edizione diretta da G. Bedeschi, Roma : Istituto della Enciclopedia italiana, 2009. この点で芸術のモダニズムに似よう。

（6）次に「宣言文」の伊語抄訳が収録されている。Morelli, G., *Trent'anni di avanguardia spagnola. Da Ramón Gómez de la Serna a Juan-Eduardo Cirlot*, Milano : Jaca Book, 1988, pp. 301-302.

（7）アロマルの日本における紹介においても「未来派の先駆者」とされている。参考、鼓宗「未来主義の先駆者、ガブリエル・アロマルとアルバロ・アルマンド・バセウルービセンテ・ウイドブロの初期論集『徒然に……』を巡って」（『関西大学東西学術研究所紀要』、四九、二〇一六年、二二七～二二九頁。民族的なものか、あるいはより文化的なものか、アロマルとマリネッティのそれぞれの使用例を比べてみると、確かにマリネッティにおいても、イタリアの「民族性」が多分に意識されていた。第一宣言では、イタリアの狷介さに対して批判的な文脈において、次のように呼びかける。「学者先生、考古学研究者、頭の切れる人たち、骨董品屋の悪臭放つ腐敗であり」、「修復職人のための市場である」、「イタリアから世界にこの宣言文を放とう」（Marinetti, F. T., «Manifesto del Futurismo» [1909], Id., *Teoria e invenzione futurista*, a cura di L. De Maria, Milano : Mondadori, 1983, p. 12）。

（8）多民族都市フィウメ独自の未来派については次を参照されたい。Salaris, C., *Alla festa della rivoluzione : artisti e libertari con D'Annunzio a Fiume*, Bologna : Il Mulino, 2002, p. 59; Predovan, R., *Le avanguardie letterarie del primo Novecento nella cultura italiana a Fiume*, tesi di laurea presentata alla Facoltà di Lettere e Filosofia dell'Università degli Studi di Fiume, 2015, pp. 12-13.

（9）Carli, M., «Fiume città futurista», «Roma futurista», 8 febbraio 1920.

（10）ベルギーの未来派宣言を出した画家マク・デルマールと、未来派はイタリアならではのものと主張したジーノ・セヴェリーニが論争をはじめたとき、マリネッティが仲裁に入り、未来派は「専売公社」«monopolio» ではないと釘を刺し、続けてむしろ「前衛の雰囲気」（Marinetti, F. T., «Lettera aperta al futurista Mac Delmarle» [1913], Id., *Teoria e invenzione futurista*, cit., p. 91）を示すと説く。いずれにせよ、それほどの存在感を誇り、もはや未来派は固有名詞に収まらず、前衛を背負うものとしている。

（11）Giubbini, G., «Il futurismo tra avanguardia e stile», *Futurismo : i grandi temi 1909–1944*, a cura di E. Crispolti e F. Sborgi, Milano : Mazzotta, p. 64.

（12）「未来派流」あるいは「未来派様式」とも訳せる stile futurista は、一九三四年から翌年にかけて出されていた未来派関連の雑誌のタイトルである。サブタイトルは「機械の美学」«Estetica della macchina» と、産業社会の美を当初より説いていた未来派らしく、また工業都市トリノらしくもある。未来派系雑誌の、実質的な最後にあたる。一方で、批評の用語として「未来派流」とは、例えば一九二〇年の新聞書評欄では、「カバラのように神秘的な未来派流」«cabalistico stile futurista»（M.B., «Libri», «La Stampa», 15 agosto 1920）と形容されているように、ひとつのカテゴリーとして認知されていたことがわかる。

（13）『ラ・ディアーナ』およびマローネについて詳しくは土肥「ゲラルド・マローネとナポリの未来派」（前掲）を参照されたい。

（14）しかしこの先、『ラ・ディアーナ』の面々が「勇者」ardimentosi と名乗ることはない。この語 ardimentosi の元となる動詞 ardire は、すでに未来派第一宣言にあらわれていた。「誇り高く不屈で勇ましいわれわれ」«nostro superbo, instancabile ardire»（Marinetti, F. T., «Manifesto del Futurismo» [1909], cit., p. 12）である未来派は、後に大戦の対オーストリアの前線で活躍する突撃隊 arditi（同じ語幹をもつ）を称えることになる。その突撃隊の存在感は、一九一八年の終戦とほぼ同時期に創刊の雑誌『未来派ローマ』の副題「突撃隊、ファシズム、未来派」«arditismo, fascismo e futurismo» にあらわれるレベルまで増すことになる。当雑誌の立ち上げの際、中心的役割を果たしたのが、実際に大戦で突撃隊で戦い、「未来派突撃隊」«Ardito Futurista»（Carli, M., *Con D'Annunzio a Fiume* [1920], Milano : Aga, 2013, p. 27）を自認したマリオ・カルリであった。

(15) Marone, G., «La barra», «La Diana», I (1), 1915, p. 18.

(16) 土肥　前掲書、一〇三頁。

(17) 同前、一〇〇頁。

(18) Fiumi, L., «Appello neoliberista», Id., *Pòlline*, Milano : Studio editoriale lombardo, 1914, pp. 7-13.

(19) 未来派演劇を支えるエミリオ・セッティメッリとコッラが、マリオ・カルリとともに一九一二年末にフィレンツェで興したのが文学誌『イル・チェンタウロ』«Il Centauro»だが、その創刊号にコッラが雑誌の精神として記した論考が「自由派」«Il liberismo»である。参考、Verdone, M., *Emilio Settimelli e il suo teatro*, Roma : Bulzoni, 1992, p. 30. この「自由派」の主張に、フォルマリストに先駆けてセオリーなきセオリーを唱えた先進性を見る向きもある。参考、Magliuolo, F., [Introduzione a *Notti filtrate e altri scritti* di Mario Carli], Grumo Nevano (NA) : Marchese, 2009, p. XII.

(20) 一兵卒として大戦を過ごした詩人モンターレは次のように振り返る。「長期戦は当時の若者から文学の愉しみを取り去りはしなかった。」（Montale, E., «Un' antologia di Govoni» [1953], Id., *Il secondo mestiere. Prose 1920–1979*, a cura di G. Zampa, Milano: Mondadori, 1996, vol. I, p. 1564）

(21) 『ラ・ディアーナ』が全国の文人の話題をさらったのが、マローネと下位春吉による日本詩の紹介である。近刊の論考 Striano, A., «Gherardo Marone e Harukichi Shimoi, il "giapponese di Napoli"» によれば、一九一六年五月号に初めて発表された与謝野晶子と前田翠渓の和歌翻訳に対し、そのナポリ方言混入に『部隊』（一九一六年七月、第二号）では疑問が呈された。『ラ・ディアーナ』に対抗する姿勢であるが、これもまたひとつの高い関心のあらわれである。

(22) いわゆる黒シャツ隊（国防義勇軍 Milizia Volontaria per la Sicurezza Nazionale）の広報部の初代代表就任にはじまり、エチオピア戦争にむけた義勇軍広報プロパガンダ歴史移動部隊（Reparto mobile stampa propaganda e storico della milizia）創設時にもその長に就くなど、ファシズム体制運営に特に携わった文人である。そのため今日ではあまり顧みられない存在となっている。参考、«BOTTONE, Umberto (Auro d'Alba)», *Dizionario Biografico degli Italiani*, a cura di E.

Rizzotti Raus, Roma : Istituto della Enciclopedia italiana, 1971.

(23) AA.VV., *I poeti futuristi*, Milano : Edizioni Futuriste di "Poesia", 1912.

(24) 前身である雑誌『精神時評』«Cronache spirituali»を合算しているので、ダルバの『文芸時評』が一九一七年にはじまっていても、「四年目」とカウントされる。

(25) 当時、『ラ・ディアーナ』などとともに「前衛主義」として括られた。参考、Bonuzzi, G., «Le riviste italiane nell'ultima fase letteraria», «I libri del giorno», II (11), novembre 1919, pp. 581-582.

(26) 合併号も含みつつ、通算5号出ている。

(27) ここでは次を引用しておきたい。「未来派、ダンヌンツィオ信奉、観念主義への反動が熟して〔中略〕アンチの思想ではなく規範回帰があらわれた」(Romano, S.F., *L'Italia del Novecento. 3. Dal regime fascista alla costituzione repubblicana*, Roma : Biblioteca di storia patria, 1968, p. 940)。

(28) 「秩序回復」ritorno dell'ordine と言われることが多かった。この不穏な状況は他の欧州諸国でもみられた。イタリアの「赤い二年」については次を参照されたい。藤岡寛己「ジョリッティ時代からファシズム運動へ」、土肥秀行、山手昌樹編著『教養のイタリア近現代史』ミネルヴァ書房、二〇一七年、一一四～一一七頁。

(29) 代表的なものとして次の二点を挙げる。後者は、当時者たる芸術家たちによる「規範回帰」についての証言集ともいえるアンソロジーである。Pontiggia, E., *Modernità e classicità : il ritorno all'ordine in Europa, dal primo dopoguerra agli anni Trenta*, Milano : B. Mondadori, 2008; Ead. (a cura di), *Il ritorno all'ordine*, Milano : Abscondita, 2012.

(30) Veronesi, M., *Il critico come artista dall'estetismo agli ermetici. D'Annunzio, Croce, Serra, Luzi e altri*, San Lazzaro di Savena (BO) : Azeta Fastpress, 2006, p. 327.

(31) ノヴェチェント・グループの誕生の経緯については次の2冊を参照されたい。Salvagnini, S., *Il teorico, l'artista, l'artigiano del Novecento : Bontempelli, Terragni, Sironi*, Verona : Bertani, 1986, p. 91; Goldin, M. (a cura di), *Da Ca' Pesaro a Morandi : arte in Italia 1919–1945*, Conegliano : Linea d'ombra libri, 2002, p. 228.

(32) ノヴェチェントのハイライトとなったのは、一九二六年と一九二九年に国家の援けを得てサルファッティがミラノでオーガナイズした「イタリア・ノヴェチェント展覧会」である。いわゆるノヴェチェントだけでなく、かつて未来派や形而上派に与していた著名画家の作品も集められ大々的に行われた。これらを機に、運動の名はノヴェチェントからノヴェチェント・イタリアーノに転じたとされているが、サルファッティが選定した展覧会の面々をみるに、実際のところ、固有名詞ではなく、単に「イタリアの二〇世紀」を示す一般名詞へと転じたと考えるべきであろう。あるいは、固有の意味が残ると仮定するなら、支援を受けている体制を考慮し、より国粋的な固有性にシフトしているはずである。参考 Pontiggia, *op. cit.*, 2008, p. 166.

（33）鯖江秀樹『イタリア・ファシズムの芸術政治』水声社、二〇一一年、三七頁。

（34）Gobetti, P., *Felice Casorati pittore*, Torino : Piero Gobetti Editore, 1923, ora in riproduzione anastatica, Firenze, SPES, 2001.

（35）I*bid.*, p. 86.

（36）『造形的価値』上で一五世紀再評価をうったえるデ・キリコに対し、一九二〇年に未来派は「未来派宣言―絵画におけるあらゆる回帰に抗して」（Dudreville, L. et al., *Contro tutti i ritorni in pittura. Manifesto futurista* [1920], ristampa anastatica, Firenze : Spes-Salimbeni, 1980）とのパンフレットを四人の画家の連名（アキッレ・フーニ、レオナルド・ドゥドレヴィル、ジャンフランコ・ルッソロ、マリオ・シローニ）で発表する。ルッソロ以外の三名は、後にノヴェチェントの画家として活動するが、この時点ではまだ未来派として「規範回帰」に警鐘を鳴らす反対側の立場にいる。先に挙げた元・未来派画家カッラーの軌跡に通じるパターンである。

（37）第一章「批評家と画家の行方―ピエロ・ゴベッティの絵画論」、鯖江、前掲書、二五〜五九頁。

（38）政治思想に特化していったゴベッティの小さな出版社にとって、五〇枚もの図版を載せた美術本は「異例」«circoscritto» の出版であり、閉鎖性のある美術批評界でも戸惑いをもって受け止められた。参考 Malvano, L., «Il pittore e il critico : note sulla ricezione della prima monografia casoratiana», *Piero Gobetti e Felice Casorati. 1918-1926*, a cura di R. Maggio Serra, catalogo della mostra a cura di M. Mimita Lamberti (Torino - Archivio di Stato, 30 ottobre-2 dicembre 2001), Roma-Milano : Ministero per i Beni e le Attività Culturali - Electa, 2001, p. 24. しかし早すぎる死を迎える

数か月前、ゴベッティは、文芸評論家セルジョ・ソルミの推薦により、モンターレの処女詩集『烏賊の骨』*Ossi di seppia* の出版を引き受けている（Montale, E., *Ossi di seppia*, Torino : Piero Gobetti Editore, 1925）。前衛という時代の空気に染まらず書き続けてきた詩人の、いわば一九世紀的なロマン主義の叙情批判にもとづく作品群である。当時唯一であったカゾラーティ論と、モンターレのデビューのたった二件の執筆と出版ではあるが、ゴベッティが一九二〇年代のイタリアの文化状況─国際的にはモダニズム期にあたる─に果たした役割は決して小さくない。

（39） Gobetti, *op. cit.*, p. 86.

（40） このノヴェチェント一派の概観については、戦後に振り返ったファルクイの論考を参照されたい。Falqui, E., «Al tempo della gazzarra fra strapaese e stracittá», «La fiera letteraria», XVI (29), 19 luglio 1959, pp. 1–2.

参考文献

AA.VV. *I poeti futuristi*, Milano : Edizioni Futuriste di "Poesia", 1912.

Bedeschi, G. (edizione diretta da), *Treccani Filosofia*, Roma : Istituto della Enciclopedia italiana, 2009.

Bonuzzi, G., «Le riviste italiane nell'ultima fase letteraria», «I libri del giorno», II (11), novembre 1919, pp. 581–582.

Carli, M., «Fiume città futurista», «Roma futurista», 8 febbraio 1920.

Id., *Con D'Annunzio a Fiume* [1920], Milano : Aga, 2013.

D'Ambrosio, M., *Nuove verità crudeli : origini e primi sviluppi del futurismo a Napoli*, Napoli : Alfredo Guida, 1990.

Dudreville, L. et al., *Contro tutti i ritorni in pittura. Manifesto futurista* [1920], ristampa anastatica, Firenze : Spes-Salimbeni, 1980.

Falqui, E., «Al tempo della gazzarra fra strapaese e stracittá», «La fiera letteraria», XVI (29), 19 luglio 1959, pp. 1–2.

Fiumi, L., «Appello neoliberista», Id., *Pòlline*, Milano : Studio editoriale lombardo, 1914, pp. 7–13.

Giubbini, G., «Il futurismo tra avanguardia e stile», *Futurismo : i grandi temi 1909–1944*, a cura di E. Crispolti e F. Sborgi, Milano : Mazzotta, pp. 64–68.

Gobetti, P., *Felice Casorati pittore*, Torino : Piero Gobetti Editore, 1923, ora in riproduzione anastatica, Firenze : SPES, 2001.

Goldin, M. (a cura di). *Da Ca' Pesaro a Morandi : arte in Italia 1919–1945*, Conegliano : Linea d'ombra libri, 2002.

Linati, C., *Scrittori angloamericani d'oggi*, Milano : Corticelli, 1932.

Luperini, R., «Modernismo, avanguardie, antimodernismo»

URL http://www.laletteraturaenoi.it/index.php/interpretazione-e-noi/271-modernismo,-avanguardie,-antimodernismo.html (2017/8/1).

M.B., «Libri», «La Stampa», 15 agosto 1920.

Magliuolo, F., [Introduzione a *Notti filtrate e altri scritti* di Mario Carli], Grumo Nevano (NA) : Marchese, 2009.

Malvano, L., «Il pittore e il critico : note sulla ricezione della prima monografia casoratiana», *Piero Gobetti e Felice Casorati. 1918–1926*, a cura di R. Maggio Serra, catalogo della mostra a cura di M. Mimita Lamberti (Torino - Archivio di Stato, 30 ottobre-2 dicembre 2001), Roma-Milano : Ministero per i Beni e le Attività Culturali - Electa, 2001, p. 23-30.

Marinetti, F. T., *Teoria e invenzione futurista*, a cura di L. De Maria, Milano : Mondadori, 1983.

Marone, G., «La barra», «La Diana», I (1), 1915, p. 18.

Montale, E., *Ossi di seppia*, Torino : Piero Gobetti Editore, 1925.

Id., «Un' antologia di Govoni» [1953], Id., *Il secondo mestiere. Prose 1920-1979,* a cura di G. Zampa, Milano: Mondadori, 1996, vol. I, pp. 1564-1569.

Morelli, G., *Trent'anni di avanguardia spagnola. Da Ramón Gómez de la Serna a Juan-Eduardo Cirlot*, Milano : Jaca Book, 1988.

Pontiggia, E., *Modernità e classicità : il ritorno all'ordine in Europa, dal primo dopoguerra agli anni Trenta*, Milano : B. Mondadori, 2008.

Ead. (a cura di), *Il ritorno all'ordine*, Milano : Abscondita, 2012.

Predovan, R., *Le avanguardie letterarie del primo Novecento nella cultura italiana a Fiume*, tesi di laurea presentata alla Facoltà di Lettere e Filosofia dell'Università degli Studi di Fiume, 2015.

Rizzotti Raus, E. (a cura di), *Dizionario Biografico degli Italiani*, Roma : Istituto della Enciclopedia italiana, 1971.

Romano, S.F., *L'Italia del Novecento. 3. Dal regime fascista alla costituzione repubblicana*, Roma : Biblioteca di storia patria, 1968.

Salaris C., «Pound e Marinetti. L'occhio e il ciclone», *Ezra Pound 1972–1992*, a cura di L. Gallesi, Milano : Greco & Greco, 1992, pp. 515-539.

Ead., *Alla festa della rivoluzione : artisti e libertari con D'Annunzio a Fiume*, Bologna : Il Mulino, 2002.

Salvagnini, S., *Il teorico, l'artista, l'artigiano del Novecento : Bontempelli, Terragni, Sironi*, Verona : Bertani, 1986.

Striano, A., «Gherardo Marone e Harukichi Shimoi, il "giapponese di Napoli"» (in prossima uscita).

Verdone, M., *Emilio Settimelli e il suo teatro*, Roma : Bulzoni, 1992.

Veronesi, M., *Il critico come artista dall'estetismo agli ermetici. D'Annunzio, Croce, Serra, Luzi e altri*, San Lazzaro di Savena (BO) : Azeta Fastpress, 2006.

鯖江秀樹『イタリア・ファシズムの芸術政治』水声社、二〇一一年。

エズラ・パウンドの詩学
――ふたつの大戦と地上の楽園――

真鍋晶子

はじめに

アメリカ出身の詩人エズラ・パウンド（Ezra Pound）を中心とした英語圏文学者の輪を繋ぐ詩学を検討すると、二〇世紀前半という「時代」の要請に突き動かされて新しい「言葉」を求めた、アメリカ、アイルランド、英国における文学動向が見えてくる。

パウンドは、一八八五年アメリカ中西部アイダホ州ヘイリーに生まれ、一九七二年ヴェネツィアで一生を終えた。生家は何という特徴もない田舎町にあり、そこを母親が嫌ったために、パウンドが子どもの頃に家族は東部ペンシルヴァニアに移り住む。パウンドはペンシルヴァニア大学に進み、ニューヨーク州アップステートにあるハミルトン・カレッジを経てペンシルヴァニア大学院へと東部で教育を受けた。アメリカ東部エスタブリッシュメント（establishment）のフォーマルでお堅い空気は、筆者がアメリカ西海岸で過ごした一九九〇年代前半でさえ西海岸サンフランシスコ、アメリカの中でも特にリベラルな土地で、ヒッピー発祥の地へイト・アシュベリー地区、ビート派詩人の活動拠点シティ・ライト書店なども活気を失わず、ポエトリー・リーディングもそここで日常的に行われていた街サンフランシスコから訪れる度に強く感じられた。その一世紀前の一九世紀末から二〇世紀初頭は、推して知るべしで、ピューリタン的倫理観が強く支配していた。パウンドは大学院修了後、中西部インディアナ州の大学に就職するが、雪の街路で凍えていた旅芸人の少女を下宿に泊めたために放校される。このことにアメリカの偏狭性、了見の狭さを感じたパウンドは、事件直後一九〇八年、アメリカを離れ、子どもの頃に大叔母に連れられて以来、お気に入りの土地となったヴェネツィアに向かう。その後、英国・ロンドン（一九〇八〜一九二〇年）、フランス・パリ（一九二一〜一九二四年）、イタリア・ラパッロとヴェネツィア（一九二四〜一九四五年）を本拠地とし、ふたつの世界大戦をもたらした世界状況を見据えつつ、世界史に独自の解釈を加えて生み出した特殊な政治観・世界観を構築して、それを詩で謳い続けた。パウンドは、戦争を支える軍事産業を忌み嫌い、さらにその産業を支え、金が金を生む仕組みをもつ銀行を「簒奪者」（"Usurper"）と呼び、アメリカの政治はそれらに牛耳られていると批判する。ライフワーク『詩篇』（*The Cantos*）のなかに、現状批判を盛り込みつつ、彼が理想と考える世界の原理に従う「地上楽園」（*paradiso terretre*）を描こうとする。(1) 理想の「地上楽園」を展開するとはいえ、現実を提示するのがパウンドの詩学なので、嘆かわしい現状を示す「地獄」と「地上楽園」が交錯するのがパウンドの『詩篇』である。そのことを作品内に描くだけでは飽き足らず、ローマにおけるラジオ放送で、公然とアメリカ、ルーズベルトを批判し、ファシストのムッソリーニこそ、額に汗して労働する農民が報われる社会を構築し、芸術、特に音楽を大切にする統治者だと信じて讃えたため、アメリカに対する国家反逆者として、一九四五年に捕らえられる。「反逆者」パウンドは、ピサの「アメリカ軍規律訓練所（United States Army Disciplinary Training Center, 以下ＤＴＣ）」という、「訓練所」の名を持つが、内実はアメリカ軍下最高度の犯罪者を収容し極刑も行われていた牢獄に約半年（最初の三週間は吹きさらしの檻に収監）、その後一八年余りワシントンDCの精神病院に幽閉された。パウンドは、自分がアーネスト・フェノロサ（Ernest Fenollosa）の遺稿を通じて日本文化や芸術を理解したので、日本との戦争を芸術に基づいて平和的に解決する方法をトルーマン大統領に進言したい、と申し出るほどのナイーブさを持っていた。つまり、パウンドは、理想を求めながらも、自業自得とはいえ、ふたつの大戦の負の部分を背負った人物だったのだ。

「地上楽園」（と「地獄」）を展開する詩世界を支えるパウンド詩学は、二〇世紀初頭の英語圏モダニズム文学を牽引するものとなった。ふたつの大戦を取り巻く政治状況に翻弄されたパウンドが追求したことを、その独自の詩学・言葉の世界を検討することで読み解き、二〇世紀の英語圏文学がめざした原点のひとつを見直すのが本稿のねらいである。

一　パウンド詩学の原点――ヴォーティシズムとイマジズム

前述したシティ・ライト書店のオーナーで詩人ローレンス・ファーリンゲッティ（Lawrence Ferlinghetti）は二〇一七年現在九八歳だが、九四歳で『爆風　叫び　笑い』（*Blasts Cries Laughter*）を出版した。このなかに、パウンドはもちろんのこと、パウンドを中心としたモダニズム、特にパウンドがウィンダム・ルイス（Wyndham Lewis）などと生み出した文学活動である渦巻派・ヴォーティシズム（Vorticism）、ヴォーティシズムの機関誌『ブラスト』（*Blast*）が示唆される。ヴォーティシズムの活動期間を『ブラスト』の刊行期間と一致させると、一九一四から一五年という短期間だったが、パウンドが生み出した詩の活動が現代にいたっても詩人を突き動かすほどの影響力をもっていることの証左である。

『ブラスト』第一号の発刊年を見れば、パウンドがヨーロッパに出てわずか六年で既に文学活動の指導的立場に立っていることがわかる。ここに、パウンドがヴォーティシストを簡潔に力強い言葉で定義している部分を引用する。


ヴォーティシストは自らの芸術にとって根源的な媒体のみを用いる。

詩の根源的媒体はイメージ（IMAGE）である。

ヴォーティシストは如何なる観念や感情の根源的表現をも、ものまねに堕落させてしまわない。

絵においては、カンディンスキー、ピカソ。

詩においては、"H.D."によるこの詩

Whirl up, sea—
whirl your pointed pines,
splash your great pines
on our rocks,
hurl your green over us,
cover us with your pools of fir.

海よ、渦巻け—
汝のとがった松を渦巻かせよ
汝の偉大な松をはね散らせ
我らが岩の上へと。
汝の緑を我らに投げかけよ。
我らを汝の樅の池で覆え。

Blast 1 (June 20, 1914)

パウンドはヴォーティシズムよりもイマジズム（Imagisme）でよく知られているが、ここでもイメージを詩の中心要素としていることが、IMAGEと全て大文字で書かれて強調されていることに明らかである。引用部にカンディンスキーとピカソの名が挙げられているように、ヴォーティシズムは、視覚芸術と詩という二種の表現媒体を中心に展開された。アメリカ出身の女性詩人H.D.によるこの詩「オレイアス」（"Oread"）に、詩におけるヴォーティシズムを検討したい。水、樅の木、波のはじける破裂音、突き刺さる痛々しさ、全体にかぶさってくる柔らかくあたたかな水。この詩のように、ダイナミックで躍動的（kinetic）なイメージが、ヴォーティシズムの根幹にある。モノがモノとして直接的に扱われ、硬質で確乎としたイメージが提示され、視覚、聴覚、また触感など、すべての感覚に働きかけてくる。根本的にイマジズムが目指したことと同じである。ただ、イマジズムは主として静謐なイメージを求めたのが主たる違いで、それではものたりなくてヴォーティシズムが生み出されたのは、内に熱いものを「渦巻かせる」パウンドにとって自然の流れと思われる。

ヴォーティシズムはイマジズムの発展形であることを、有名なイマジスト宣言を中心に確認し、説明したい（*Literary Essays of Ezra Pound*, p. 3.）。パウンドの詩学の基本がここに凝縮されているので、要点を簡単に列挙する。

（1）モノを、今ここにあるモノとして直接扱うこと。ここにあるモノをきっかけ・起点として、心が刺激され、現在とは異なる層にある何かを摑む様にイメージを提示する。パウンドは自分が描くイメージはモノが心の中に入ってくる瞬間を摑むもので、「イメージは、一瞬にして知性と感情の複合物を提示する……そのような「複合物」を一瞬にして提示することで突然の開放感、時と空間の制限にしばられない感覚、突然成長する感覚が与えられる」（*Literary Essays*, p. 4.）とも述べている。この感覚は現実世界のなかで得られるもので、超自然的異界への飛躍を誘う、抽象性の高い象徴・シンボルとは、イメージは根本的に異なるのである。

（2）描写や説明ではなく、提示（presentation）すること。

（3）簡潔で、削ぎ落とされた、きびきびした正確で誠実な言葉を使用すること。

（4）言葉の内的音楽性の重視。音合わせのために韻律を作りあげるのではなく、内容にふさわしい、歌える歌としての必然性で韻律・詩のリズムは生まれるのだということ。

パウンドの長大なライフワーク『詩篇』も、このような言葉・イメージの積み重ねで成立している。『詩篇』内のイメージは、時に自己耽溺的に冗長になり、ここに述べられる理想とは矛盾することがあるものの、パウンドの詩学の基本は生涯、ここにあると筆者は思う。モノでありながら、詩人の目・観点、すなわち知性・感情が組み混まれたイメージによって、個々目の前にある事物が提示される。それが積み重ねられて、世界の現実が提示されたものが、パウンドの詩の世界なのである。

さて、パウンドはシカゴの『ポエトリー』(*Poetry*)誌ヨーロッパ特派員として、編集長ハリエット・モンロー(Harriet Monroe)にヨーロッパの新詩潮を示す最新作品を送る任務を遂行していた。イマジズムを紹介するため、一九一二年一〇月、H.D. の「道行きのヘルメス」("Hermes of the Ways")を送った。[2] 簡潔できびきびした文体、硬質で透明なイメージで構成されたこの詩を大英博物館喫茶室で H.D. から見せられたパウンドは、すぐに詩の下に "H.D. Imagiste" と手書きし、ヒルダ・ドゥーリトル(Hilda Doolittle)を H.D.、そしてイマジストと命名する。彼女はこれ以来、生涯 H.D. を使い続ける。実際、Hilda Doolittle より、H.D. の方が簡潔できびきびし、名前自体がイマジストを体言しているのではないか。

二　その詩学の源流

イマジズム及びヴォーティシズムの原点に H.D. を紹介したが、そのさらなる源流は、パウンドがペンシルヴァニア大学大学院在学中、友人ウィリアム・カーロス・ウィリアムズ(William Carlos Williams)や H.D. と、詩について議論し切磋琢磨しあったことにあると思われる。後にそれぞれモダニスト詩人として活躍した三人が、若かりし頃に育んだことが、花開いたのがイマジズム、そしてそれが現代に通じるモダニズム詩学を生んだのである。『ウィリアムズ詩集』序文冒頭、チャールズ・トムリンソン（Charles Tomlinson）は、優秀な詩人の能力を見出し、世に出す手助けをしたパウンドが、詩人ウィリアムズの能力を見出したこと、しかも詩人の個性を発揮する細部に着目した（序文中に引用している詩であれば"crowded"）と指摘し、パウンドのアイデンティティを明確に示している。(3)

ウィリアムズのふたつの詩を引用しよう。

"The Red Wheelbarrow"

so much depends
upon

a red wheel
barrow

glazed with rain
water

beside the white
chickens.

「赤い手押し車」

非常に多くのことが、依拠して
いる

赤い手押し
車に

きらきら光っている、雨
水のおかげで

白い
鶏のそばで。

"This Is Just to Say"
I have eaten
the plums
that were in
the icebox

and which
you were probably
saving
for breakfast

Forgive me
they were delicious
so sweet
and so cold

「ちょっと言っておきたいんだけど」
食べちゃった
プラム。
アイスボックスに
入ってた。

それは
多分、あなたが
とっておいたのでしょう
朝食のために。

ごめんね
おいしくって
とてもあまくて
とても冷たかった。

いずれも、H.D. の詩と同じく、簡潔で明確なイメージ、無駄のない言葉、シンプルな文体が貫かれており、H.D. のイメージほど痛々しいまでの硬質さはないが、前者の詩は H.D. の詩と同じくイメージの並置が世界を展開し、後者はプラムというひとつのモノのイメージを中心に、単純なナラティヴが見事にひとつのまとまった幸せな世界を構成している。当時本人たちは意識していなかっただろうが、ウィリアムズやH.D.のこの頃の詩は、俳句や禅に通ずる要素を内包している。ここには、イマジスト宣言に述べられるパウンド詩学の根幹が脈々と流れている。アメリカ人美術史家、フェノロサお雇い外国人教師として東京帝国大学に雇用されるために渡日、岡倉天心とともに日本美術の保存・復権に尽力したフェノロサの遺稿を、パウンドは一九一三年に、未亡人メアリーから受け取ることによって、日本の詩学・美学と本格的に出逢い、自らの詩学のなかに取り込む。さらにアイルランドの国民的詩人・劇作家ウィリアム・バトラー・イェイツ（William Butler Yeats）やアメリカの小説家アーネスト・ヘミングウェイ（Ernest Hemingway）へもパウンドを通じて日本の詩学は波及をした（Manabe, 2015, 2016, 真鍋二〇一六）。その萌芽は、このようにイマジスト時代、さらには高校時代にすでに培われていたことを指摘しておきたい。日本の詩学に通じる詩学を若かりし時に自ら構築していたからこそ、現実に日本の文化・芸術と邂逅した際の吸収、その邂逅による新しい詩学の創出が滑らかに行われたのである。また、イマジストが俳句に影響を受けたことは、周知の事実となっている（Pratt, Jones）。

三　パウンドの末裔たち

さてこのように、パウンドは人の能力を見つけることに長け、また、その人の能力を伸ばす編集やアドヴァイス、また、出版の機会を提供することに尽力した。その最たる結果が、一九二二年に出版され、二〇世紀における詩と小説の世界を革命的に変化させた、アメリカ出身T・S・エリオット（Thomas Stearns Eliot）の『荒地』（*The Waste Land*）とアイルランド出身ジェイムズ・ジョイス（James Joyce）の『ユリシーズ』（*Ulysses*）である。ともに、第一次世界大戦に至る世界の現状を提示した傑作であることを、現在では誰しも認める作品であるが、その根幹にパウンドの編集、意見、校訂がある、つまり、先ほどから述べているパウンドの詩学に裏打ちされたものだったのである。

エズラは、ぼくが知っているなかで一番気前がよく、寛大で、私利私欲のない物書きだった。自分が信じる詩人、画家、彫刻家、散文作家の手助けをした。また、信じていようがいまいが、困っている人なら誰でも手助けしようとした。みんなのことを心配していて、知り合った頃には、T・S・エリオットのことを一番心配していた。エズラが言うには、エリオットはロンドンの銀行で働かなければならず、詩人としての十分な時間も、質のいい時間も持てない状態だった。エズラは、ナタリー・バーニーという芸術のパトロンである金持ちのアメリカ女性と一緒にベル・エスプリと言われるものを創設した。(*Moveable Feast*, p. 110.)

ヘミングウェイが晩年の回想録で、パウンドは自分が知る限り最も気前が良く、寛大で、私欲がないと言い、パウンドが芸術家を支援する姿を、エリオットを例に挙げている。詩作に専念させるためにエリオットのロイズ銀行勤めを辞めさせるよう資金集めをする「ベル・エスプリ」をパウンドが結成、尽力した姿をヘミングウェイが思い出している。このヘミングウェイの友情溢れる文にも明らかなように、ヘミングウェイはパウンドを友人として、また文学者として高く評価している。パウンドが第二次世界大戦後に窮地に陥った時に、パウンドの政治信条には与しないものの、またその文学を高く評価する友人として、救出に最も尽力したのもヘミングウェイであった。

ジョイスについては、一九二〇年に、ベルリッツ英語教師としてイタリア、トリエステに住まうジョイスを、芸術が沸騰しているパリに移住させようと、パウンドが北イタリア、ガルダ湖畔の街シルミオーネに呼び寄せた時のエピソードが「詩篇七六」（"Canto 76"）に見られる。

幸運は永続しないと言う
実はほんのちょっとした風雨が……
もくもくした雲から子ねずみが飛び出してきたみたいだ

ジョイスが息子とやってきたことを思いだす
　カタラスの根城を訪れたことも
ジムの雷への畏敬とともに、そして
　雄大なガルダ湖
　　76/456

この面会がきっかけとなり、二〇世紀文学に革新的な一歩を刻んだ『ユリシーズ』が世に出ることになったのだから、このエピソードの世界文学史上の意義の大きさは測り知れない。雷嫌いのジョイスが、「シルミオーネから、パウンドがあまりに熱心に誘いの手紙をよこされましたので、雷が恐ろしく、旅は大嫌いですが、息子を避雷針として連れて行きました」と、パトロンのハリエット・ショー・ウィーヴァーに宛て、一九二〇年七月一二日付で手紙を書いたのが、この詩篇が表す事実を裏付けている（Joyce, p. 142.）。ジョイスは大したことはない雷雨を恐れ、パウンドはその様を、雷があたかも小さな一匹のネズミのように雲から飛出してきた程度なのにと謳う。パウンドのユーモアとジョイスへの親愛感がほのぼのと伝わってくる。息子ジョルジオを避雷針として伴ったと言うジョイスにも、ユーモアと親の情愛を感じることができる。ジョイス父子を、パウンドは古代ローマの大詩人カタラス邸の廃墟に案内する。カタラス邸訪問のイメージは、ふたりが生み出すことになる新たな文学がヨーロッパの偉大な文学の伝統に繋がるとの自負を示す。

この時ふたりが滞在したホテル・エデンだが、筆者が一九九四年に訪れた際に、親切に対応してくれたホテルの人々は、殆ど知識をもっていなかった。ところが、二〇一五年再訪すると、外装はそのままに内装工事が施され、以前とは全く異なるモダンなホテルに変わり、ジョイスとパウンドの関係をホテルの「売り」にしているのか、パウンドの写真にジョイス宛のイタリア語訳された手紙が重ねて印刷された立派なバナーが玄関に立っていた。ホテルのマネージャーに聴取すると、日本からわざわざパウンドの足跡を追ってきた訪問者を不憫に思ったのか、「ジョイス、パウンド、ヘミングウェイに関わる直接的な資料はないけれど」と、一九世紀から二〇世紀にわたるシルミオーネとホテルの歴史を綴った貴重な写真が収められた立派な書物を進呈してくれた（*SIRMIONE*）。パウンドの寛容がホテルの人々に伝わっているかのようであった。近くのホテル・シルミオーネにもパウンドがガルダ湖について詠んだ初期の作品「柔らかく、優しく、戸惑い」（"*Blandula, Tenella, Vagula*", *Personae*, p. 38）をパウンドの娘メアリー・ド・ラケヴィルツ（Mary de Rachewiltz）がイタリア語訳したものが、レストランに掲げられていると知り、訪れた。「現在は事務所に飾られている」と関係者以外入室不可の部屋に入れてもらえた。このホテルのレストランには、ダンテやカタラスの詩行が大理石に刻まれて掲げられ、奥に入れられたとはいえ、パウンドが自らをその後継者たらんと自負した、イタリアのみならず世界文学を代表するというふたりの詩人とパウンドの詩が並べられているのを目にすると、感慨深いものがあった。

四　水の都ヴェネツィアとパウンド

二〇一四年国際ヘミングウェイ協会大会のためヴェネツィアを訪れた後、また、二〇一五年国際パウンド協会大会が開催された、メアリー・ド・ラケヴィルツの住まいである、北イタリア、チロル地方のブルネンブルク城を訪れた後、イタリアのパウンドとヘミングウェイ縁の地を訪れた。ふたりの文学者縁の地を歩き回っていた時、パウンドの『詩篇』と初期の詩を道しるべとした。例えば、ここは一九〇八年若きパウンドが詩集の校正ゲラを運河に投げ込み詩人として生きるのを断念しようと悩んでいた所、ここは、ＤＴＣで死刑執行を感じながら郷愁に心裂かれた桟橋、このゴンドラ修理場横の運河のきらめきは、下宿から見下ろしていたもの……とパウンドの言葉・イメージによって自分自身のなかに作り上げられていたものを、自分の足で歩き、五感を使って体験しなおしていた。パウンドの言葉・イメージを通じて場所、そこの空気（風、湿気）を知っていたので、懐かしい感じまでした。パウンドのイメージ論は作品内で完結するものだが、読み手がさらに、その場を訪れると、パウンドがイメージによって、当時の世界情勢を提示したことが、現代に重なり、場所やモノのもつ意味がパリムセストのように重なり深まる。第一次世界大戦、第二次世界大戦を描いた言葉・イメージが、現代の新たな争いに満ちた世界に疑問や箴言を加える。

ヴェネツィアは、ヘンリー・ジェイムズ（Henry James）の『アスパンの恋文』（*Asperm Papers*）や『鳩の翼』（*Wings of the Dove*）、トマス・マン（Thomas Mann）の『ヴェニスに死す』（*Death in Venice*）といった文学作品、またその映画化の舞台となってきた。パウンド以前の文学者の作品において、ヴェネツィアを支配するイメージは死、頽廃、爛熟、崩れ行く美であることが多い。これらの作品では、主たる登場人物がまさしく死んでしまう。

ジョン・ラスキン（John Ruskin）も崩れ去るヴェネツィアの姿を書き留めておかなければとの思いで、『ヴェネツィアの石』（*The Stones of Venice*）を一八五一年に書いた。

さて若きパウンドにとってのヴェネツィアはどうだったのか。

「序曲　オニ・サンティの上に」

この地に住まう人々の上方高くに
美のみと共にあり、
寂寥？
　　あらゆる陰鬱、悲哀、苦渋に対決する
勇士を心に抱く私が
寂しくなるものか！

それに、私には燕、夕陽があり
　　そして、庭、運河の水、
眼下は生に溢れ、
そして、ここには歌声の陰影が浮遊する。
波うつマンドリン、そして跳ねる水の音
歌の陰影が再びこだまする。
しばし空しき広間であった我が心に、

それを書き取りつつ見出す。

(*Early Poems*, p. 59)

一九〇八年、六月から八月まで住まいとした下宿からパウンドはひとり、静かに運河を見下ろす。イマジズム以前のこの詩は『詩篇』の詩句とは異なり、甘くロマンティックで耽美的、また伝統的な詩型を用いている。初期の詩においてパウンドは、詩の伝統の形を徹底的に学び、試し、それを身につけた。この下宿は、今も当時と姿を変えることなく、一方に塀で囲まれた庭を臨み、もう一方をサン・トロヴァーソ川とオニ・サンティ川という小さな二つの運河が交差する角を眼下に臨む場所にある。運河に面した窓のひとつからは、サン・トロヴァーソ川とその川と同じ名をもつサン・トロヴァーソ教会、もうひとつの窓からはオニ・サンティ川と、さらに向こうには、ジュデッカ運河越しにジュデッカ島が見える、見晴らしのいい場所である。夕刻、窓から南西オニ・サンティ川を臨むと、夕日に照らされた空に燕が自由に飛び交う。目を下にやると、ナニ桟橋には人々が颯爽と行き交っている。その情景のなか、ゴンドラからか、桟橋からか、マンドリンの音色に合せた歌声が聞こえる。運河の水は風にそよぎ、櫂や船、桟橋、建物に跳ね当たり、さざ波立っている。マンドリンが細かにさざめく波のような音色を奏でている。マンドリンの調べに合せた歌声も、直接的な強い音で詩人の耳や心に達するのではなく、歌声にヴェネツィアの水や光や空気が含まれて、耳と心に忍び込み、空虚だった心にヴェネツィアの美が満たされ、詩人は再生する。ヴェネツィアの光、水、歌、鳥が交錯し融け合った「美」が、母国アメリカの偏狭さと相容れず、空虚な心で独りヴェネツィアを訪れたパウンドを蘇生させる。ヴェネツィアという街全体が若きパウンドに息吹を与えたのだ。

五　『ピサ詩篇』

1　ピサ詩篇について

パルティザンに捕まった時、孔子の著作と中国語の辞書しか手にする余裕がなかったため、『ピサ詩篇』（*The Pisan Cantos*）と呼ばれるDTCで書かれた「詩篇七四〜八四」はパウンドの記憶を頼りに謳われた。四〇年近い時を越えて、ヴェネツィアで一九〇八年に過ごしていた場所へ、ピサで囚われの身となったパウンドの心は回帰する。「オニ・サンティ川を臨む」所へ。以下に引用する詩句と比べると、イメージ論に展開されたパウンドの詩学がより具体的に見えてくる。

　　　　well, my window
　　　looked out on the Squero where Ogni Santi
meets San Trovaso
　　　things have ends and beginnings
and the gilded cassoni neither then nor up to the present
the hidden nest, Tami's dream, the great Ovid
　　　bound in thick boards, the bas relief of Ixotta

（さて我が窓は／ゴンドラ修理場を見渡し、オニ・サンティが／サン・トロヴァーソに出逢うところにあり／物事には始まりと終わりあり／金箔の箱　当時も現在までもなく／秘密の巣、タミの夢、偉大なオヴィデウス／厚い板で綴られ、イ人生について悩み、模索し、貧しかったとはいえ、ヴェネツィアはパウンドに光や生きる力を与える場所で、下宿からの眺めは、まさに生命の美しさや力を与えてくれるものだった。その場所、モノが、ここでは言葉の無駄なく簡潔に列挙され提示されることで訴えかけてくる。

二つの運河が交差する所にある「スクエーロ」は、六世紀のスクエーロに倣って創られた、現存するヴェネツィア最古のもので一七世紀以来、現在に至るまでゴンドラ修理場、置き場として使われている。サン・トロヴァーソ教会はその歴史を九世紀に遡ることができる。六世紀、九世紀、一七世紀、パウンドの二〇世紀初頭、さらに筆者の生きる二一世紀と時が層をなして重奏を奏でる。この部分をパウンドの個人レベルでの経験で、イメージの重層を読むと、ゴンドラから聞こえてくる歌声を聞くパウンド、ゴンドラの修理場を下宿から見下ろすパウンド、貧しくてゴンドラには乗れなかったパウンド、生活の糧を得る為にゴンドラ乗りになろうとしたが、難しくてすぐに挫折したパウンド、ピサで書かれた「スクエーロ」のイメージには、これだけの意味が重層させられている。

2　三つのモノ

引用部後半は、一九二〇年代以来、パウンドの生涯の恋人だったヴァイオリニスト、オルガ・ラッジ（Olga Rudge）のヴェネツィアの家、パウンドが秘密の巣と呼んでヴェネツィアの本拠地とし、生涯の最期の一〇年間の生活の拠点とした家にあった三つの物が並置されている。この家は、第二次世界大戦中は敵国民の所有物として没収され、戦後戻って来たものの、この三つのモノのうち家とともに戻って来たのはひとつのみであった。この三つの品に、捕われの身パウンドの心が回帰する。詩の中で、三つのモノは淡々と並列されているだけだが、ひとつひとつに思い入れ深い意味が含まれていて、モノをモノとして提示して、モノの命・魂が引き出されている。イマジスト宣言のイメージそのものである。

まず「タミの夢」だが、これは別のテーマと共に後述する。「イゾッタの浮き彫り」のイゾッタとは、ヴェネツィアの二〇〇キロ南に位置するリミニのルネッサンス期の軍事専制君主で、パウンドが、ムッソリーニと同じく、民を豊かにする政策をとり芸術を尊重する理想の君主と見なした、ジギスムント・マラテスタの三番目の妻で、その強い愛情をうけたイゾッタ・デリ・アッティのことである。「イゾッタの浮き彫り」とは、その上半身が大理石にレリーフで描かれたもので、パウンドが壁にセメント付けをしたため、第二次世界大戦後もそのまま残っていた。パウンドはマラテスタの戦略を理解するために、第一次世界大戦の前線を経験し、戦争・戦場の現実や策略を熟知するヘミングウェイに頼み込み、一九二一年、マラテスタの戦場を共に巡り戦略を説明してもらう徒歩旅行を実践した。このようにマラテスタにはヘミングウェイとの友情という個人のレベルも重なる。また、その旅の終着点は、先ほどジョイスとの逸話を紹介したガルダ湖岸シルミオーネであったことも付け加えておく。

もうひとつのモノが、オヴィデウスの『祭暦』。パウンドがヴェネツィアの古書店で見つけ、木製カバーをつけた。パウンドにとってオヴィデウスは偉大な先人であり、その『変身譚』の引用は『詩篇』に散りばめられる。「変容」（"metamorphosis"）、ギリシアのパンタレイ（万物流転）は、パウンド、特に個人的経験の点でも大きな歴史の流れの点でも、「楽園」と「地獄」を行き来して、アップ・ダウンを繰り返す時の流れを実感するパウンドが示す『ピサ詩篇』の世界観の根幹をなすものである。

3　世界文学への軌跡

ここまで見てきたように、パウンドは出所の古今東西に拘らず、知恵、美を『詩篇』のなかで、文脈上ふさわしい所に引用する。ホメロスの横に孔子、その横にルネサンスの歌、その横に能と並置されるが、それらが繋がって豊かな文学世界を展開する。比較文学者デイヴィッド・ダムロッシュは『世界文学とは何か』の中で、そのタイトルに答えるかのように世界文学を次のように定義する。

一、世界文学とは、諸国民文学を楕円状に屈折させたものである。
二、世界文学とは、翻訳を通して豊かになる作品である。
三、世界文学とは、正典《カノン》のテクスト一式ではなく、ひとつの読みのモード、すなわち、自分がいまいる場所と時間を越えた世界に、一定の距離をとりつつ対峙するという方法である。

（ダムロッシュ、四三二頁）

ダムロッシュの本書と沼野充義が日本の小説家や、ロシア文学、フランス文学、アメリカ文学研究者たちとの対話によって世界文学的な読み方を広めようと試みた二冊の講演・対談集を合わせて考えると、興味深い「世界文学」アプローチが見えて来る。ダムロッシュは「起点文化と受入文化が二つの焦点となって楕円の空間が生みだされ、そのなかで作品は、どちらか一方の文化に閉じこめられることなく、双方と結び」つくと言う。パウンドの『詩篇』にはこのような楕円が交錯している。アングロサクソン文学、ホメロス、オヴィデウス、ネオ・プラトニズム、ダンテ、孔子、孟子、老子、俳句、能狂言……。専門知識を持ち合わせたパウンドだが、「専門家が起点文化にできるだけ入っていこうとするのに対し、世界文学の徒は外側に立って、お気に入りの樹木を茂らせた森に向き合う」との態度を取っている。パウンドは、アメリカ人という起点文化をもつものの、様々な国の人々や文化に接することで、受け容れ文化の要素を自らのなかに広げ、自身のなかに受け入れの楕円の中心も無数に持つことになる。このように『詩篇』はまさしく楕円が重なりに重なった世界文学の場である。理想主義的過ぎるかもしれないが、このような心の持ち方こそ、ボーダーを強く打ち立てる傾向に見られる現代社会が見直すべきものだ。筆者自身『詩篇』に導かれ、イタリア各地で楕円を実際に描き、楕円の乱舞に巻き込まれた。

パウンドは、ふたつの大戦を体験し、ピサの「檻」に閉じ込められ、ワシントンの精神病院に収監され、人の世は「道」("process")の流れに沿って変化するのが常であると身をもって感じた。だからこそ、その変化のなかでも、古代から普遍・不変の価値をもった芸術、文学、思想が、脈々と受け継がれるべきで、その流れの最後の先端にいる自分たちはその伝統を継承すべきであり、ただし、古いままの伝統ではなく現代にふさわしい新しい形の芸術を生み出さなければならないとの信念を持ち続けた。"Make it New"をモットーに、それを漢字で表した「新日日新」を赤いスカーフに染め抜いて愛用していたのもその現れである。引用部の三つのモノは、それぞれに、伝統の流れのなかでパウンドが高く評価した高度な芸術、文学、思想が表出されたモノであり、それを自らの詩作品のなかで、イメージとして並置・提示したのである。

筆者にとってのパウンドの原点を述べておく。『ピサ詩篇』の詩行を難解過ぎて分からないと見つめているうちに、「雨のあとに強く香るミントの香りとピサへの道に佇む／歩く白い牛。」(74/428)が強く心を打ったのだ。嗅覚、触覚、視覚に訴えかけてくるイメージに美を強烈に感じた。壮大な『詩篇』も、細部では基本的にはイマジズムの原則が貫かれているからこそ、読み手の心をこのように打つのだ。イマジストの原則が貫かれた詩が断章(fragment)として重ねられたものが『詩篇』だ。

4　『詩篇』の東洋

イマジズムが『詩篇』へと発展した姿を『ピサ詩篇』の冒頭を分析することで検討したい。

穏やかな目、静かに軽蔑せず
　　雨も道《プロセス》の一部。
汝が離れた所は道ではない
オリーブの木々、風に白くそよぎ
揚子江、漢江に洗われ
この白さに如何なる白さが加えられようか、
　　如何なる潔白が加えられようか？
「偉大なる航路《ペリプルム》　我らが岸に星をもたらせり」
明けの明星ルシフェルが、ノース・キャロライナに落ちた時、
柱を通り過ぎ、ヘラクレスのもとを離れ去った者よ
穏やかな風がシロッコに道を譲れば
誰でもない者、誰でもない者？　オデュッセウス
　　　　我が一族の名。
風も道《プロセス》の一部。
　　　　　　姉妹なる月
神を恐れよ、大衆の無知を恐れよ、

正確な定義を恐れるな
　このようにジギスムンドに伝えられ
　　74/425

そして、天幕の入口からミントの香り
ことのほか、雨の後に
　そして、白い牛、ピサへの道に
　　斜塔に面するように、
練兵場には黒い羊たち、そして雨降る日、山に
雲がたちこめる、番兵舎のように。
　トカゲに我が身を持ちあげられる
　野鳥は白パンを食べず
　泰山より　日没の方向へ
キャラーラの大理石より塔へ
　そして、今日、空が広がる
　　あまたの喜びをもつ観音のため
　　　74/428

キーワードは、老子や孟子のいう自然や宇宙の「道」、それをパウンドは「プロセス」と訳す。プロセスが底流

を貫き、そこへイメージが並列される。オデュッセウスのように海洋を進む者を導く航路《ペリプルム》もプロセスとなる。雨や風もプロセスに従い、時に穏やかにしっとりと、時に乾いた熱風シロッコとして厳しく、パウンドを訪れる。パウンドは、トカゲや野鳥など自然の小動物と交流する。真っ白な大理石が掘り出されるキャラーラの山、風に吹かれて白い葉をそよがせるオリーブの葉、白い牛など自然物が内包する白さが虚心坦懐さ、純粋さと結び付けられる。白は、孔子の弟子が孔子の偉大さを讃える言葉や、東洋・中国の文明を見てきた黄河や揚子江の水と結びつけられる。またパウンドの眼前に聳え立つピサの山は孔子の生誕地泰山と重ねられ、さらには、晴れ上がり広がる空が、慈悲と寛容の菩薩である観音へと思いを馳せさせる。ピサにおいて、西洋と東洋が融合した地上楽園が広がる。ただし、地上楽園はプロセスに従って、パウンドがとらわれている檻のそばで極刑が行われるように、直ぐに地獄にも変容する。古代東洋の叡智孔子、対して古代西洋の叡智といえばホメロスである。パウンドは、苦難の道を進み、航路に導かれて故郷イサカへと向かうオデュッセウスに自らを重ねる。パウンドの父の名が、ホメロスの英語読みホーマー・パウンドであることから、自分の父息子関係を、文学上の父息子ホメロスとオデュッセウスに重ねるというユーモアも垣間見せる。神への崇敬、また、民の愚かさがもたらす脅威を忘れることなく、正確な言葉を用いよとパウンド文学の核心が述べられる。「正確な言葉」は、「詩篇七六」では漢字を用いて「誠」と表される。[4]

　パウンドと日本の繋がりもここに見ることが可能である。『ピサ詩篇』を貫く「道」は老荘思想ではあるが、パウンドの東洋理解は、フェノロサの遺稿に端を発する。（例えば李白を"Rihaku"と表記することにも表れている。）『詩篇』には漢字、泰山や富士山等の中国や日本の聖山、能楽、漢詩からの引用が満ちている。パウンドは、これらに詩的想像力をかき立てられた。パウンドの日本との出逢いは、ことパウンドひとりに終わらないことは先に述べた。そのなかでも、イェイツに対する能楽の影響は肝要であるが、イェイツと関わる以下の一点について述べたい。

それは先ほどのパウンドのヴェネツィアの「隠れ家」にあった三つのモノのひとつ、「タミの夢」である。「タミ」とは、一九一〇年代ロンドンおよび一九二〇年代パリにあって、パウンドが高く評価していた日本人画家、久米民十郎のことである(5)。久米とパウンドは、パウンドがパリの住まいで久米の個展を開いたり、久米がパリの日本庭園でのガーデンパーティにオルガをエスコートしたりと付き合いは深かった。様々な手法で作品を作りあげる久米は、ヴォーティシズムを体現した時期もあり、日本にヴォーティシズムを紹介した画家となる。神奈川県立近代美術館所蔵の "Off England" (1918) は、日本における唯一のヴォーティシストの作品とも言えるもので、第一次世界大戦による暗澹たる時代を描くような暗い潮のうねりが提示される。波の提示の仕方、直線・角・曲線の使い方はヴォーティシストの形の示し方そのものである。ヘミングウェイもパリ時代パウンドを通じて久米との交流があったばかりか、パウンド宅での個展に招待され、久米の作品を購入、所有していた。ヘミングウェイ所有の久米作品は、ヘミングウェイ研究者とともに調査したが、現在のところ見つかっていない。

画家としての面のみならず、幼い頃から能楽に親しんでいた久米は、パウンド、イェイツに能狂言に関する情報を教授した。一九二三年、一時帰国し、翌日ヨーロッパに向かうために横浜グランドホテルで朝食を摂っていた最中に関東大震災に遭遇し、崩壊した建物の下敷きになり亡くなってしまう。久米の突然の死はパウンドにとって大きな衝撃で、もはや自分に能楽について指導してくれる人は誰一人いなくなったと絶望する程、パウンドは久米の指導を頼りにしていたのだった。パウンドのイメージ論を造型芸術において体現した友アンリ・ゴーティエ・ブレズスカ（Henri Gautier-Brezska）は第一次世界大戦の戦場で亡くなった。パウンドは戦禍と自然災害により、自ら分かち合える芸術論を実現する二人もの大切な若き友人を失っていたのだ。当時カナダにいたヘミングウェイは震災五日後に、パウンドに宛てて、久米の安否を案ずる手紙を出し、震災については新聞記事にしている（Hemingway, *Letters*, p. 93; *By Line*, pp. 73–78.）。

「タミの夢」と名付けられた絵画を、幼いころに目にしたメアリー・ド・ラケヴィルツの記憶では、灰色で何が描いてあるのか判らない巨大な絵だったという。ヴォーティシストであり、「霊媒派」と日本で呼ばれた久米ならではの作品だったと想像できる。ヴェネツィアの家の壁一面に飾られていたその絵は、久米民十郎のパウンドにとっての存在の大きさを物語っている。残念ながら、この絵も第二次世界大戦中、消えてしまった。一説によれば、巨大な絵画だった「タミの夢」は画布としていくつもに裁断され、画家たちに分配されたという。メアリーは、最近自らの所有物のなかに発見した久米の小品を大切にし、ブルネンブルクでの学会時に彼女の私室で見せてくれた。久米の画を手にする九〇歳のメアリーを写真におさめたが、時を超えて引き継がれる久米の芸術、時（「プロセス（道）」）に支配される人間の生というパウンドのテーマを、写真で一点に凍りつけ、実感する瞬間であった。

『詩篇』のなかに挙げられる、ヴェネツィアの家にあった三つのモノについて述べたが、メアリーの回想録『思慮分別』（*Discretions*）の中で、ヴェネツィアの家にあり、メアリーの心を魅了したとされるモノを三つあげよう。ひとつは、厳格で美しい母オルガの部屋の「ドアにかけられていた、見たことがないほど美しいドレス」で、後に日本の着物だとわかる。(6) 二つ目は、「低く長い本棚に置かれていた、藁編みと黒塗りの奇妙な靴」で、これも後に日本のものとわかるので、草履か下駄である。そして最後が、「オルガがダンヌンツィオから贈呈された、宝石が嵌め込まれた銀製の鳥の置物」である。芸術音楽を理解する君主だからとムッソリーニやマラテスタを高く評価するパウンドは、音楽を統治の最高原理としたフィーウメ共和国を作り上げたダンヌンツィオに惹き付けられた。ただし、その政治的立場や生き様を全面的に受け容れるのでもなく全面的に否定するのでもない複雑な思いを抱いていた。『詩篇』の中にもダンヌンツィオに関する逸話が散在し、ヴェネツィアと関わりの深いこの文学者・政治家のことをパウンドが常に意識していたことは明らかである。パウンドは文学者としてのダンヌンツィオをも評価はしており、文芸誌『ダイアル』(*Dial*) ヨーロッパ特派員として「パリからの手紙」(“Paris Letter”) を連載し、ヨーロッパの文芸事情をアメリカに伝えていたなかで、一九二二年一一月号にダンヌンツィオの詩「夜想曲」(“Notturno”) を、英訳して掲載した。また、そのなかの詩句「娘《コレー》の館に孔雀」をイメージとして、「詩篇三」に一九〇八年に詩人として生きるか、断念するかの生涯の決断をヴェネツィアで行った時 (最終的には、「ロンドンに行きW・B・イェイツに会う」と詩人となる決断をする) のことを謳う際に、提示している。「コレー」はギリシャ語で「娘」の意味で、デメーテルの娘、パウンドお気に入りの神話上の女性ペルセポネーである。毎年、半年を地上で、半年を地下世界の王ハーデースの妻として地中で生活した「娘」、闇と光の世界を行き来するイメージ、また穀物の年ごとの再生と豊穣のイメージが、プロセスにより進行する「時」と、季節を循環して進む「時」の交錯を示す。また、「孔雀」はパウンドにとって、イェイツと結びつくイメージなので、詩人としての人生を歩むことと結びつけられるイェイツもここでは示唆されているのである。こういったパウンドの美学・詩学・哲学、人生における決断を統合的に抱合するイメージをダンヌンツィオの詩句に負わせているのだ。(パウンドの第一詩集の題名『消えた灯心』(*A Lume Spento*) もダンヌンツィオの「おやすみ坊や」(“Ninna nanna”) に見いだせる詩句である。) 詩文を引用する。

税関の石段に腰かけた
あの年、ゴンドラは高価すぎたので
そして「かの乙女たち」はいず、面ひとつだけがあった、
そして　二〇ヤード彼方、ブチェントロ・クラブから「強き抱擁を《ストレッティ》」の歌声が、

そして　あの年、モロシーニ広場にて大梁照灯
そして　娘《コレー》の館に孔雀、さもありなん
神々蒼空を浮遊する。
3/11

並置されるイメージを説明すると、「税関」は今もドルソドゥーロ地区の東の突端に、行き交う船と人びとを監視するかのようにどっしりと存在している。「あの年」一九〇八年、春から夏の二ヶ月、海、潟、運河からの心地よい風を受けて、三方を見渡す「石段」に座っていたパウンド。時にはサン・マルコ側から、何世紀も総督の船だった「ブチェントロ」と同じ名を持つクラブから、ヴェネツィアの伝統的な歌が風に運ばれてくる。ダンヌンツィオの作品を思いつつ、神々が浮遊する世界へと心が漂う。悩める青年の姿ではあるがピサから思い出されるこのイメージは「地上楽園」であり、楽園イメージがヴェネツィアと結びつけられていることを銘記しておきたい。

パウンドの詩的想像力をかき立てた日本の文化芸術作品と共にメアリーの記憶に残る鳥の置物。音楽を愛するダンヌンツィオは、当時華々しい活動をする美しきヴァイオリニスト、オルガを夕食に招き、この「鳥」を贈呈した。パウンドが愛する街で愛する人と過ごした大切な空間に、久米民十郎の作品、着物、下駄・草履、ダンヌンツィオ贈呈の置物が並置されていたのだ。

最後に、パウンドが、第一次世界大戦期の時代が求めている政治や経済と自分自身が求めるような文学や美学が相容れないことをシニカルに描いた、一九二〇年出版の『ヒュー・セルウィン・モーバリー』（*Hugh Selwyn Mauberley, Personae*, pp. 185–202.）のなかの一節と、一九二〇年代、パウンドの教えにより自らの文学を見つけ確立

したヘミングウェイが、明らかにこの詩を意識して一九二二年に書いた「時代が要請した」（"The Age Demanded," *Complete Poems*, p. 539.）を検討して、結びに向かいたい。

時代は鋳型で抜かれた石膏を要請した
時間の無駄なくつくれるものを、
散文のキネマのようなものを、決して決して雪花石膏や
詩の「彫刻」ではないのだ

（*Personae*, p. 186.）

「時代は要求した」
時代はぼくたちに歌えと要求し
そして、ぼくたちの舌を切りとった。
時代はぼくたちに自由に流れよと要求し
そして金槌で一撃。
時代はぼくたちに踊れと要求し
そしてぼくたちを鉄製のズボンにぎゅうぎゅう押し込んだ。
そしてとうとう、時代は
自ら要求した糞を手渡されたのさ。

（*Complete Poems*, p. 53.）

パウンドは、彫刻家がノミを打って丁寧に作りあげる彫刻のような詩作品やギリシャの優雅さをもつ作品（"Attic grace"）ではなく、効率的な大量生産で産み出せる芸術を求めている時代を提示する。これは効率を重視し、国家全体を戦争へと向かわせ、個人を抑圧し、古代の理想的な優美さとはかけ離れたところへと向かわせようとしている時代を端的に描いている。ヘミングウェイはパウンドからイメージを引継ぎ、パウンドが詩・芸術を主眼に批判したこのような時代が、自分たちを騙し、抑圧し破壊し、そして自業自得の自滅的な結果をもたらすことを、単純な構造で繰り返しに変化をつける文体で効果的に、手厳しく提示する。その背景には大義名分、実のない抽象的な言葉の羅列という嫌らしい「言葉」で若者を騙して、戦争へと誘い殺していった国家への辛辣な思いが満ちている。以下に引用する、第一次世界大戦の無意味さを謳うパウンドとヘミングウェイの詩は、そのような思いにみちている。（第一次世界大戦において苦しみに満ちた死を戦士に与えた塹壕についても、パウンドの詩は指摘している。）両詩とも、ふたりの若い日の作品で、独自の詩学・文体がまだ確立してはいない。しかし、ふたりの根源にある、戦争への苦々しい思い、また、彼らが生涯追求し続けたイメージ・言葉と真逆にある性質の言葉が人間と世界を如何に破滅へと導くかが明確に示されている。

彼らはとにかく戦った
そして、信じていたものもいる
　　とにかく「お国のために」を……
急いで武器を取ったもの
冒険を求めて出かけたもの

弱さ故に参加したもの
批判を恐れたもの
殺戮が好きだったもの、想像のなかの殺戮だったと
後でわかるのだ……
恐怖しながら、殺戮を愛するようになるもの
「お国のために」死す
　「甘美」でも「ふさわしく」もない……
目の深さまで地獄に埋まって歩む
ボスの嘘を信じて、それから信じずに
お国へ帰る、嘘のお国へ
欺瞞だらけのお国へ
昔ながらの嘘のお国へそして新手の醜行
簒奪　昔ながらの、大昔からの
そしてお上の嘘つき

かつて決してなかった大胆さ、かつて決してなかった無駄。
若き血、そして高貴な血
色白の頬、そして美しい肉体

かつて決してなかった剛胆な精神
かつて決してなかった率直さ
過去には決して語られなかった幻滅
ヒステリー状態、塹壕での告白
死者の腹からわき上がる笑い

（*Personae*, pp. 187-188.）

「死んじまったいいやつらへ」
ぼくらをたらしこんだ。
王に国、
全能のキリスト
などなど。
愛国心、
民主主義、
名誉—
言葉に言い回し《フレーズ》、
ぼくらを潰すか、殺した。

（*Collected Poems*, p. 47.）

おわりに――ボーダーを越えて

本稿で検討してきたように、パウンドは、独特のイメージ論を中核にもつ詩学を打ち立て、それに基づく詩を書き、その詩の中で、地上楽園を提示した。上記引用部のような虚しい死を生み出す大戦の時代の根本には「抽象的でいやらしい言葉」があった。理想的なイメージ・言葉を用いた「地上楽園」を手引きに、詩世界だけではなく現実世界をも無駄な死や戦争がなく、労働や芸術が尊重される理想郷へ導こうとした。しかし、『詩篇』の最後に、

世界と戦い
　　私は中心を失った。
夢は衝突し
　　砕け散った―
私は作ろうとしたのだった、楽園を
　　　　地上に
　　　番号なし/802

と謳っているのが痛々しい。そして一九七二年版では、このように閉じられる。

私は楽園を書こうとしてきた
動くな
　風に語らせよ
　　それこそ楽園だ。
神々に私が作ってきたものを
　許させよ
私が愛する人に私が作ってきたものを
　許させるよう試みさせよ
120/803

自ら生涯創作してきたものを許してほしいという言葉は痛々しいものの、地上楽園を描こうとしてきたが、全てのイメージは粉砕されてしまったとの嘆きの声に比べれば、「道・プロセス」に導かれる「風」の声を聞く世界の存在をまだ希求していることに、救いは感じられる。ヘミングウェイは、原点としてパウンドから学んだ文体を独自のものとして発展させ、二〇世紀アメリカを代表する小説家となり、その「文体」をキーワードにノーベル文学賞を受けるにいたるが、(7) 最晩年、パウンドと過ごした一九二〇年代のパリを愛おしみ回想する『移動祝祭日』を書いた後、自らの命を絶ってしまう。ともに人生の最期は哀しいものではあるが、ヘミングウェイの作品は今も読み継がれており、また、パウンドの詩学は冒頭にも述べたように、現代にも息づき、また、パウンド以後の英語圏の詩人は、パウンドの詩学の影響を何らかの形で受けている。パウンドは古代からの詩の伝統を受け継ぎ、後続の文学者にその伝統を引き渡しているのだ。また、「戦争」は現在も世界が抱える最大の「問題」「悪」

である。ボーダーを強く打ち立て、他を排除して自らの権利を主張する二一世紀を、自らの詩の世界にボーダーなく、多元的な文化を共存させたパウンドはどう見ているであろうか。銀行家や軍事産業を嫌ったパウンドは反ユダヤ主義的発言をするなど、なにもかもを全面的に受け容れた訳ではなく、許しがたい発言をしているのは確かである。ただ、自らのイメージ論・詩学を通して、文化差、時代差を越えた、ボーダーの無い『詩篇』の世界を今、見つめ直すことの意義は大きい。怒りや矛盾や悲しみを感じながらも、現状を遠くから傍観しているだけはなく、二〇世紀のパウンドの時代の世界が抱えた問題を通して見据えて行くことができれば、単に個として詩を自己満足的に楽しんでいる以上の何かを生み出すことができるのではないだろうか。パウンドのイメージ・言葉が語りかける声に耳をすませば。

（1）パウンドはダンテの『神曲』を念頭に、*paradiso terrestre* の語を用いた。またライフワークの詩集のタイトルを *The Cantos* とし、それを構成する個々の詩を Canto と呼ぶのも、『神曲』を明らかに意識し、自分が大詩人ダンテの伝統を継承するとの自負が現れている。また、詩は「歌」であるとの表明でもある。なお、本稿のなかの『詩篇』の引用はすべて、文献に挙げた版を用い、スラッシュの左に詩篇番号、右にページ数を示している。また、本文中の日本語訳はすべて筆者によるものである。

（2）"Hermes of the Ways"
The hard sand breaks,
and the grains of it
are clear as wine.

Far off over the leagues of it,

the wind,
playing on the wide shore,
piles little ridges,
and the great waves
breaks over it.

But more than the many-foamed ways
of the sea,
I know him
of the triple path ways,
Hermes.
who awaits . . . . . .

H.D., *Collected Poems,* p. 37.

(3) It was Ezra Pound, that indefatigable discoverer of talent, who first seized on the essential elements in William's poetry. Introducing Williams's second, still tentative, volume, *The Tempers,* in 1913, Pound quoted one of Williams's similes where he speaks of a thousand freshets;

. . . crowded
Like peasants to a fair
Clear skinned, wild from seclusion.

Pound has instinctively isolated here elements thoroughly characteristic of this poet's entire venture—poetic energy imagined as the rush of water; not so much Wordsworth's "spontaneous overflow of powerful feelings," but feeling "crowded," forcing and yet constrained by their own earth-bound track; a certain rustic uncouthness whose end is a celebration and which wears the stamp of locality."

W.C.Williams, *Selected Poems*, vii.

（4）これはパウンドがヘミングウェイの根幹に見いだしたものである。また、パウンドはヘミングウェイの作品に「誠」が現れるように指導し続けた。

（5）久米民十郎については、東京女子大学比較文化研究所で、二〇一一年から一三年にかけ行った共同研究「日本人芸術家たちと欧米モダニズム」の結果生み出した論集における、今村楯夫の論考が既存研究のなかで最も詳細に論じられたものである（今村、二〇一六）。

（6）オルガは、本人の希望により、若き日の恋人英国人エガルトン・グレイが日本から持ち帰った着物に包まれて、埋葬された、それがこの着物だったかどうかは不明である。

（7）ヘミングウェイのノーベル賞受賞理由は「現代の文体にもたらした影響力」にあると締めくくられる。

参考文献

BLAST . . . Review of the Great English Vortex, no.1, June 20, 1914, ed. Wyndham Lewis, London : John Lane, 1914.

Conover, Anne. *Olga Rudge & Ezra Pound : "What Thou Lovest Well . . ."* Ithaca : Yale U. P., 2001.

Damrosch, David. *What is World Literature?*, Princeton, NJ : Princeton U.P., 2003.

Eliot, Thomas Stearns. *The Waste Land : a facsimile and transcript of the original drafts including the annotations of Ezra Pound*, Edited by Valerie Eliot. London : Faber and Faber Ltd., 1971.

Ferlinghetti, Lawrence. *Blasts Cries Laughter*, New York : New Directions, 2014.

Giorgini, Mario. ***SIRMIONE*** *Perla delle Penisole Tra passato e presente Largo dei Garda Azzurro d'Europa (Pearl of the Peninsulas—Past and Present, The Brlue Waters of Lake Garda)*, fotogiorgini. it, 2013.

H.D., *Collected Poems 1912–1944*, ed. Louis L. Martz, New York : New Directions, 1925, 1983.

Hemingway, Ernest. *Complete Poems*, Edited, with an introduction and Notes by Nicholas Gerogiannis, Revised Edition, Lincoln and London : University of Nebraska Press, 1992.

———. *88 Poems,* Edited, with an Introduction and Notes by Nicholas Gerogiannis. New York and London : Harcourt Brace Javanovich/ Bruccoli Clark, 1979.

———. *Ernest Hemingway : Selected Letters : 1917–1961,* ed. Carlos Baker. New York : Scribner's, 2003.

———. "Japanese Earthquake Tosses About on Land Like Ships in a Storm", *The Toronto Daily Star,* September 25, 1923, in *By Line : Selected Articles and Dispatches of Four Decades,* ed. by William White, New York : Bantam, 1968.

———. *A Moveable Feast,* New York : Scribners, 1964, 1992.

James, Henry. *The Turn of the Screw and The Aspern Papers,* London : Penguin, 1984.

———. *The Wings of the Dove*, London : Penguin, 2008.

Jones, Peter. *Imagist Poetry*, London : Penguin, 2001.

Joyce, James. *Letters of James Joyce*, Edited by Stuart Gilbert, London : Faber and Faber, 1957.

———. *Ulysses*, vol. 1–3. A Critical and synoptic ed. prepared by H. Walter Gabler with W. Steppe and C. Melchior, NY : Garland Pub., 1984.

Manabe, Akiko. "Literary Style and Japanese Aesthetics : Hemingway's Debt to Pound as Reflected in his Poetic Style", *Cultural Hybrids of (Post) Modernism : Japanese and Western Literature, Art and Philosophy,* ed. by Beatriz Penas-Ibáñez and Akiko Manabe, Bern : Peter Lang, pp. 121–144, 2016.

———. "W.B Yeats and *kyogen* : Individualism & Communal Harmony in Japan's Classical Theatrical Repertoire", *Études anglaises : revue du monde anglophone*, pp. 425–41, 2015.

Mann, Thomas. *Death in Venice*, trans. Michael Henry Heim, New York : Harper Collins, 2005.

Pound, Ezra. *The Cantos of Ezra Pound*, New York : New Directions, 1975.

———. *Collected Early Poems of Ezra Pound,* ed. Michael John King. New York : New Directions, 1976.

——. *Literary Essays of Ezra Pound*, ed. T.S. Eliot. New York : New Directions, 1968.
——. *Personae : The Shorter Poems of Ezra Pound, A Revised Edition Prepared by Lea Beachler and A. Walton Litz*, New York : New Directions, 1990.
——. *Plays Modelled on the Noh*, ed. Donald C. Gallup, Toledo : The Friends of the University of Toledo Libraries, 1987.
Pratt, William. *The Imagist Poem : Modern Poetry in Miniature*, New York : Dutton, 1963.
Rachewiltz, Mary de. *Ezra Pound, Father and Teacher : Discretions*, New York : New Directions, 1971.
Ruskin, John. *The Stones of Venice*, London : Smith, Elder & Co. 1851, 1853.
Williams, William Carlos. *Selected Poems*, ed. Charles Tomlinson, New York : New Directions, 1985.
Yeats, William Butler. *The Collected Plays of W.B. Yeats*, London : Macmillan, 1985.
Zorzi, Rosella Mamoli. Grey, M and Bacigalupo M. *In Venice and the Venito with Ezra Pound*, Venezia : Venice International U., 2007.
今村楯夫、「「タミの夢」―パウンドとヘミングウェイを結ぶ橋」、「日本人芸術家たちと欧米モダニズム」『東京女子大学紀要七七号』、東京女子大学比較文化研究所、二〇一六年、一九～三七頁。
デイヴィッド・ダムロッシュ『世界文学とは何か？』、秋草俊一郎他訳、国書刊行会、二〇一一年。
沼野充義編著『世界は文学でできている　対話で学ぶ〈世界文学〉連続講義』、光文社、二〇一二年。
——『やっぱり世界は文学でできている　対話で学ぶ〈世界文学〉連続講義2』、光文社、二〇一三年。
真鍋晶子、「パウンド、イェイツ、ヘミングウェイの日本との邂逅：狂言とヘミングウェイの詩をめぐって」、「日本人芸術家たちと欧米モダニズム」『東京女子大学紀要七七号』、東京女子大学比較文化研究所、二〇一六年、五一～六八頁。
——「W・B・イェイツ、アーネスト・フェノロサとラフカディオ・ハーン：東西に響く三重奏」『ヘルン研究』創刊号、富山大学ヘルン（小泉八雲）研究会、二〇一六年、七二～八二頁。

〈追記〉

本稿は科学研究費助成事業（学術研究助成基金助成金）平成二六年度〜平成二八年度　基盤研究（C）「詩人アーネスト・ヘミングウェイの発見：うたと日本的感性」（課題番号　26370315）及び、平成二九年度〜三一年度　基盤研究（C）「W・B・イェイツ、パウンド、ヘミングウェイと狂言：「笑い」と「間」の詩学」（課題番号　17K02542）に基づく研究の成果である。

NRF（『新フランス評論』）の前衛の受容をめぐって
――ジッド、リヴィエール、ポーラン――

本田貴久

はじめに

モダンとかモダニズムという語の持つ意味の広がりは、各国によってもあるいはジャンルによっても意味合いが異なってくるものである。たとえばフランスでは、たしかにボードレールは自らの詩のなかで「現代性」という審美的価値を導入したが、モデルニスム（フランス語では moderne という形容詞から派生した英語のモダニズムに対応する語）という語をそのまま自称する運動自体はなかった。しかし、一九世紀後半以降、「主義」を意味する「イズム」を語尾につけた意識的な運動が、象徴主義を皮切りに次から次へと登場するであろう。こうした運動は文学に限らず、むしろ美術の分野でも顕著であったことはいうまでもない。一九世紀後半から第二次大戦にかけて、西欧中心の世界史において、いわゆるグローバリズムといえる帝国主義の時代において、多くの国で集団的な運動が形成され、相互に影響を与えつつ、多様な芸術実践が行われたということが、かろうじて外形から判断できるモダンの特徴のひとつである。とはいえ、その多様性をひとくくりにしうる概念について本稿では問題としない。というのも、本稿では前衛（アヴァンギャルド）のフランスにおける受容を問題とすることになるのだが、その前衛とは一九世紀後半以降モダンと見なされうる様々な運動との絶縁を主張しているからである。とはいえ、前衛が集団として意識的に主張する伝統や既成概念との決別という過激な主張さえ、巨視的に眺めれば、この時期に顕著な多様な芸術実践のひとつに過ぎず、その意味でモダンのひとつの潮流だとみなすこともできるのである。

ダダの運動を「その後にすべてが再開する大洪水」と評したアンドレ・ジッド（一八六九～一九五一年）は次のように述べる。

若者たちは思っているほど確信できているわけではないのだ。彼らは無意識にも、（なにかに）従属しているのである。それゆえに、彼ら若者たちを持ち上げる潮流、彼らが浮かぶこうした潮流の方こそが示唆的なのである。この場合、煽動者というのは、この潮流に最初に持ち上げられた者にすぎず、それに対してたいした反応を見せたわけではなく、せいぜい波の高さや方向を示すぐらいなのだ。私は彼ら煽動者を熱心に観察しているが、興味があるのはコルク栓ではなく、潮流の方なのである。(1)

ジッドは、モダンという現象を「潮流」にたとえ、個々の運動を「コルク栓」にたとえている。また運動の特徴として若者が多いこともここには示されていることも付け加えておこう。さて、ここでジッドは、先鋭な運動を展開している者が、潮流という時代のうねりに突き動かされていることにははなはだ無意識であるということを鋭く指摘しているのである。世紀末に、『パリュード』（一八九五年）、『地の糧』（一八九七年）といった小説を発表し、文壇に君臨することになるジッドだが、そもそもマラルメやヴァレリーといった一九世紀後半の象徴主義と分類される最良の詩人たちとの交流を通して、力を磨いたのである。新しい運動が次々と誕生するのを、同床異夢という印象を抱きつつ、歳を重ねるごとに不思議な思いでつぶさに眺めていたに違いない。それぞれの主張に真摯に耳を傾けながらも、無意識に彼らが影響を受けてしまっている時代の潮流を、ジッドは見極めようとしているのだ。

ジッドは一九〇九年に、友人らとともに文芸誌『新フランス評論』（*La Nouvelle Revue Française* 以下ＮＲＦ）を創刊することになるが、本稿ではこの媒体がいかにしてダダという前衛を受容していくのか、そしていかなる人物が媒介することによって前衛を受容することになるのか、そしてその後前衛はいかにしてフランスの文壇に受け入れられていくのかについて、すなわち前衛の受容について考察をしてみたい。ちなみに、前衛（アヴァンギャルド）という際には、本稿のいう事例を一般化できる類のものではないため、ダダ、場合によってはシュルレアリスムのみを指すことにする。

ところでＮＲＦの重鎮ジッドのダダに対する反応は見てきたとおり、肯定的なものではなかったのである。一方、当時の代表・編集長だったジャック・リヴィエール（一八八六〜一九二五年）は、ジッドに比してはるかに肯定的にダダを認知する旨の論考を同誌に掲載している。創刊号から不偏不党の編集方針を掲げ、良質な作品を精力的に紹介してきたＮＲＦが突如、ダダに言及しはじめたのはなぜだろうか。むろん、ダダがすでにフランスに衝撃を与えていたことは確かであるが、それは一部の好事家を驚かす相対的に小さな文学的な事件に過ぎず、すでに一流誌の仲間入りをしていたＮＲＦが前衛に対して、反応自体を示したことがむしろ大きな事件となる。このとき、ひとりの人物の名前が浮かび上がるのである。その人物とはジャン・ポーラン（一八八四〜一九六八年）であり、後にＮＲＦの編集長となってやはり文壇に大きな影響を与えることになる。そのジャン・ポーランが、ジッドがダダの論考を発表した前年の一九一九年に兼任の状態でＮＲＦの編集部に入ったのだ。ポーランはまた、マックス・エルンストが一九二二年に描いた『友人たちとの集い』（*Au rendez-vous des amis*）に登場人物のひとりとして描かれる。ブルトン、アラゴン、スーポー、デ・キリコなど、後にシュルレアリストとして名を馳せる群像のなかに、バンジャマン・ペレと並び、中央に威風堂々と鎮座するのがジャン・ポーランなのだ。彼がそれまでに発表した数冊の小説はたしかに奇抜な着想にあふれ、玄人好みのする秀作といえるが、小品にすぎず[2]、また前衛的なものとはいえない、すなわちダダやシュルレアリスムのように主張や理論に基づくものではなかった。だとすれば、シュルレアリストでもないポーランがこの絵画に描かれるのはなぜだろうか。この疑問が、ダダやシュルレアリスムというふたつの前衛的芸術運動とNRFを結びつけることになるのである。

よって、フランスの高級文学雑誌NRFのジッド、リヴィエール、ポーランといった人物が、前衛といかなる関係を持ったのかを本稿の目的としてみることで、フランスにおける前衛運動の受容の代表例として考察してみたいのである。

一　一九世紀後半以降の芸術の運動化

ダダが小さな文化的出来事でしかなかったと前述したが、それは、文学愛好家という関係者への衝撃の大きさにもかかわらず、大衆の広範な認知や支持を得る類いのものではなかったということである。しかし先鋭芸術の認知は構造的にそうならざるをえなかったといえる。ロマン主義以来、数々の詩の刷新が意識の高い詩人によって行われてきたものの、基本的にそのような詩の先鋭化の動きは、市場の嗜好から乖離していくものである[3]。義務教育の広がりと識字率の向上によって文学を嗜む人口は増加したものの、その嗜好の多くは、小説や演劇作品に向かっており、詩というジャンルはその恩恵を受けることは相対的に小さかったのである。それゆえに、詩人たちは、集団化したり、雑誌を創刊したり、出版社を創設するのみならず、マニフェスト（宣言文）を公表するなど、高度な芸術作品の作り手だと認知されるための広報活動を自ら展開する必要があった。したがって、《運動》とは詩をはじめとする文学作品の作品制作のみならず、右記のような認知のための自己宣伝としての実質的な活動も含めた全体的な活動だと定義できるだろう。これは、書簡集をひもとけばよくあるように作家が自らの作品を、既存の出版社に売り込む活動とは本質的に異なるものだと考えられる。運動とは、認知のために、作品を発表して他者からの評価を待つというものではなく、集団としての原理や主義を自ら公表し、かつまた、自ら発表媒体を作り出す、戦略的かつ総合的な活動なのである。

こうした《運動》をきわめて意識的に行った人物としてまず挙げられるのは、象徴主義を主張したジャン・モレアス（一八五六〜一九一〇年）であろう。彼は一八八六年に『フィガロ』紙の文芸付録版に「象徴主義」というマニフェストを発表し、(4) さらにギュスターヴ・カーンらとともに『象徴主義』という雑誌を創刊している。それから、二〇年ほど経過した一九〇九年、すなわちマリネッティ（一八七六〜一九四四年）が未来派・未来主義（le Futurisme）を掲げて、そのマニフェストをやはり『フィガロ』紙上に発表したときには、このような《運動》のかたちはすでにモデル化していたのだといえるのだろう。

ダダやシュルレアリスムは直接的には未来派から受けた影響に言及しないが、ダダの主導者トリスタン・ツァラ（一八九六〜一九六三年）はすでにマリネッティと接触しており、アンドレ・ブルトン（一八九六〜一九六六年）とフィリップ・スーポー（一八九七〜一九九〇年）もアポリネールを通して未来派宣言には目を通しており、一九一八年パリで開催された未来派総合演劇の公演にも出席していたのである。(5) 彼らが未来派の影響を受けていないと断言することはできないのだ。やはり、アンナ・ボスケッティが「未来派のように、ダダやシュルレアリスムは、アート・アクションやレディーメイドといった実践活動を通して、芸術という概念そのものを再検討するのである」[6]と主張するように、これまでの様々な「イズム（isme）」との断絶のみならず、芸術という概念自体、それが成立している前提となる枠組み・臆見自体を審問に付そうとする、過激な未来派の主張が、ダダやシュルレアリスムに影響を与え、他の「イズム」と分かつのだと考えられる。たとえば、象徴主義のマニフェストのなかでモレアスは、ロマン主義以来の文学史を一種の循環史観において見立てており、自らが主張する象徴主義を来たるべきものとして位置づけるとき、たしかに直前の芸術潮流（たとえば高踏派）を批判するものの、それらの主義が前提とする芸術それ自体を否定することはないのである。[7]

こうしてダダやシュルレアリスムといった前衛が文壇に少なくとも認知される舞台はとっくに整っていたのである。

二　NRFとその編集方針

1　戦前のNRF

未来派宣言が『フィガロ』紙に公刊された年の二月、ある雑誌が創刊された。いうまでもなくNRFのことである。正確には前年に創刊号が公刊されたのだが、創刊者たちの間で編集方針の行き違いもあり、この号は「過った出発（faut départ）」とみなされ、次号のNRFが第一号となっている。アンドレ・ジッドを筆頭として仲間の文学者六人（「父なる創設者」ともよばれる）とともにNRFは創刊されたのだが、二〇一七年現在においてもなお発刊され続けているフランスでももっとも有名な文芸誌の一つである。第一号（一九〇九年）発刊当初からジッドの『狭き門』が掲載され、[8]クローデルの『人質』、アラン・フルニエ『グラン・モーヌ』、第一次世界大戦後にはプルーストの『失われた時を求めて』の抜粋などフランス語文学の傑作のみならず、ドストエフスキーやジヨイスなど外国語文学も精力的に紹介し、フランスでも屈指の文芸誌へとのぼりつめる。第一次世界大戦の間、その発行は中止されるが、戦後まもなくジャック・リヴィエールを編集長に迎え、復刊を果たすことになる。

アンドレ・ジッド、アンドレ・リュイテール、ジャック・コポー、マルセル・ドルアン、ジャン・シュルンベルジェ、アンリ・ゲオンという父なる創設者たちは、もともと『ルヴュ・ブランシュ』（*Revue blanche*）誌、『エルミタージュ』（*L'Ermitage*）誌といった象徴主義の流れを汲む雑誌の同人であり、彼らが自然と集まるのは当然のことであった。しかし、NRFの創設のために集まった彼らは、これらの雑誌とは異なり、主義主張を積極的にNRFで展開することはなかった。一九一八年、雑誌の発行が中断していたころ、ジュネーヴでジャック・リヴィエールは「NRF誌と、戦前期の文学的運動においてNRFが果たした役割[9]」という主題で講演を行っており、戦前期のNRFの父なる創設者たちがこの雑誌に賭けた思いを証言している。彼らは、もはや新しいことを世界にもたらそうとはしていなかったのである。斬新さを前面に押し出すというより、むしろ初期（戦前）のNRFの特徴として見られるのは、自制心といったものである。象徴主義から脱皮する意図があったとはいえ、もともと売れようとか、大衆の嗜好におもねるといった傾向をもっておらず、派手な自己演出は避けたいという自制心があったのだ。また、必然的に自分たちの作品に対しても厳しく批評の目を向けるということが帰結する。ロマン主義の「闊達さ（laisser-aller）」に対してフローベールやボードレールが抱いた反動と同様のもので、自己批評が厳しすぎるあまり、萎縮とさえみなされる自制心がみられたという。

これらの自制心はしかし、決して道徳に基づくものではなく、ひとえに彼ら同人が自らの作品に対してただただ誠実でありたいという態度、すなわち芸術至上主義から帰着するものである。とはいえ、高踏派のように、他意なき純粋な美を追い求めていたわけではないし、あるいは美を、それを実現する形式のみに還元していたわけでもない。「創造は中立性・無関心（indifférence）のなかから生まれ得ない。創造する精神とは、つねに、選好し、欲望し、嫌悪するものである」とリヴィエールが述べるように、彼らは、創造行為にはなにかしらの暴力性が秘められているという事実を冷静に認識していたのである。(10)

とすると結果的に戦前期のジッドが主導したNRFの編集方針は、なにかを突出させて優先することはしないというきわめて消極的なものとなる。

彼らの間で共通了解となっていたのは、歓迎する態度、期待する態度、偏見にとらわれず関心を持つという態度のみであり、また同様に開かれた精神のみであった。(11)

こうして初期のNRFは自ら「主義」や「流派」といった積極的な主張を掲げることなく、良質と思われる作品や批評を掲載していくことになる。ただ当然のことながら、良質ということの定義や選択の基準ははっきりと示されておらず、編集者各自の審美眼によって異なるだろう。とはいえ、彼らは審美眼に関しては、互いに対する信頼は厚かったのである。ジッド自身も「NRF誌の歴史」というNRFを回顧する論考で、「我々の間にはいかなる信条も支配的になることはなかった。支配していたのは、芸術に対して等しく抱く愛情、そしてこういってよければ、等しく抱く無私なる態度であった」と述べ、さらに「NRFは宣言というものを嫌悪していた。宣言は政党であることを示すからだし、NRFは政党や流派の機関誌たろうとはしていなかったからである。自らの仕事に注意を払い、また成功とか、流行のはやりすたりを気にすることなく、芸術や思想を支えることに注意を払う、そういう自由精神を持つ人々の集まり、これが私たちの雑誌の最初の姿であった」(12)と述べている。こうした証言からも、NRFはいかなるジャンルにせよ、それが作品としてあるいは批評として十分な質が担保されていれば、掲載に値すると判断する、いわば全方位的な雑誌であったことが分かる。反対に、ある特定の政党や流派の主張を掲げることはない反面、寄稿者の個人的な政治的、宗教的、道徳的な偏向は、それが理由で掲載が拒否されることはないのである。なぜなら、それが雑誌全体の意思として発表されるわけではないからである。

このような編集方針に基づき、戦前期に発行された全六八号の目次を眺めると、さまざまなことが読み取れる。まず、創刊者たちの貢献が圧倒的に多いということは一目瞭然である。ジッドは批評と創作合わせて五七本のテクスト、ゲオンやシュルンベルジェにいたっては、それぞれ一九三本、一七二本（「過った創刊号」は除く）と超人的な量のテクストを生産している。これはこの時期全体でみると、数の上では、創作では12％、批評では50％の数にあたる記事を（よって全体では42％を）創刊者たち六人で執筆していることになる。[13]同じ方針で集まった六人が、各号の厚さは100ページ足らずから200ページを超えるものまでまちまちではあるが、全体の三割から四割の量を、五年間にわたって毎月持続的に執筆していたことは驚異的であり、だからこそ、彼らの考えた開かれた精神は少なくとも五年間は維持されていたと考えることができるはずである。

目次の名前はしたがって半分近くは彼らの名前で占められている。ここにさらに、ポール・クローデル、アンドレ・シュアレス、アルベール・チボーデ、アラン・フルニエといったお抱えの作家が数多くのテクストを寄稿しており、戦前期のＮＲＦの執筆陣の顔ぶれにはほとんど変化がないとさえいえる。これは現代の目から眺めればやや硬直した印象を与えないわけではないが、むしろ、編集上はきわめて安定した運営が行われているのだといえるだろうし、彼らもまたこのような誌面になることを望んでいたのである。さらに、目次を見て気づくことだが、いわゆる版元が、一九一二年一〇月からＮＲＦそのものへと変わっている。経営的にいえば、一九一〇年段階ではジッドやシュルンベルジェの持ち出しがあったが、一九一四年、中断を余儀なくされたころには購読者は三千人を数えるほどになっていた。[14]とはいえ、雑誌の経営は決して芳しいものではなく、一九一一年五月三一日に、後に出版社ガリマールの社主となるガストン・ガリマールの出資に合意して以降、少しずつ出資金を増やしながらかろうじて経営してきたのが実態である[15]。版元の名前に変化があったのは、この時期にガリマールの出資を得て、それまで間借りしていたマルセル・リヴィエール社から引っ越しをすることができたからである。

2　第一次世界大戦後のＮＲＦ

これまで述べてきたのが、戦前のＮＲＦのとった編集の特徴であるが、その後第一次大戦で中断し[16]、戦後の一九一九年六月、第六九号をもって復刊する。この号の目次には、ジャック・リヴィエール、ジッド、アンリ・ゲオン（創設者）、クローデル、ポール・ヴァレリー、プルーストなどそうそうたる顔ぶれがそろっているが、ほとんどが戦前からの寄稿者たちであり、編集方針が変わったという印象は受けないのではないか。ヴァレリーという大物の名前が新たに加わっているが、彼もまたジッドと世代を同じくする詩人である。むしろ寄稿がなかったことのほうが不思議だといえるが、ヴァレリー自身、一八九七年以降、文学的には沈黙を保っていたのである。とはいえヴァレリーは、前述したＮＲＦの方針にもっともふさわしい人物であり、彼の登場はＮＲＦの連続性をむしろ補強していると考えられる。

さらにまた代表・編集長（directeur, rédacteur en chef）にはジャック・リヴィエールが就任し、巻頭に単刀直入に«*La Nouvelle Revue Française*»と題した序文を寄せ、「我々はあらためて公平なる雑誌、自由な精神によって判断し創作しつづけることのできる雑誌を作りたいのである[17]」と新生ＮＲＦの抱負を述べることになる。むろん、戦争でなにも起こらなかったかのように戦前とまったく同じ編集方針で臨むわけではない。しかし、戦争とともに高揚したフランスの偉大さや愛国心に訴えたりするような傾向を前面に押し出すことはせず、芸術の相対的な自律というものを雑誌の基本方針に据えたのである。ゆえに、戦前と戦後の連続性は、編集方針からも、寄稿者たちの顔ぶれからもあきらかなのである。これが文化に飢えていた穏健な読者たちを安心させたことはいうまでもないだろう。一九二〇年には購読者の数は七千人へと一挙に増加し、ライバル誌『メルキュール・ド・フランス』（*Mercure de France*）に匹敵するほどに成長し、フランス文壇に強い影響力を及ぼすことになるのである。NRFは創刊者たちが望んだ、いわば高級誌としてのステイタスと十分な読者層を獲得したのである。一九一九年の目次にはプルーストの『失われた時を求めて』の第六編にあたる『消え去ったアルベルティーヌ』、ジッド『田園交響楽』、ヴァレリーの『精神の危機』などこれもまたフランス語文学のなかでも最高峰にそびえる作品の名前が見られ、その圧倒的な質の高さに改めて驚きを覚えるのである。

三　NRFのダダの受容――ジッド、リヴィエール

NRFはことほどさように大作家たちを執筆陣に抱えた安定的な高級文学誌としての地位を獲得したが、一九二〇年の四月号に、突如、ジッドによる評論「ダダ」が巻頭を飾ることになる。トリスタン・ツァラが主導した前衛運動ダダはすでにパリにも紹介されていたが、あくまでもブルトンやアラゴン（一八九七～一九八二年）、スーポーなど当時二〇歳を少し越えたばかりのツァラと同年代の若者たちを賑わしていた存在に過ぎなかった。全方位でいろいろな潮流に目を向けるというのがこの雑誌の方針だとすれば、NRFもダダを無視していない。たとえばすでに一九一九年九月号に次のようにドイツのダダを記事で紹介しているのである。

「ダダ運動」

活気のある若い雑誌の広告欄に次のような告知が載っていた。

ダダ
1-2-3-4-5
トリスタン・ツァラ（代表）
必要な情報についてはツァラに連絡してください。〔以下チューリヒの住所〕

ベルリンから直接送られてきたこの種の駄弁を、パリが歓迎している様子には本当に腹が立つ。昨夏、ドイツのジャーナリズムの誌面は何度もこのダダ運動に占拠されてしまった。そしてこの新しい流派の支持者たちがたえまなく「ダダダダダ　ダダ　ダ」となぞめいた音節を朗唱していたのである。一九一八年九月ベルリンの第一選挙区で補欠選挙が行われた。このときダダ・クラブからひとりの「スーパーダダ（Ober-dada）」が立候補を表明した。以下が、このクラブの通達によると、『ベルリン日報』（*Berliner Tageblatt*）がこの候補者について報じた内容である。

「バーデル氏は一八七五年六月二一日シュトゥットガルトに生まれる。彼の人生を画す一連の出来事は一八七六年のクリスマスの日に、太陽がアルプスの麓に沈んだときからはじまった。その夕焼けは未曾有の輝きを放ち、彼の人格に密接な関係を持つことになった。その二年半後、彼ははじめてたったひとりで、チューリヒ湖のほとりの人気のない森で、聖なる裸の儀式を行った。バーデル氏はドイツでもっとも有名な建築家のひとりである。彼の手がけた墓や記念碑は世界的に知られている。」

この大いなるダダの立候補は真剣には受け止められず、新聞各紙も彼の得票を報じるのを忘れたほどである。ベルリンの第一選挙区の有権者のようなばかばかしいことは演じたくないものである。(18)

この報告には署名がないため誰が書いた記事かはわからないが、ドイツ語を訳していることからもドイツ語に通じた者が書いているのであろう。この記事の執筆者は、ダダがパリに波及していることに憤慨しているのである。もちろんここで言及されている「若い雑誌」とはブルトンが主宰する『文学』（*Littérature*）のことである。[19] 一九一六年にチューリヒのキャバレー・ボルテールで産声をあげたダダは、七月一四日の革命記念日にダダ宣言（これはフーゴ・バルによるもの）を発表し世に知られることになり、ドイツにもこの運動は波及しそれがジャーナリズムに大いに取り上げられることになる。一方で、フランスではドイツが敵国であったこともありNRF誌の反応も素っ気ないどころか、侮蔑的でさえあるだろう。おそらくこのような拒否的な反応がフランスの一般的な反応だったと考えられる。一方で、すでにツァラはブルトンらの招きに応じて一九二〇年一月一七日に来仏し、ダダの催しが幾度となく開催されることになる。

最初は素っ気ない反応を示したNRFであったが、ジッドの反応によってその態度は急変する。一九二〇年四月号と八月号にはダダに関連する記事が三本も掲載されたのだ。これらの記事を書いたのが、NRFを草創期から支えたジッド、当時のNRFの司令塔ともいえるリヴィエール、そしてダダを経由してシュルレアリスム運動を立ち上げることになるブルトンであり、この雑誌をアリーナにしてダダが活発に議論されることになるのだ。そこではブルトン（一八九六年生まれ）をはじめとする新世代の文学の旗手と、ジッド（一八六九年生まれ）と戦前からの流れを汲むリヴィエール（一八八六年生まれ）という三世代の間の違いが浮き彫りになってくるのである。ここで、それぞれのダダに対する反応を紹介したい。

まずジッドのダダのとらえ方について、本稿冒頭でも紹介したが、ジッドはごくシンプルな「ダダ」という題のテクストを寄稿した。ジッドはまず過去の傑作を認めることとは、決してその傑作をふたたび作り出さないことだと考える。完璧なものはもはや手を加える必要のないものだからというわけである。よって、過去を認めることは未来に対して重荷となるだろう。そしてキュビスムと比較して、ダダを流派・学派（école）とは見なさない。流派とは作るものであり、ダダは破壊をめざしているに過ぎないからだ。キュビスムが過去の傑作を前にしてまったく新しい技法を生み出したのに対して、ダダにはそのような気配が微塵も見られないという。

しかし、一方、フランス語自体に対して、徹底的な見直しは必要だとジッドは考えている。その意味で、ダダが無意味を主張して、言語の論理や意味作用を破壊しようとすることは、フランス語にとっても意味がないものではない。こうすることでフランス語も過去とのつながりを絶ち、新たな一歩を踏み出せるのだと。しかし、「実際には、ダダという語が発見されたとき、もはやすることはなにもなくなってしまったのだ。その後、書かれたことは私には少し冗長に思える」[20]と述べ、ダダの意図は結局、ダダという無意味な語、すなわち絶対的にも意味しないもの（insignifiant absolu）を発見してしまったことで、すべてが白紙還元されてしまったのだと主張する。冒頭で引用したようにダダは「大洪水」にも匹敵する価値体系の破壊をはかったものの、それはそれだけのことでしかなかったのである。かくしてジッドは、ダダの破壊的側面がフランス語の見直しにつながるという観点から一定の評価を下しているが、グループとしてはダダというたった二音節ですべてを表現し尽くしてしまっているといい、まったく内容には触れようとはしないのである。この点で、ジッドの評価は否定的であるといえる。

続いて、四ヶ月後にブルトンとリヴィエールによる「ダダのために」そして「ダダへの感謝」が同じ号に掲載されることになる。ブルトンは若くして、スーポー、アラゴンとともに雑誌『文学』を主宰していた。一冊二〇ページ程度の小さな雑誌だが、創刊号ではジッドやヴァレリーからの寄稿もあり、またポーランも小文を寄せている。ブルトンはすでにNRF周辺の人物と知り合いだったのである。そうした人脈ゆえに（とくにヴァレリーの推薦による）、一九二〇年当時ごく短い期間ではあったが、ブルトンはNRFの編集部でも働いており（プルーストの草稿を原稿に起こす仕事に従事させられた）、編集長のリヴィエールと親しくなっていた。

さて、リヴィエールの論考「ダダへの感謝」はダダについていかにもNRFらしく、冷静かつはるかに視野の広い見事な批評となっている。視野が広いというのは、ロマン主義以降のフランス文学の革新が目指してきたものがダダにいたってついにはっきりと確信されたという、独自の文学史観に根ざした詳細な分析があるからである。

ダダたちが現れるまで、われわれはためらいのなかにあった。ダダたちが語り、主張することは、はるか前から、一連の作家たちが拠っていたことなのだ。だが誰ひとりそれを宣言し、格言として作り出さなかったし、それがもたらす結果について正面から検討しようとしなかったのである。この百年間の文学が示唆し、指し示そうとしてきたこの本質的な信条に対してわれわれははじめてそれを意識化したのだ。(21)

このように、リヴィエールは一九世紀以降の作家たちがそれとは名指さずに目指してきたある現象へとわれわれの注意を差し向けるのである。彼は、ジッドがダダを、これまで作家たちが作り上げた文学史を否定し、白紙還元する存在としてみなしたのとは異なり、ダダを文学の歴史のなかの嫡子として位置づけようとするのである。では一九世紀以降の文学が目指してきたものとはなにか。それは「作家たち自身の単純で純粋なる外在化(extériorisation pure et simple d'eux-mêmes)」であるという。むろん、自身の外在化という語のみではは っきりと焦点を結ばないが、リヴィエールは、フローベール、象徴主義、ランボー、キュビスム、アポリネール、マックス・ジャコブといった作家を例にとって、詳細に分析を続け、この外在化とは、結局、個性の結晶にほかならないということだと結論する。これら主義も主張も異なる作家たちを十把一絡げに、このような個性の発現という表現でまとめることに躊躇はあるものの、これがリヴィエールの批評家としての力業であり、たしかに説得力を持っている。これがある種の主観主義（subjectivisme）であることはいうまでもないが、ダダが果たしてこのような系譜にあてはまるのかどうか、ダダの表面的な主張と比較すると疑問が残る。なぜならダダは次のようなことを主張しているからだ。

ダダは語をもはやただの事件だとしかみなしていない。彼らは語が自身で生成されるよう放置する。まるで信号に無関心な鉄道運転手のように、彼らは振る舞うのである。〔…〕言語はダダにとって道具ではない。彼らにとってはひとつの存在なのだ。〔…〕言語から有用性を排除してみよう。完全なる空白を言語に認めるのだ。すると、見知らぬ者が言語を選び、それを勝ち取り、それを利用するのがわかるだろう。(22)

このようにリヴィエールは、ダダの代表的な論客であるツァラの言語観およびそこから帰結する（反）文学観を十全に理解しているものの、この主張はいわゆる主観主義とかけ離れているということは否定しがたい。「語が自身で生成され」、言語はもはや主体が道具として自由に使うものではなく、「存在」として対峙するものであれば、いかにしてそこに主観主義を読み取ることができるのか。そこには作者と異なる主体が想定されてしまうではないか。こうした疑問に対し、リヴィエールは論理を徹底的に推し進め、ダダを正当化することになる。マックス・ジャコブの「選ばれた手段によって、外在化すること」という公準を、ダダはさらに徹底するということなのだ。すなわち、手段を選ぶということ自体が、個性の外在化を「変形し」、「嘘をつく」ことにほかならず、外在化はこのとき不完全なものとなる。かくして個性を純粋に外在化しようとする次のような段階が訪れるというのである。

自分自身を一度でも完全に表現することを理想的と見なした者にとって、芸術作品、あるいは単純に作品が、受け入れがたく、耐えがたく、逃げ去るものとして現れる瞬間が必ずやってくる。次のように物理的な用語によって表現されるとよりはっきりとする。すなわち、百年来われわれの文学が実践してきた、遠心性の文学の到着点は必然的に文学の外に置かれることになるのだ。不定形で否定的で芸術の外にあるという点でダダは、幾世代もの作家たちの暗黙の夢であったことを、完成した形で表現してしまったのだ。(23)

物理的な用語というのは遠心性（centrifuge）のことである。文字通り中心から遠ざかっていくことであるが、中心にあるのが個性（personnalité）であることはいうまでもない。そして遠ざかることが外在化（extériorisation）だということだ。その文学史的な理解の当否はいかにせよ、リヴィエールの抱くイメージはここでようやく焦点を結ぶことになる。同心円を思い描くと、それぞれの円はそれぞれの流派や作家たちが作り上げてきた作品である。時代が下るにしたがって、手法は異なれども、円は次第に大きくなるだろうとリヴィエールは見立てる。そして中心に凝縮していた個性は、円が大きくなるにつれて分散し、もはやそれが、作家の個性なのかどうか見分けがつかなくなるほど拡散してしまうだろう。そして、同心円の比喩をさらに続ければ、リヴィエールはどこかに文学としての限界点であるひとつの円を想定しており、おそらくそれはジッドがいうフランス語が言語として伝わる限界の地点であり、ダダの場合、フランス語のシンタクスの破壊によって、その円の外側にまで至ってしまったということである。この地点がモダニズムと前衛（とりわけダダ）の分水嶺として機能しているということはいえるだろう。リヴィエールがジッドと同じことを考えていたわけではないだろうが、少なくともジッドのいう「潮流」はリヴィエールの場合、外在化として理解され、これがジッドへの応答となるとともに、ダダを言語芸術としての文学のひとつの極としてモダンの系譜のなかに見事におさめてしまったのである。

しかしリヴィエールの論考ははるか先まで見晴るかす。そしてダダが到達した外在化の動きに歯止めをかけようとするのである。

> ダダがこれら諸原理から引き出した結果はわたしの目には避けがたいことのように映る。よって、これらの諸原理は変わらなくてはならない。わたしたちは、主観主義、表出（effusion）、純粋な創造、自我の転生（transmigration du moi）、そしてわれわれを虚無へと突き落とした、目標のたえざる暗示的看過（prétérition）をあきらめなくてはならない。[24]

目標のたえざる暗示的看過とは、これまでの革新的文学が百年間にわたって、それとは名指さずつねに暗示してきたこと、すなわち主観主義のことである。リヴィエールは、この運動を徹底的に推し進めてきたダダとは別の道を最終的には模索しているのである。暗示的看過とは、それが目指す目標を意図的かどうかは置いておくとして、無視することであり、方法のみを模索することである。リヴィエールは方法を革新するだけの暗示的看過を放棄し、より明晰な批評精神を備えるという一点をもって、来たるべき文学の姿を思い描こうとするのである。この意味でリヴィエールはブルトンが拠って立つことになる無意識の存在には、まったくといっていいほど可能性を見いだしていない。

最後にブルトンの「ダダのために」を検証しておこう。ブルトンが『シュルレアリスム宣言』を公刊するのは一九二四年のことであり、この当時はダダとの関係が濃密であった。ＮＲＦに在籍していたこともあり、ブルトンに白羽の矢が立ったのであろう。

ブルトンはジッドや雑誌や新聞などの批判に対して長い論駁によって対抗したわけではなかった。またＮＲＦの読者を想定して、ブルトンのダダ論はある程度抑制されたものになっており、結果的には過激なダダの規範を十全には説明していない[25]。この論考には、ダダイストとされるスーポー、ツァラ、エリュアール、ピカビア、アラゴンの引用があるものの、否定・破壊をめざすダダの過激さは影を潜め、少なくとも「美しい」ものばかりである。

ところでダダを主観主義とすることにはブルトンは同意しない。

ダダを主観主義とみなすことは間違っている。今日この［ダダという］名で呼ばれることを受け入れている者で、神秘主義を目的としている者はいない。「理解できないものはなにもない」とロートレアモンが言っているではないか。ポール・ヴァレリーの側に与すれば「人間精神というものは、自分が一貫していないということはありえないようにできているとわたしには思える」ということになる。さらにわたしは他者に対してもつじつまがあわないことはないと考えている[26]。

ここでブルトンが主張しているのは、他者との根源的な理解不可能性はないということである。ブルトンが意味する主観主義（subjectivisme）は、「私」の一種の引きこもりであり、凝縮であり、外在化とはまったく逆のベクトルを向いている。編集長のリヴィエールがこのようにブルトンの論考を十分に意識して、先に述べた主観主義という語を、異なった意味で用いているという点で、リヴィエールの批評の確かな力量が際立ってこよう。いずれにしてもブルトンは、ダダを擁護しつつ、やはりダダの先行きについて述べることになる。

芸術あるいは道徳の規範からわれわれが共に自由であるとはいえ、それは一時的な満足しかもたらさない。その先には、抑圧しがたい個人の想像力が自由に流れ出すということをわれわれは知っているのだ。それは現在のダダよりもはるかにダダ的なものとなろう。「ダダは存在するのをやめることでしか生き残ることはないだろう」というジャック＝エミリー・ブランシュの文章が理解を助けてくれるだろう。(27)

「抑圧しがたい個人の想像力」の自由な奔流という表現が、後にシュルレアリスムを特徴付けることになる自動筆記を示唆していることはあきらかである。ブルトンは、無意識の理論にもとづく自動筆記をダダの来たるべき姿として思い描いている。ダダからはある種の反逆精神を受け継ぎつつ、ブルトンはその先に見える具体的な作品のあり方を積極的に打ち出そうとしているのである。

以上、ジッド、リヴィエール、ブルトンというＮＲＦに掲載された三人のダダ論を俯瞰してきた。ダダが文学やそれが前提としてきた美意識、そして言語それ自体の破壊を主張しているゆえに、その先の建設的な展望がないことでは三者とも一致している反面、ダダを文学史に位置づけようという点では三者三様だといえるだろう。いずれにしても文学自体を破壊しようとするダダが、文学の高級誌でこれほどの書き手によって受容されたということは注目すべきことである。

しかし、リヴィエールを執行部とするＮＲＦは曲がりなりにも破壊的な前衛を受け入れたことで、高い代償を払うことになる。戦後の混乱の収束は、従来の政治的・美的秩序への収束でもあり、ＮＲＦは穏やかにこれまで通りの質の高い文芸を出版するべきだという立場をとる「父なる創設者」であるシュルンベルジェ、ゲオン、ドルアンらが、ＮＲＦのダダの認知に我慢がならなかったのである。「ドイツ人の侵入」(28)とも、あるいは、ボルシェヴィキのポーランド侵入の事件とあいまって、反愛国主義を掲げるダダは侵略的共産主義者とみなされる。(29)これに対してリヴィエールは、前衛との接触によってこれまでの編集方針が変わることはないと弁明しなくてはならないほどであった。

その後、リヴィエールは、ダダのメンバーを個人としてその作品を取り上げることはあっても、運動としてのダダを取り上げることはなくなったのである。すなわちＮＲＦは作家の信条や方法論がいかなるものであっても、集団のそれとしては扱わず、あくまで作家個人のテクストの質のみに執着したのだといえる。

四　ジャン・ポーランの影響力

ＮＲＦが前衛を集団として認知するにあたって矢面に立ったのが編集長のジャック・リヴィエールであったことはこれまで述べてきたとおりである。その際、ちょうどヴァレリーの推薦でブルトンも編集部で働いていたこともすでに述べた。すなわち、ダダとＮＲＦとの出会いは、ブルトンとリヴィエールの出会いということに還元されうることになる。しかし、その後の雑誌の足取りを見ていると、やはりどうしてももうひとりの人物を喚起しておかなくてはならない。ジャン・ポーランである。ジャン・ポーランは一九二〇年にＮＲＦ編集部入りし、リヴィエールの秘書として働き、リヴィエールが一九二五年、三八歳という若さで亡くなると、この雑誌の運命を託されたのである。

ポーランは後にＮＲＦに君臨したこと、および『タルブの花』という異彩を放つ評論の著者として知られているが、一体どのような人物だったのか、簡単に素描してみたい。ポーランはむしろ哲学・言語学の方面に強く、一九〇四年クセノフォンに関する卒論を書き、その後、マダガスカルにフランス語教師として赴任し、二年ほど（三三ヶ月間）の滞在の間にマダガスカル語を習得。そこで民衆のコミュニケーションに使われていたことわざの研究にも従事する。一九一三年そのことわざに関する研究をグートゥネル社から出版する。(30) 一九一四年六月には、月刊批評誌『目撃者』（*Spectateur*）に参加し、ＮＲＦの創設者のひとりジャック・コポーの演劇を擁護する批評を書く。ポーラン自身も一九一二年から一三年にかけてNRFに自らのテクストを寄稿するものの採用には至らなかった。またブルトンとも親交があり、ブルトンは一九一八年に散文詩『主体』をポーランに捧げている。[31] それゆえに、ブルトンの『文学』誌にポーランも寄稿することになる。また一九一七年に発表された『利口な兵士』は、ブルトンやヴァレリーのみならず、アポリネール、リヴィエール、ジッド、シュルンベルジェらに好意をもって迎えられ、ジッドと書簡を交わすまでになっていた。さらにポール・エリュアールとブルトンを仲介したのもポーランである。エリュアールとは一九二〇年四月から『ことわざ』(*Proverbe*) 誌で協力関係にあり、エリュアールは、『文学』に「表舞台に出ない人、ジャン・ポーラン (*Jean Paulhan, le souterrain*)」というタイトルの詩篇を発表している。[32] 社主のガストン・ガリマールもポーランの作品を気に入り、その作品の掲載と編集部入りを打診する。一九一九年冬にはリヴィエールの秘書となり (secrétaire)、翌年七月一日に正式にNRF入りするというのが、この時期のポーランの動きである。とはいえ、彼は公共教育省 (Ministère de l'Instruction publique) の文書係 (rédacteur) として職を得ていたためパートタイム雇用であった。というよりむしろ、NRFからの給料では足りず、本職を続けざるをえなかったというのが実情である。

以上のような伝記的事実からポーランが、ジッドやコポーといったNRFの重鎮、そしてブルトン、エリュアールといったパリのダダたちの両方の陣営と、この時期、非常に緊密な関係にあり、NRFと前衛をつなぐキーパーソンであることがうかがえる。リヴィエールは精力的に編集長の仕事をこなしていたものの、自身の執筆活動、および誌面の編集方針をめぐる重鎮ジッドとのたび重なる軋轢に、非常に疲れていたという。[33] リヴィエールが執筆のため不在の際には、ポーランは編集者としての有能ぶりを示し、「手紙を書いたり、査読をしたり、清書をするなどどんなことに対しても、信頼でき、正確で、細かく、念入りな」[34] ポーランにリヴィエールも全幅の信頼を寄せ、まもなく、一九一四年に戦闘中に消息を絶ったリヴィエールの親友アラン・フルニエの遺稿やプルーストの原稿の管理を任されるほどであった。

このようにジッド、リヴィエール、ガリマール、コポーの信頼を得たポーランは、次第に秘書として誌面編成にも影響力を及ぼすことになるだろう。誌面としてポーランの影響が明白にみてとれるのは、一九二〇年九月に発刊された第八四号である。ポーランは署名入りで「Haïkaï（俳諧）」の試みを行っている。日本の俳句は一七文字より成っているが、フランス語においては三行、全一七音節をもって haïkaï とするのである。こうした実験的企画はかつてNRFで行われたことはなかったし、西欧以外の文学的な形式に対して、NRFが関心を示したこともなく、NRF内部にはそのようなマージナルな関心を外に向ける人材もポーランを除いては存在しなかったのである。ここにポーランのマダガスカル経験、およびことわざの研究の影響を見ることができるのである。このポーランの企画に一〇名ほどの詩人が参加し、そのなかにダダの一味ポール・エリュアールの名前も刻まれている。[35]

ほかにもポーランの影響を見て取ることができる資料として、当時ポーランがリヴィエールの不在時に送っていた報告書がある。ポーランが日々の報告を書き、リヴィエールがそれにコメントを入れるという形でふたりは意見を交わしていたのである。そのなかにブルトンのテクストについて交わしたふたりの対話が資料として残されている。[36] まずポーランが以下のようにブルトンのテクストの引用を送り、次のようなメモを残す。

（ブルトンについて）このテクストの正確な姿がわかるよういくつか引用を添付いたします。ガリマール氏も気に入りました。

やはり、これは『マルドロールの歌』論というよりも、はるかに「ダダのために」に似ているといえます。全体として、明確な魅力を感じとれます。（送った引用は議論の余地のあるところです。）

問題になっているブルトンのテクストは『マルドロールの歌』論である。ポーランは、このテクストの話題の中心がダダ擁護論になっていることを見抜いているものの、「明確な魅力」があると賞賛し、また社主のガリマールの推薦を付け加えることも忘れない。ポーランが、ブルトンのテクストを強く推していることが読み取れるメモである。一方で、リヴィエールの反応は、この論考によって誌面の批評欄が増えすぎることを強く懸念するものとなっているが、最終的にはブルトンのテクストは採用される。またこの直後に従来のNRF寄りの論客ロジェ・アラールの記事に対して、ポーランが「とても短く、とても単純。射程はせまく、さらに主張もない」と辛辣な評をしているのに対して、リヴィエールは対照的に掲載するようポーランに促している。彼はどちらの記事を読んでもおらず、ポーランの判断だけを頼りにせざるをえないわけだからポーランとリヴィエールの、ブルトンおよびアラールに対する温度差というものが伝わってくると同時に、最終的に原稿採択の是非の決定権を握る編集長リヴィエールへ秘書ポーランがいかにして影響力を及ぼそうとしているかが端的に読み取れる資料だといえよう。

その後、『文学』誌に拠っていたパリのダダイストたち（一九二四年以降はシュルレアリストたちとなるだろう）は、誌面上のみならず、戦略的にいわゆる良識派に対して挑発を繰り返し（国民的作家のモーリス・バレスやアナトール・フランスに対する侮辱的な行為など）、《運動》としての色彩を強めていくことになる。このような文学の外部で行われる活動に対して、NRFは、ダダのひとりがドイツ選挙に立候補した記事でも見たように、徹底的に否定的である。彼らと気脈を通じているポーランでさえ同様だといえよう。繰り返しになるが、その後、リヴィエールが編集長である間、幾人かの書き手の個人的な寄稿を除いて、いわゆる流派や運動が特集としてとりあげられることはなかったのである。リヴィエールもポーランも、文学の枠内に収まっているかぎりでは、すなわち個人の作家としての力量に関しては、時代がどうあれ、「開かれた精神」をもって公平無私に判断した。なるほどリヴィエールにとって、近代の文学史は作家の個性の外在化の過程として理解されているはずで、集団としての運動は個の集まり以上のなにものをも意味しなかったのである。

ポーランにしても、その情熱のすべては文学・言語に捧げられている。文学の枠にあって、文学を軽視・否定する運動に対しては、その後、一貫して距離をおくようになる。あるいは言語を介さない超越的な観念の存在を当然視する態度に対しては、つねに警戒の構えをとっていた。たとえばリヴィエール死後、遺稿が出版された際、妻のイザベルとクローデルはリヴィエールがカトリックに改心したことを示す原稿だと考えたが、ポーランは、原稿がリヴィエールの改心前に書かれたことを証拠にこの考えを退ける。

ポーランにとって言語こそが聖なるものであって、キリスト教信仰は言語の問題を提示する限りで彼には感知できるものなのだ。このとき、語がものを作るのであって、その反対ではない。言語の神秘は神という語が魔法の杖となって働く奇術によっては解決されえないものなのだ。(37)

ポーランにとっては神さえも言語から作り出される観念なのであり、神が言語に先立って存在しているものではないのである。神は文学作品によっていかようにも変容する概念であり、だからこそ言語によって、神はいかようにも変容されうるものである。こうしたポーランの見立ては容易にＮＲＦの編集方針と同一視されよう。ポーランの言語観は『タルブの花』（一九四一年）において総合的に論じられることになるが、手垢にまみれた使い古された言葉によっては「個性」は発揮されず、その表現内容に作家の「独創性」もなくなってしまうため、これまでの伝統的な言葉の技術すべてを捨てて、新しく思想なり美なりを表現することが重要となり、それが当時の現代文学の伝統となってしまっているというのがポーランの見立てであるが(38)、このような傾向をあえて「テロルの文学」と名付けることによって彼は現代文学の潮流とは真っ向から対立している態度を表明するのである。この意味で、ポーランはアンチ・モダンであると唱えたのはアントワーヌ・コンパニョンであるが(39)、ポーランが信仰していたのは、言語を通して思想を表現することであり、手垢がまみれた言語であっても、あらたな文脈で用いることによって言語に命を吹き込むことができるということであった。強い語・新語・造語を用いるのではない、それこそ、いまここにある言語を用いるのであっても、繊細かつ大胆な創造の可能性は十二分に残されているとポーランは考えていたのである。

おわりに

ＮＲＦはその編集方針から看取されるように、近代意識をひとつの意味に還元することなく、良質な文学という観点からのみ全方位的に個人の作品を受け入れてきた媒体であり、その（反）イデオロギーは時代精神に合致し、文壇の主流となった。文壇の主流となったとき、「イズム」という接尾語は邪魔でしかない。「イズム」が氾濫した時期に生まれたＮＲＦは、そのイズムに厭いた禁欲的な目利きたちがなによりも自らの価値観を育むトポスとして作り上げたひとつのユートピアであり、こういってよければ文芸共和国を具現した媒体となりおおせたわけである。こうした意味でＮＲＦは「イズム」への欲望をかき立てる近代に異を唱えた雑誌であったといえるだろう。しかし、それは保守反動では決してない。むしろ、「イズム」の氾濫に厭きたというふりをし、文壇に君臨しつつ、全方位的に新しいものを取捨選択する権力を得るのである。確かな伝統があり、その遺産相続者として振る舞う高飛車なフランス文学を具現するＮＲＦは、したたかに、ダダという、近代意識をひとつの絶対的方向として打ち出そうとする運動を、躊躇を含みながらも受け入れ解釈し、自らに都合良く摂取し、自らの歴史のひとつの要素として位置づけ、遺産をいや増すのである。ひとつ忘れてはならないのは、ある出来事とは認知されなければ――もちろん記録として残っているなら事後的に認知される可能性は残っている――それは存在しないも同様である。ジッド、リヴィエール、そして前衛側からブルトン、あるいはその仲介役のポーランというプレイヤーたちが、人脈的につながりつつ、情報を共有し合い前衛の戦線を共犯的に拡大していく過程を微視的に観察することによって、文学や言語を否定する運動さえも、フランスにおいては、その意図に十分に寄り添いつつも同時代的に自らの一部として取り込んでいく過程を俯瞰することが本稿の目的であった。

モダンであること、近代的であることを意識することが広義のモダニズムであるとするなら、狭義のモダニズムはモダンのひとつの形を打ち出し、作品に彫刻することである。よってモダニズムは「イズム」の氾濫という現象を引き起こし、その現象自体がモダンの特徴であるともいえるはずである。ジッドが喝破した、潮流とそれに浮かぶコルクというモダンの比喩は、審級を異にする存在でありながらも互いに依存しつつ、同時にモダン＝潮流モダニズムを体現するであろう。数多あるコルクの特徴を際立たせ比較しその共通点を見いだすよりも、潮流（＝NRF）とコルク（＝前衛）の取り結ぶ関係に焦点を当てることによって、たとえそれが数年にしかわたらぬ出来事であろうと、前衛がより多数の読者を持つ雑誌に受容され、認知され、そして読者の脳裏には前衛の姿がNRFの理解を通して刻み込まれることになるのである。新しさは理解されなくてはならない。しかも事後に発見されるのではなく、同時代のものとして理解されなくてはならない。前衛の主張する感覚的な難解さと知的な難解さとが、解釈を通して氷解し受け入れられたとき、いったいだれがその解釈をしたのか、すなわち受容の問題があらためて浮かび上がってくるのである。

（1） André Gide, « DADA », *La Nouvelle Revue Française*, 1er avril 1920, p. 477.

（2）小品とはいえ、デビュー作『利口な兵士』（一九一七年）は同年のゴンクール賞候補作となっている。

（3）Pierre Bourdieu, « Le Marché des biens symboliques », *L'Année sociologique*, n° 22, p. 49-126.

（4）Jean Moréas, « Le Symbolisme », *Le Figaro*, 18 septembre 1886, Supplément littéraire, p. 1-2.

（5）Voir Giovanni Lista, « Marinetti et le surréalisme », in *Le Surréalisme*, Bulzoni, 1974, p. 28.

（6）Anna Boschetthi, *Ismes : du réalisme au postmodernisme*, CNRS Editions, 2014, p. 157.

（7）Jean Moréas, art. cité.

（8）とはいえ、ジッドは最初からこの新しい雑誌に自らの作品を掲載するつもりはなく、むしろ『リュヴュ・ド・パリ』（*Revue de Paris*）に掲載しようと考えていたようである。Voir Maaike Koffeman, *Entre classicisme et modernité*, La Nouvelle Revue Française *dans le champ littéraire de la belle époque*, Rodopi, 2003, p. 38.

（9）Jacques Rivière, « La *NRF* et son rôle dans le mouvement littéraire d'avant-guerre », conférence faite à Genève 1918, *La Nouvelle Revue Française*, n° 588, février 2009, p. 8-31.

（10）*Ibid.*, p. 16.

（11）*Ibid.*, p. 18.

（12）André Gide, « Histoire de la *NRF* », *La Nouvelle Revue Française*, n° 588, février 2009, p. 33.

（13）Maaike Koffeman, *ibid.*, p. 47. ただし、この数字は創刊者たちから抹殺された一九〇八年の創刊号のテクストの数も含まれている。

（14）*L'Esprit NRF* 1909-1940, édition établie et présentée par Pierre Hebey, Gallimard p. 209.

（15）Alban Cerisier, *Une histoire de* La NRF, Gallimard, 2009, p. 174-182.

（16）一方、ＮＲＦの版元となったガリマール社は一九一五年以降、戦中に五〇冊ほどの書物を出版している。Voir *ibid.*, p. 213.

（17）Jacques Rivière, « *La Nouvelle Revue Française* », *La Nouvelle Revue Française*, n° 69, juin 1919, p. 2.

（18）« Mouvement DADA », texte non signé, *La Nouvelle Revue Française*, septembre 1919, p. 636-637.

（19） *Littérature*, n° 5, juillet 1919, p. 00. 実際のテクストはやや異なっている。

（20） André Gide, *ibid.*, p. 481.

（21） Jacques Rivière, « Reconnaissance à DADA », *La Nouvelle Revue Française*, n° 83, août 1920, p. 223.

（22） *Ibid.*, p. 222.

（23） *Ibid.*, p. 232.

（24） *Ibid.*, p. 236.

（25） Michel Sanouillet, *Dada à Paris*, CNRS Editions, 2015, p. 175.

（26） André Breton, « Pour DADA », *La Nouvelle Revue Française*, n° 83, août 1920, p. 212.

（27） *Ibid.*, p. 214.

（28） Michael Einfalt, « « . . . penser et créer avec désintéressement » – *La Nouvelle Revue Française* sous la direction de Jacques Rivière », *Études littéraires*, vol. 40, n° 1, hiver 2009, p. 44.

（29） Michel Sanouillet, *ibid.*, p. 178.

（30） Jean Paulhan, *Haïn-teny merinas, poésies populaires malgaches*, Geuthner, 1913.

（31） André Breton, « Sujet », *Nord-Sud*, n° 14, avril, 1918.

（32） Paul Éluard, « Jean Paulhan, le souterrain », *Littérature*, n° 9, novembre 1919, p. 31.

（33） Albin Cerisier, *ibid.*, p. 283-290.

（34） *Ibid.*, p. 281.

（35） Paul Éluard, « Pour vivre ici », *La Nouvelle Revue Française*, n° 84, septembre 1920, p. 340-341.

（36） Jean Paulhan et Jacques Rivière, « Notes de travail à quatre mains 1920 », *La Nouvelle Revue Française*, n° 588, février 2009, p. 104.

（37） Frédéric Badré, *Paulhan le juste*, Grasset, 1996, p. 99.

（38） Jean Paulhan, *Les fleurs de Tarbes ou La Terreur dans les Lettres*, Gallimard, coll. « Folio », 1990.

(39) Antoine Compagnon, *Les Antimodernes – de Joseph de Maistre à Roland Barthes*, Gallimard, 2005.

ミノリスタとアフロキューバ主義

安保寛尚

はじめに

キューバで西欧のモダニズムを敏感に感じ取ったのは、カルロス・リポルが「二三年世代」と名づけた若者たちである。[1] リポルが一九二三年にこの世代の象徴を見たのは、なによりこの年、「一三人の抗議」が起こったからだ。一九二〇年ごろからカフェ・マルティに集まっていた文学サークルの仲間たちが、アルフレド・サヤス政権（一九二一～一九二五年）によるサンタ・クララ修道院の不正購入[2]に対する抗議の声をあげた。前衛芸術家集団、ミノリスタ（少数派）の出発点であり、そのなかのひとりルベン・マルティネス・ビジェナがいう「危機の十年」の始まりである。

キューバの前衛主義はミノリスタが担い、彼らが刊行した雑誌『前進』*Revista de Avance*（一九二七～一九三〇年）が、そのもっとも重要な表現媒体となったことはよく知られている。たとえばクラウス・ミューレル・ベルフは、アンティール諸島の前衛芸術を総括した重要な研究において、『前進』をキューバ最初の前衛主義の中心に位置づける。(3) この雑誌は、島国の閉塞状況から抜け出して、世界のあたらしい芸術潮流を吸収するための場となっただけでなく、新世代の作家や画家が作品を発表する場を提供し、彼らの美学的野心の代弁者となったのだ(Müller-Bergh 2002 : 19)。

しかしロビン・ムーアの指摘によれば、ミノリスタの活動に対して大多数のキューバ人が示したのは「残酷な無関心」だった。彼らのエリート主義や社会的現実から乖離した芸術表現は、結局、ブルジョアにも労働者階級にも受容されなかったというのである(Moore 1997 : 192, 213-214)。たしかに『前進』は、雑誌のタイトルに示されているように、ミノリスタが関わったなかでも、もっとも前衛的性格が強い雑誌のひとつだ。したがって、もしキューバの前衛主義をミノリスタの『前進』だけに見ると、ムーアがいうように、その成果はひどく限定されたものになってしまう。

けれどもミューレル・ベルフは、前述の研究で、アンティール諸島における前衛主義の重要な貢献のひとつとして、アメリカ文学における黒人文化遺産の回復と、黒人主義の探求があると述べる。そしてキューバからは、フェルナンド・オルティス、ニコラス・ギジェン、エミリオ・バジャガス、リディア・カブレラの名を挙げている。いかにも彼らはそのような貢献に寄与したが、ふつうミノリスタとは見なされていない。そもそもその貢献は、一九二〇年代後半から一九四〇年代にかけて起こった、アフロキューバ主義と呼ばれる黒人芸術運動が果したと考えられているだろう。つまりミューレル・ベルフは、同じ前衛主義の枠の中で、ミノリスム(少数主義)とアフロキューバ主義の成果を重ねて見ているということだ。

その一方で、キューバ文学史の古典のひとつ、マックス・エンリケス・ウレーニャの『キューバ文学の歴史的展望』***Panorama histórico de la literatura cubana***(1962)を参照すると、ミノリスタとアフロキューバ主義が別の項目で論じられていて、両者は独立した運動に見える。同様に、アフロキューバ主義の黒人詩を中心に扱ったサルバドール・ブエノの研究では、ミノリスタとの関係についてほとんど言及されていない（Bueno 1981; 1983）。つまりこれらの先行研究では、ミノリスモとアフロキューバ主義はひとくくりにされるか、反対にそれぞれ無関係の独立した運動のように論じられ、両者の関わりがあいまいなのである。

原因はおそらくこうだ。ミノリスタは、不特定多数の知識人や芸術家からなるゆるやかな集まりだった。彼らの活動は多岐にわたり、みながアフロキューバ主義を追求したわけではない。また、ほとんどの場合、その追求は一時的なものだった。しかもミノリスタの延長線上には、アフロキューバ主義に参加する、ミノリスタではない芸術家たちが次々と現れていく。したがって、どこまでがミノリスモで、どこからがアフロキューバ主義なのか、線引きすることがむずかしい。それをひとまとまりにとらえたのがミューレル・ベルフで、分断したのがエンリケス・ウレーニャやブエノということだ。

本稿が試みるのは、ミノリスタとアフロキューバ主義を接続し、西欧のモダニズムの影響を受けて、どのようにキューバの土着的黒人前衛芸術が誕生したのかを明らかにすることである。出発点にあるのはミノリスモだ。そこから次々と分岐する道の中から、アフロキューバ主義との接点と、やがて訪れるその隆盛へとつながるひとつの道筋をみつけよう。自国の政治的、経済的、文化的危機に直面して、キューバの若い知識人や芸術家が、時代遅れの趣味や価値観との闘いを開始する。彼らの前衛的態度から、キューバの黒人民俗、音楽と文学のコラボレーションが生まれた。そのリズムのうねりに、大西洋をまたいで、パリとハバナがのみ込まれていくプロセスをたどろう。その結果見えてくるのは、白人エリートのミノリスタによって黒人文化の受容が進められた一方で、これが前衛芸術に都合よく利用されたという事実である。

一　ミノリスタ

1　ミノリスタの誕生と消滅

はじまりは、マルティ劇場の古いカフェに集う若い知識人たちの文学サークルだった。彼らは詩人や批評家で、キューバ近代詩のアンソロジーを準備する一方、当時のキューバ詩を特徴づけていたポストモデルニスモ(4)から次の段階へ進もうと試みていた。そのきっかけが、一九二三年の「一三人の抗議」によってもたらされる。

実は「一三人の抗議」は思いつきの行動で、しかも実際に抗議したのは一五人だった。抗議に参加したホセ・サカリーアス・タジェの回想によると、一九二三年三月一八日、劇の上演の成功を祝って、脚本家と作曲家を囲む昼食会が催された。その解散後、残った一五人のうちのひとりが、彼らのいる場所からそう遠くない科学アカデミアで、エラスモ・レグェイフェロスの講演がおこなわれることを告げた。レグェイフェロスは、その四日前、サンタ・クララ修道院を正式に購入する法令を発表した法務大臣である。一五人は急遽、その不正に抗議することを決断し、科学アカデミアへ向かった。そして講演会が始まると、大臣が演壇に向かう途中、一五人を代表してマルティネス・ビジェナが席を立ち、国民の税金を盗んだことを認めるよう声を上げ、仲間たちがそれに喝采して会場を出たのだ。彼らはすぐに『キューバの使者』*Heraldo de Cuba* の新聞社に向かい、宣言文を執筆して署名をおこなった。彼らのうち、ふたりが署名しなかったため、「一三人の抗議」となったのだ(5)。

カフェ・マルティに集う文学サークルの若者の一部が即興で起こしたこの事件が、結果的にミノリスタの原型をつくる。翌月には、その一三人を中心に、マルティネス・ビジェナ、フェリクス・リサソ、ホセ・アントニオ・フェルナンデス・デ・カストロを執行部とするキューバ活動結社（La Falange de Acción Cubana）が誕生した。

図 1 「土曜日の昼食会」の様子
（出所） Cairo 1978: 287

同じころ、国家刷新会議（Junta Cubana de Renovación Nacional）が民族学者フェルナンド・オルティスによって設立され、キューバ活動結社のメンバーもこれに加わった。(6)同年八月一二日には、独立戦争の退役軍人大会（Asamblea de Veteranos de las Guerras Independentistas）が開催される。(7)キューバ活動結社は、そこで組織された退役軍人と愛国者運動（Movimiento de Veteranos y Patriotas）に合流し、サヤス政権に対する武装蜂起の計画にも協力した。(8)このように、「一三人の抗議」を号令のようにして、独立時から人々の間に鬱積していった政治への不満が噴出し始める。(9)「危機の十年」はこうして始まり、ついに独裁者ヘラルド・マチャドが亡命する一九三三年まで社会の混乱は深まっていく。

退役軍人と愛国者運動の武装蜂起計画が失敗すると、ミノリスタはいったん政治的活動から手を引く。そしてホルヘ・マニャッチが「土曜日のミノリスタ（minoristas sabáticos）」と呼んだ昼食会が活動の中心となった〔図1〕。マルティネスは、このときのミノリスタは、ジャーナリストや弁護士、詩人、画家、音楽家など、約五〇人の若い知識人からなっていたと述べている（Martínez 1994：39）。のちに「ミノリスタ宣言」が証明するように、実際のところ、彼らは不特定の知識人がゆるくつながった組織だったとみなすことができるだろう。そしてそれゆえ、ミノリスタの文化刷新運動では、複数の活動が同時に並行して起こることになる。

図2　「ミノリスタ宣言」署名の場面。ここにはエミリオ・ロイグ・デ・レウチェリン、フアン・アンティガ、アルトゥロ・アルフォンソ・ロセジョー、アレホ・カルペンティエル、オット・ブルーメ、エンリケ・セルパ、コンラッド・マサゲル、ホセ・アントニオ・フェルナンデス・デ・カストロ、ルイス・ロペス・メンデス、エドゥアルド・アベラ、ホセ・マヌエル・アコスタ、ディエゴ・ボニージャ、フアン・マリネジョ、フアン・ホセ・シクレの姿がある。
（出所）　Marinello 1976: 50

共和国の挫折を目のあたりして、まず彼らのあいだに広がったのが「マルティ信奉」だった。ホセ・マルティの、モデルニスモとは対照的に素朴で誠実、自由な詩に「あたらしさ」が発見される。さらにマルティが語ったキューバの理想像が、キューバのアイデンティティとして再度探究され始めたのである（Ripoll 1968：69–85）。マルティが夢見たのは、社会的に統一され、人種的に調和し、経済的に自立した共和国だった。その理想と現実との乖離[10]の認識を促し、新たな方向に舵を切る手がかりを提供したのは、前の世代の民族学者、詩人、歴史学者である。フェルナンド・オルティスは一九二四年、キューバ民俗学会（Sociedad Folklore Cubano）を創設し、黒人の民俗学研究に着手した。オルティスの研究は、それまで軽蔑、無視されてきた黒人文化に科学的光を当てたことで、アフロキューバ主義において重要な資料を提供することになる。一九二六年にアグスティン・アコスタが発表した『砂糖キビ収穫——戦いの詩』*Zafra: poema de combate*には、キューバの砂糖産業を支配する米国帝国主義への批判が表明されており、ポストモデルニスモから社会詩の道を切り開く。そして翌年ラミロ・ゲーラが発表した『アンティール諸島における砂糖と住民』*Azúcar y población en las Antillas*は、アンティール諸島における砂糖生産の歴史をたどり、それまで「砂糖なくして国家なし」ともいわれたキューバの砂糖産業が抱える問題を露呈させた。

ミノリスタが正式に発足したのは、「ミノリスタ宣言」が発表された一九二七年五月七日のことである[11]〔図2〕。その宣言の最後に表明された彼らの活動の目的には、こうして提起された方向転換の反映が確認できる〔図3〕。

> 偽りの、陳腐な価値観の見直しのために。
> 土着的芸術と、全体的には、あたらしい芸術のさまざまな表現のために。
> 最新の理論的、実践的、芸術的、科学的知識をキューバに導入し、普及させるために。
> 公教育の改革のために、そして教授職の腐敗した抵抗システムに抗して。大学の自治のために。
> キューバの経済的自立のために、そしてヤンキー帝国主義に抗して。
> 世界の、アメリカ大陸の、キューバの、全世界的な政治的独裁に抗して。
> 偽の民主主義における不法行為に抗して、選挙の茶番に抗して、そして政治における民衆の真の参加のために。
> キューバの農家、小作人、労働者が置かれた環境の改善を進めるために。
> ラテンアメリカにおけるお互いへの温情と団結のために。
> (Müüller-Bergh 2002：36)[12]

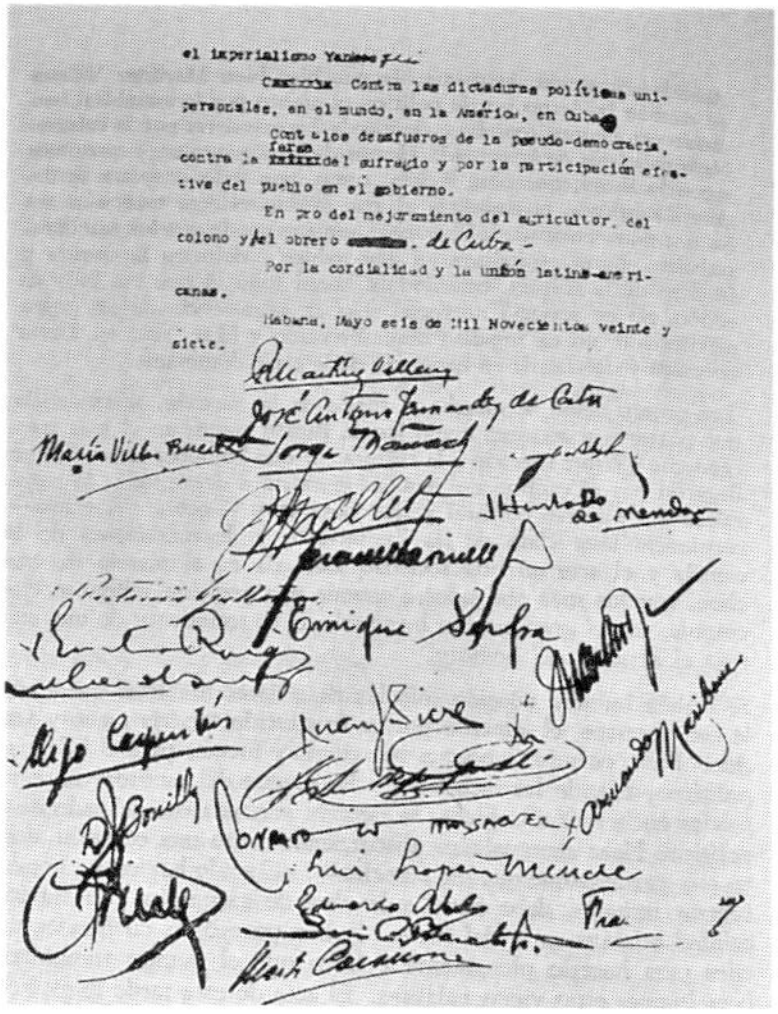
el imperialismo Yanqui.

Contra las dictaduras políticas unipersonales, en el mundo, en la América, en Cuba.

Contra los desafueros de la pseudo-democracia, contra la farsa del sufragio y por la participación efectiva del pueblo en el gobierno.

En pro del mejoramiento del agricultor, del colono y del obrero [redacted]. de Cuba.-

Por la cordialidad y la unión latino-americanas.

Habana, Mayo seis de Mil Novecientos veinte y siete.

図3　「ミノリスタ宣言」の最終ページ
（出所）　Marinello 1976: 59

ミノリスタの活動の基調をなしたのは、この宣言に示されたように、あたらしい芸術や知識の探究、古い価値観や腐敗したシステムへの抵抗、政治改革、そしてキューバの土着的表現の追求だった。

しかし「ミノリスタ宣言」が発表されたのは、皮肉にも、すでにグループの分裂の危機に直面してのことだった。[13] 一九二七年は、「熱帯のムッソリーニ」とも呼ばれたヘラルド・マチャドが、憲法を改正して大統領の任期を延長した年である。そしてこれに対する反対運動の激化が、「ミノリスタ宣言」で固められたはずのグループの結束を解消させてしまう。ミノリスタのほとんどは反マチャド派であったが、その勢力は統一されていなかった。社会主義革命を求める学生左翼（Alza Izquierda Estudiantil）や共産党、内閣の交代を求めるナショナリスト連合党（Partido Unión Nacionalista）、政権交代と政治改革を求める大学協議会（Directorio Estudiantil Universitario）、社会主義革命には反対するブルジョアのＡＢＣ党（Partido ABC）など、異なる思想を持つ組織にミノリスタはそれぞれ分裂していった。また、政治的弾圧から逃れるため亡命する者も現れた。その結果、一九二九年六月、ミノリスタのひとりで、雑誌『ソシアル』*Social* の編集長、エミリオ・ロイグ・デ・レウチェリンが、同誌でグループの死を宣言するに至るのである。

だが、ミノリスタの公式な始まりも終わりも、形式的なものに過ぎない。そもそもミノリスタの始まりも即興的だった。その精神を引き継いだ「土曜日の昼食会」には、ミノリスタだけではなく、友人や招待客も一緒に席に着いた。そこでの自由な交わりは、後述するように、たとえばアレホ・カルペンティエルとアマデオ・ロルダンのコラボレーションへと発展する。実のところ「ミノリスタ宣言」には、「ミノリスタ（少数派）」のグループ名が、正式なメンバーが少ないことに由来すること、さらにはその少数が、「規則も、代表も、書記も、会費もないグループを形成している」（Müller-Bergh 2002：36）ことが記されていて、グループの構造的「ゆるさ」が明らかにされている。

このように、ミノリスタの活動は組織的でなく、とらえがたい。結局ミノリスタとは、統一されたグループというよりも、同様の思想を共有する仲間たちからなる、輪郭のぼやけた集合体なのだ。

2 機関誌『ソシアル』

ミューレル・ベルフの先行研究が示すように、ミノリスタはもっぱら『前進』に結びつけられる。おそらくその原因は、一九二七年の「ミノリスタ宣言」が、しばしばグループの結成表明と誤解されていること、そして『前進』がまさにこの年に創刊されたからだと考えられる。しかし、彼らの活動を一九二七年から一九三〇年まで刊行された『前進』と同一視することは、少し大げさにいうなら、木を見て森を見ないに等しい。『前進』は、カイロが指摘するように、それ以前の四年間の活動から生まれた最初の成果のひとつに過ぎないからである（Cairo 1978：118–119）。

ミノリスタの機関誌となり、のちに『前進』を中心とする前衛雑誌を準備したのが、一九一六年に創刊された月刊誌『ソシアル』*Social* だ〔図4〕。これはとくに、第一次世界大戦期、砂糖価格の高騰で生まれた新興ブルジョアを読者層とした娯楽雑誌である。内容はモードや文化の紹介、インタビュー、キューバの歴史や風俗、旅行、詩や短編小説など多岐にわたった。一九三三年にいったん廃刊となるまで、『ソシアル』は部数を三万五千まで伸ばし、当時キューバでもっとも重要な雑誌の地位を築いた。

一九二三年、その編集長に、ミノリスタのロイグ・デ・レウチェリンが就任した。さっそくロイグは一月号の冒頭で、新しい編集方針として、それまでのナショナリスティックな方向性を維持しつつ、「アメリカ主義運動（campaña americanista）」を強化する方針を打ち出す。そしてラテンアメリカの国々の利益のために、お互いを知って、愛し、理解し、団結することができるようになる必要性を語った（Cairo 1978：124）。実際に、アルゼンチ

図 4　『ソシアル』表紙
（出所）　Ortiz 1996 volumen II: 268

ンの『舳先』*Proa* や、コスタリカの『アメリカのレパートリー』*Repertorio Americano*、ペルーの『賢者』*Amauta*、メキシコの『同時代人たち』*Contemporáneos* といった前衛雑誌との協力関係が生まれる。すなわち『ソシアル』は、『前進』以前に、海外の前衛主義の動向を見渡す「窓」の役割を果たしていたのである[14]。その一方で、一九二三年三月号から「若い作家たち」のコラムが設けられ、ミノリスタの作品が毎回紹介されていく。ロイグは、創刊十周年を迎えた一九二六年一月号で、この雑誌がミノリスタの機関誌になっていることを明らかにする。

> 『ソシアル』における文学面と芸術面の隆盛と輝きはミノリスタのおかげだ〔…〕。こんにち、『ソシアル』の旗とそのグループの旗の区別はつかず、『ソシアル』はその機関誌であることを誇りにしている。〔…〕彼らのおかげで、『ソシアル』は芸術と文学の絶え間ないアップデートをおこない、近年ヨーロッパやアメリカに現れた、もっとも新しく、もっとも先駆的な人物や理論、学派の情報を提供することができた〔…〕そこでいま、こうして道の途中で一度立ち止まり、創刊を記念して過去を振り返って、未来を見据え、『ソシアル』はミノリスタに言葉を送る。
>
> 同じ理想を持つ仲間と兄弟よ！　乾杯！　そして、前へ！

（Cairo 1978：126-127）

まさにここでロイグのいう「同じ理想を持つ仲間と兄弟」という意識こそ、ミノリスタをつないでいた原理だろう。しかし、ロイグらミノリスタが望むようには前に進むことはできなかった。娯楽誌という性格から、『ソシアル』は前衛芸術に偏った紹介や、政治思想表明にふさわしい場ではなかったからだ。その制約を解き放つように、マチャド大統領が独裁色を強めた翌年、ミノリスタが関わる雑誌は分岐する。そのうち、内容を文化に特化して生まれたのが『前進』だった。

3 『前進』

『前進』の編集者は全員ミノリスタである。創刊号はアレホ・カルペンティエル、フランシスコ・イチャソ、ホルヘ・マニャッチ、フアン・マリネジョ、そしてスペイン人のマルティ・カサノバスが務めた。[15]『前進』は隔週雑誌で、編集者による前衛主義などについての批評、海外作家からの寄稿あるいは海外作品の翻訳、造形芸術の紹介、詩、短編小説や演劇、書評、文化的活動の報告などから成っている。[16]雑誌名 *Revista de Avance* は、ホセ・オルテガ・イ・ガセットの雑誌 *Revista de Occidente* がモデルである。オルテガの影響は、とりわけミノリスタのエリート主義に見て取れるが、その思想は、マニャッチの『高級文化の危機』*La crisis de la alta cultura*（一九二五年）にもっともよく反映されている。「マルティ信奉」についてはすでに触れたが、マニャッチは、マルティのほか、ホセ・アントニオ・サコやシリロ・ビジャベルデなどの詩人、批評家、小説家が活躍した一九世紀のキューバに理想を見た。マニャッチの目には、当時は文化と文明が調和していた「黄金時代」と映ったのだ。しかし独立戦争を経て、共和国においては知識人と大衆の亀裂が深まり、文化的荒廃が進んだとマニャッチは述べる。

もちろん知識人は——残念なことだが——少数派の個人である〔…〕とはいえ、だれよりも繁栄や、すべての人の尊厳に関心をもち、協働して文明化する作業に向かって、日々多くの信奉者を得ようとする少数派である。民衆はそれに気づかず、愚かな不信で反対する。彼らの購買欲そのものが、時代の実証主義的偏見を根づかせた。レベルの低い教育やジャーナリズム、政治が誤った説教や下劣な手本を見せて、真の価値を判断する力をくもらせることによって、民衆を堕落させたのだ。

(Mañach 1991：43)

そして文化の発展における文学の重要性を指摘したうえで、彼ら以前の二世代は、数においても質においても、キューバを代表する文学を何も生み出さなかったと批判する(Mañach 1991：37)。『前進』の前衛主義とはなにより、そのような負の伝統との断絶だった。第一一号から編集者に名を連ねたフェリクス・リサソは、刊行の動機について、「政治の順応主義や詩のモデルニスモ、小説の自然主義、散文における長弁舌、ありふれた表現や、どこでもくりだされる即興を乗り越えて、あたらしい感性を流布させたかった」(Díaz 2003：64-65)と語っている。つまり、『前進』でミノリスタが試みたのは、ひとことでいえば共和国再生のための文化刷新だった。そのために、ホセ・エンリケ・ロドーが『アリエル』*Ariel*(一九〇〇年)で提起したように、彼ら知識人が民衆を導き、協力して国家的プログラムをつくりだそうとしたのだ。(17) そのような理想を評価して、シンティオ・ビティエルは『前進』について次のように述べる。

この雑誌の誠実な文化的、愛国的熱意に議論の余地はないし、われわれの文学や芸術への奉仕についても疑いようがない。時代遅れの環境を一掃し、若い批評家や詩人たちには完全に自由に、戦闘的で権威があるが放蕩な、なおかつ期待に満ちたページに作品を発表する機会が与えられた。もしわれわれが一九二七年のキューバにいたなら、『前進』を前にただ喜び、喝采を送ることしかできなかっただろう。

（Vitier 1998：267）

しかしビティエルは、『前進』が「時代の本質的な悪徳と隠れた関係」（Vitier 1998：267）を持っていたと指摘する。すなわち、この雑誌のよりどころは、詩的なものである前に、社会的、政治的なものだったということだ。共和国の没落に危機感をおぼえ、『前進』は時代遅れの趣味やアカデミズムといった「敵」を攻撃するために立ち上げられた。そのため、「前進」や「あたらしさ」自体が目的化したのである。その姿勢はなにより、表紙のタイトルが年号の前進（1927、1928、1929、1930）を前面に出していることに象徴されている〔図5〕。結果として内容は空虚であり（Vitier 1998：267）、発行部数は三千から六千程度で、読者層はエリートに限られた。ミノリスタの「あたらしい感性」は社会の一部にしか届けられず、知識人と民衆の溝が埋まることはなかった。一九三四年のマニャッチの回顧は、このミノリスタのひとつの試みが、あまりに非現実的で表面的だった事実を暴露するものである。

図5　『前進』の表紙
（出所）　Cairo 1987: 295

今から見ると、前衛主義はその点においてある種の逃避、文化を救うために義務であり、維持することができるとわれわれが考えていた、あの周縁的な行動の無意識的な昇華だった。われわれの生活を取り巻くものがあまりに卑しく、時代遅れで、見たところ改善の余地がなかったので、理想的な地平へと昇り、誰も耳を貸さぬことを承知のうえで、言語を複雑化させて精神的な救いを求めていたのだ。

(Mañach 1999：148)

『前進』は当初、政治から距離を置くことを表明していたが、一九二九年にはキューバ内外の政治についての積極的な議論がおこなわれるスペースと化した。そのような編集方針の転換は、ビティエルが述べたように、そもそもこの雑誌の根底にあったのは社会的、政治的な動機であることを証明している。『前進』の廃刊のきっかけとなったのも、一九三〇年九月三〇日、反マチャドの学生デモで、編集者のマリネジョがデモの指導者のひとりとして逮捕されたことだった。

しかし、ミノリスタは可変的なグループだったことを思い出そう。『ソシアル』から飛び出した『前進』の刊行中、ミノリスタはまた別の方向にも増殖を始める。するとそのたびに新しい仲間が加入し、メンバーはくっつき、離れ、「かけもち」をし、気まぐれに協力する。そして創刊号で『前進』の編集者を降りたカルペンティエルが踏み出す道こそ、ミノリスタからアフロキューバ主義への接合点となる。

二　カルペンティエルと音楽家のコラボレーション

1　ミノリスタと黒人民俗

ミノリスタの創成期に時間を巻きもどそう。『ソシアル』とは別に、ミノリスタがその活動の初期から関わったのが、一九一九年創刊の週刊誌『ポスター』*Carteles* である。政治やスポーツの最新情報を伝えていたこの雑誌は、『ソシアル』よりも民衆的で、より幅広い社会層の読者がいた。一九二四年に編集者が交代し、編集長に就いたのが、当時二〇歳のアレホ・カルペンティエル（一九〇四〜一九八〇年）である。カルペンティエルは、「二三年世代」の若い知識人の中でも年少だったが、ロイグ・デ・レウチェリンら他のミノリスタの協力も得て、『ポスター』の焦点をより文化的な内容へと移動させる。ミノリスタの活動報道もおこなわれ、先述の「ミノリスタ宣言」は、実はこの雑誌に発表された。そして『ポスター』は、『ソシアル』や『前進』、また後述する『アトゥエイ』、『ムシカリア』、『マリーナ新聞』日曜版文学特集と共鳴しながら、アフロキューバ主義の重要な推進役を担う。

このころのカルペンティエルの活動は、とりわけ『ソシアル』、および編集長を務めた『ポスター』への寄稿を通してのパリの芸術動向の報告と、音楽家とのコラボレーションによってしるしづけられる。では、ミノリスタのカルペンティエルが、どのように前衛主義から黒人芸術への接点を見出したのだろう。カルペンティエルはのちのインタビューで次のように語っている。

> そこ〔キューバの黒人民俗への興味〕には、すべてのブルジョアによって軽蔑された伝統を回復しようとする熱意があった。当時、黒人的なものに興味をもつとは、非従順的態度、つまり革命的態度をとることにほかならなかったのだ。
>
> （"Habla Alejo Carpentier" 1977：52）

つまりカルペンティエルのねらいは、ブルジョアに「軽蔑された伝統」、すなわち黒人文化の伝統を評価することで、時代遅れの趣味や伝統的アカデミズムと断絶した前衛的態度を示すことにあった。マニャッチもまた、

「黒人的なもの」に「内に秘めた反逆、石化した社会の殻をこわす企てを見て」、アフロ・クリオーリョ的なものを奨励していたと述べている（Mañach 1999：149）。

ここで、一九二四年にオルティスによってキューバ民俗学会が設立され、黒人の民俗学研究が進んでいたことを思い起こす必要があるだろう。オルティスの研究の出発点は犯罪民族学だった。そして初期の著作では、実証主義的観点から、キューバの近代化を妨げる黒人の「野蛮な」文化を根絶する必要性を訴えていた。[18] ところがその研究が、まったく異なる目的からミノリスタの関心を集めたのだ。カルペンティエルは『キューバの音楽』*La música en Cuba*（1945）において、年齢の違いにもかかわらず、オルティスがミノリスタと親密に交わったと述べている（Carpentier 1988：205）。[19]

「一三人の抗議」以降、文化刷新の必要性において同じ方向を見ていた両者は、こうして芸術と民俗学が結託した、キューバ独自の黒人主義を生み出していく。[20] その先駆者となったカルペンティエルの場合、いわば反逆的態度としての黒人主義は、ヨーロッパ前衛音楽にひらめきを得て、黒人民俗、音楽、文学が渾然一体となった作品の探求へと向かう。

2　ロルダンとアバクワー秘密結社

「一三人の抗議」のあと、ミノリスタがラファイエットホテルで「土曜日の昼食会」を開いていているときに、カルペンティエルと音楽家アマデオ・ロルダン（一九〇〇～一九三九年）は知り合ったと想像される。ロルダンはそのホテルでピアノを演奏していて、ミノリスタとの交流が生まれていたからだ（Gómez 1977：44）。そのときすでにカルペンティエルは、ヨーロッパの前衛音楽の展開に注目していた。ストラヴィンスキーとの「出会い」と、ロルダンとの親しい交友を思わせる一節を引用しよう。

あのころ、サン・ラファエル通りとガリアノ通りの角に「教会の家（Casa Iglesias）」という音楽店があった。〔…〕そうしてわたしたちはストラヴィンスキーの『春の祭典』を知り、夜な夜なサントス・ファアレスにあるアマデオの家を訪ねるときには、ストラヴィンスキーの楽譜の最初のテーマを口笛で吹くのが合図となったのだ。

（Gómez 1977：45）

ふたりの交流が生んだ最初の成果は、一九二五年一一月二九日に初演された「キューバのテーマにもとづく序曲（Obertura sobre temas cubanos）」だろう。カルペンティエルは、『ソシアル』の一九二六年二月号に掲載された「キューバの交響曲」という記事で、現代音楽を知らず、いまだロマン主義に浸かっているクラシック音楽界の現状を批判する。そしてキューバの民俗音楽の要素を利用して、現代的感性で作曲されたロルダンの作品を「われわれの芸術活動の長い歴史において、きわめて重要な出来事のひとつ」（Carpentier 1985：39）と評価している。また、ストラヴィンスキーの作品から得たインスピレーションについては、同誌一九二六年一二月号の「ストラヴィンスキー、結婚とパパ・モンテロ」と題する記事を発表した(21)。そこでカルペンティエルは、「結婚」のリズムや原始的表現方法に、キューバの土着的音楽ソンとの驚くべき共通性を発見したと書いている（Carpentier 1976：70）。ストラヴィンスキーの音楽に共通する要素があるなら、ソンは洗練された現代音楽に昇華する可能性を秘めていると、ふたりは考えたに違いない。一九二七年一月九日に初演された、ロルダンの「オリエンタル」、「物売り」、そして「黒人の祝祭」の三部からなる「三編の短詩（Tres pequeños poemas）」は、はっきりと民衆的、黒人的要素が感じとられる野心的作品となった。だが予想されたように、コンサート後、黒人的要素が強すぎるという批判が起こる。するとカルペンティエルは、すかさず翌月、『ポスター』で反論を展開する。そして、たとえばルンバよりもボレロがキューバ的であるという音楽家の評価に疑問を呈し、ソンなどの民衆音楽に備わる力への注目を呼びかける。

> ヨーロッパは、たえず過剰な抽象化にたよりながら、自分たちの音楽を揺さぶるリズムを渇望している。フランス人やロシア人、ドイツ人の若い作曲家は、あたらしいリズムの探求において、ブラジルのマチチャやラグタイムのシンコペーションの雰囲気に取りつかれてしまった。そしてわたしたちは長い間、ソンのような真の自然の力に満ちた音楽と、その尽きることのないインスピレーションの奔流をつかむことなく共存してきたのだ！
>
> （Carpentier 1976：85）

こうして、キューバ黒人音楽の可能性の探求と民俗学的関心が交錯しながら、カルペンティエルとロルダンのコラボレーションは進展していく[22]。

図6　アバクワー秘密結社の誕生が表された絵
（出所）　Roche y Monteagudo 1925: 99

ある日ふたりは、ハバナのレグラ地区でアバクワー秘密結社の儀式に参加した。アバクワー秘密結社とは、かつてアフリカでカラバリー族が結成した女人禁制の結社であるが、植民地時代、奴隷貿易で連れてこられたその一派によって、キューバにも伝わった〔図6〕。結社のメンバーはニャニゴと呼ばれる。儀式で奏でられる太鼓のリズムに魅了され、五線譜の小さなノートにメモを取るのをやめなかったロルダンに、突如、周囲の反応が変化する。

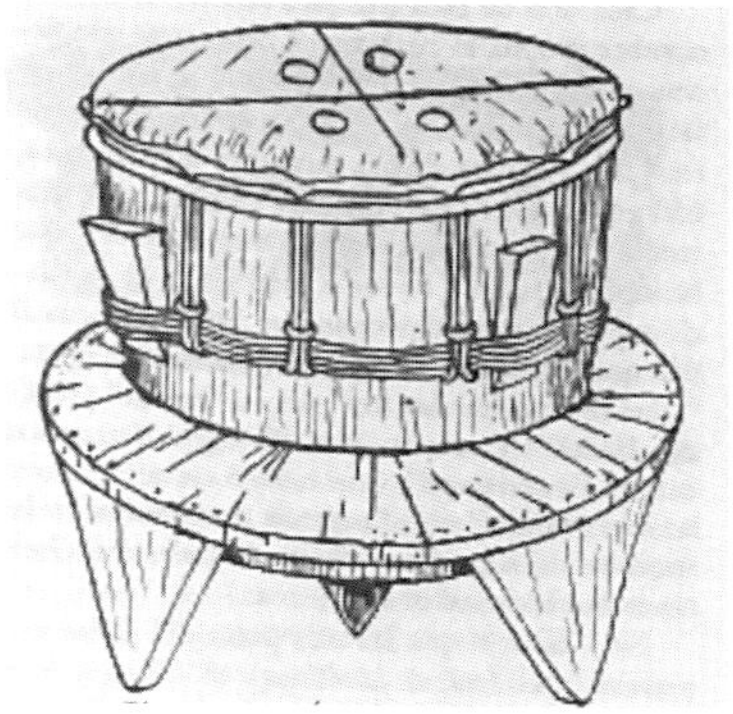

図 8　エクエ
（出所）　Ortiz 1996 volumen II: 393

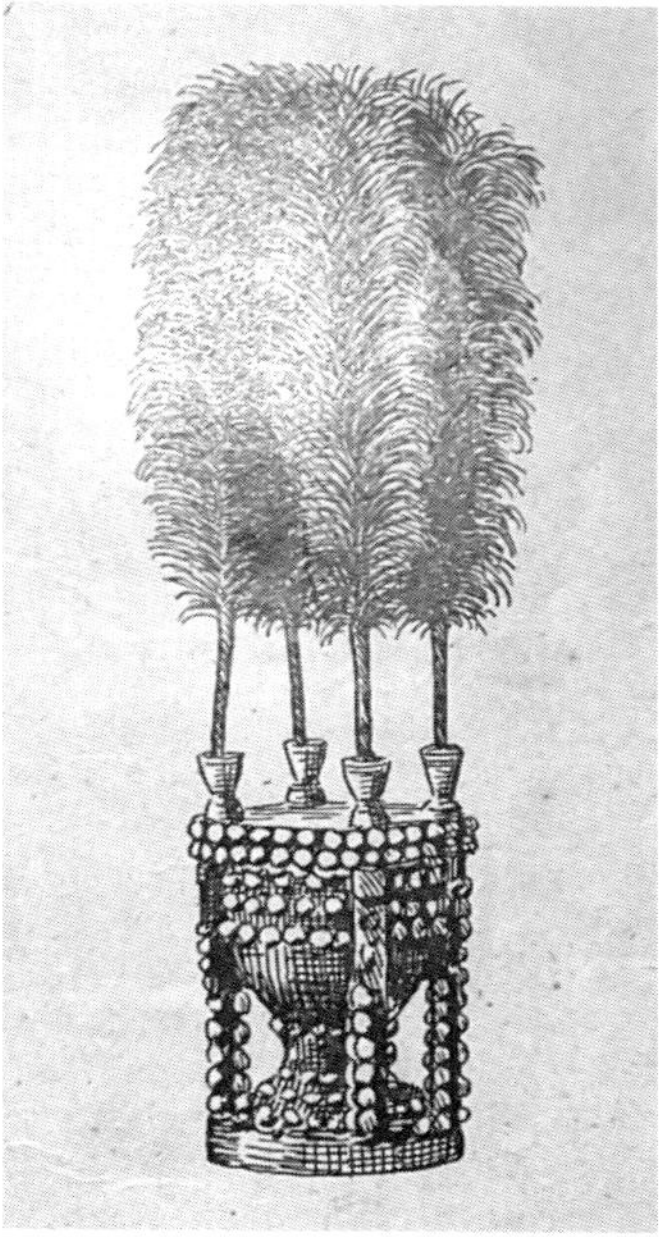

図 7　セセ（セセリボー）
（出所）　Roche y Monteagudo 1925: 35

図 9　アバクワー秘密結社どうしの抗争
（出所）　Roche y Monteagudo 1925: 77

突然、われわれは儀式の空気が不快と敵意に支配されていくのがわかった。具現化された、青い衣装の驚異的な「小悪魔（diablito）」が、「礼拝堂（Cuarto Fambá）」に姿を隠したところだった。信奉者たちが硬い表情でわれわれをにらんでいた。

「おまえたちはそこで何をしているのだ？」イヤンバがロルダンの作業を見ながら尋ねた。

「何も……音楽を……」と作曲家が答えた。

「ではなぜおまえたちは音楽をメモしているのだ？」

「ダンソンの曲づくりに利用しようと思って！」あまり細かな説明は避けてアマデオは主張した。

図10　1914年、アバクワー秘密結社の礼拝堂から警察が押収した儀式用具。中央の人物は、儀式中に突入した隊長エスタニスラオ・マンシプ
（出所）　Roche y Monteagudo 1925: 73

しかしその答えに「神官（Obón）」は納得しなかった。

「ここで悲劇的なことに巻き込まれたくないなら、ノートと鉛筆をしまうことだ……こんなところにダンソンの曲づくりをする者が来てはいけない……」

（Carpentier 1976：134）

この加入儀礼はアバクワー秘密結社の創世神話を再現するものである。カラバリー族はかつてナイジェリア南部に住む漁民であった。その神話によると、あるときエフォーの王女シカンが、神アバシ！の声、エクエを伝える奇形魚オボン・タンゼをつかまえる。そして魔術師イヤンバが、魔法の鍋モクバを使ってその声を解釈することで、結社が創設される。しかしその後シカンは、敵対する部族エフィーの父親に神聖な秘密を話してしまい、殺される。オボン・タンゼもやがて死ぬが、この魚が入れられていた容器にヤギの皮を張ったところ、エクエが再び聞かれた。やがて、オボン・タンゼの頭と尾びれをまねて、四本の雄鶏の羽根と三つの脚のついたセセ（セセリボー）〔図7〕がつくられた。それがのちに太鼓エクエ〔図8〕となる。そして儀式では、シカンとオボン・タンゼを象徴するヤギが生贄に捧げられることになった（Brown 2003：36-47）。

アバクワー秘密結社は当時、儀式に対する偏見や組織間の対立が生んだ抗争によって、危険で違法な組織として警察の捜査対象とされていた〔図9〕。ロチェ・イ・モンテアグードの『キューバにおける警察とその謎』*La*

policía y sus misterios en Cuba（1925）には、その抗争の様子や警察が押収した儀式用具の写真などが掲載されている〔図10〕。またその宗教儀式は、民族学者によって、キューバに残存する「原始性」や「野蛮」の象徴と見なされ、集団的迫害を受けていたのである。しかしまさにそれゆえに、カルペンティエルにとって、アバクワー秘密結社との接触は前衛的態度だった。しかも、キリスト教的視点から「小悪魔」と呼ばれたイレメ（ireme）には、ピカソがそのころ描いた道化（harlequin）と驚くべき類似性が観察された（González Echevarría 1990：49）。加えてアバクワー秘密結社で演奏される音楽は、ストラヴィンスキーの作品に通じる「原始性」に満ちている。そしてカルペンティエルにとって驚異的なこの儀式は、民俗学的興味を大いに駆り立てるものだった。アンダーソンは的確にも、こうしてアバクワー秘密結社が、アフロキューバ主義における「キー・シンボル」と化すことを指摘している（Anderson 2011：61）。

儀式の場面に戻ろう。脅迫されたロルダンは、もはや鉛筆を手に取ることはできなかった。しかしリズムとメロディを頭に刻みつけたふたりは、そのあと毎晩中央公園の近くのカフェに集い、『レバンバランバ』*La Rebambaramba*（一九二八年）と『アナキジェーの奇跡』*El milagro de Anaquillé*（一九二九年）のふたつのバレエ作品を制作する。(23) それはカルペンティエルが逮捕される直前のことで、両作品は彼の亡命前にロルダンに託された。儀式の様子やイレメは、それらのバレエに描かれるだけでなく、一九二八年にパリで発表される「祈禱（Liturgia）」の詩と、刑務所内で執筆され、一九三三年にマドリードで刊行される小説『エクエ・ヤンバ・オー！』*¡Écue-Yamba-Ó!* にも再現される。したがって、詩、バレエ、小説を含むカルペンティエルの初期作品において、「他者」への眼差しが観察した断片的経験と知識によって描かれたアバクワー秘密結社の加入儀礼が、創作の中心的モチーフとなったのである。(24)

図11　エドゥアルド・アベラ「ルンバの勝利」
（出所）　Martínez 1994: 95

3　カトゥルラとパリでの成功

一九二七年、カルペンティエルは刑務所にいた。話はその少し前にさかのぼる。ミノリスタが、労働者、知識人、そして芸術家の労働組合となるような組織を結成するために、政治的・文化的内容を中心とする前衛誌『アトゥエイ』*Atuei* の創刊に動き出した[25]。ミノリスタの『ソシアル』から『前進』とは別の分岐である。その際、協力者を募るためのマニフェストを作成したのだが、マチャド政権によって、そこへの署名者が捜査、逮捕の対象にされたのだ。カルペンティエルはそのうちのひとりだった（Cairo 1985：392）。そして約二〇日のあいだ刑務所に収容され、その後七ヶ月間の保護観察処分となる。以前から、パリで展開していた前衛芸術に直接学ぶ必要性を感じていたカルペンティエルは、そのような政治的圧力から逃れなければならない事情も重なり、一九二八年三月一六日、シュルレアリストのロベール・デスノスの助けを借りてキューバを発った[26]。

パリに着いておよそ五ヶ月後のことだった。カルペンティエルが滞在していたモンパルナスの質素なメーヌホテル（Hôtel du Maine）に、突然の来訪者があった。アレハンドロ・ガルシア・カトゥルラ（一九〇六～一九四〇年）である。カトゥルラはハバナ大学の法学生で、作曲を行う音楽家でもあった。一九二四年に親交を結んで以来、カルペンティエルとカトゥルラは前衛音楽への関心を共有し、共にパリで学ぶ計画を立てていた。ついに合流を果たしたふたりのコラボレーションが、ここから始まる。

メーヌホテルにはミノリスタの画家、エドゥアルド・アベラ（一八八九〜一九六五年）も逗留していた。この年アベラは「ルンバの勝利（El triunfo de la rumba）」〔図11〕を描き、アフロキューバをテーマにした一連の作品を発表していく。翌年、一九二九年一月には、パリの最も有名な画廊のひとつ、ザック・ギャラリーで個展が開かれる。するとカルペンティエルはすぐに『ソシアル』において、「あたらしいキューバ絵画の概念の誕生」（Carpentier 1985：114）と評する記事を書いた。そのころには、カルペンティエルとカトゥルラの共同作品もパリで高い評価を得ていたことを考えると、カトゥルラの到着と三人の「共同生活」の開始は、パリにおけるアフロキューバ主義の拠点の誕生を象徴する出来事のようだ。

一九二八年七月、カルペンティエルはパリの雑誌『起源』*Genesis* に、アフロキューバ詩の先駆となる「祈禱（Liturgia）」と「歌（Canción）」を発表した。先のカルペンティエルとロルダンの体験を踏まえて書かれたこの詩の一部を読んでみよう。

La potencia rompió.　偉大な秘密が始まった。
¡Yamba-Ó!　ヤンバ・オー！
Retumban las tumbas　アクエーの家で
en casa de Acué.　太鼓が鳴り響く。
El juego firmó　結社のシンボルが描かれた
—¡Yamba-Ó!—　「ヤンバ・オー！」
con yeso amarillo　礼拝堂に

en el Cuarto Fambá.
El gallo murió
—¡Yamba-Ó!—
Volaron las plumas
al son del ecón.
¡Aé, aé!
Salió el diablito :
cangrejo de Regla
saltando de lao
—aé, aé . . . —
en su gorro miran
ojos de cartón.
（…）

Brujo del Senegal
tabú y carnaval.
¡Cencerros de latón,
de paja la barba,
黄色のチョークで。
雄鶏が死んだ
「ヤンバ・オー！」
エコンに合わせて
羽根が舞った。
アエー、アエー！
小悪魔が現れた
それはレグラのカニで
横に飛び跳ねる
「アエー、アエー……」
長帽子の
厚紙の目が見つめる。

(…)
セネガルの呪術師
タブーとカーニバル。
真鍮のカウベル、
わらのヒゲ

de santo el bastón!　聖なるステッキ
¡Tiempla, congo,　太鼓をあっためろ、コンゴ、
dale candela!　火をつけるんだ！
Chivo lo rompe,　生贄が始まり、
chivo pagó.　ヤギが捧げられた。

Endoko endiminoko,　エンドコ　エンディミノコ
efímere bongó,　エフィメレ　ボンゴー
enkiko bagarofia . . .　エンキコ　バガロフィア……
¡Yamba-Ó!　ヤンバ・オー！

(…)　(…)

Papá montero　パパ・モンテロが
marimblero,　マリンバを打ち鳴らし
Arencibia　アルセンシビアが
bongosero.　ボンゴーを叩く。
Quien robe comida　食べ物を盗んだ者は
palo tendrá . . .　ステッキで叩かれるだろう……
¡Un negro corrió!　ひとりのネグロが駆け出した！
¡Yamba-Ó!　ヤンバ・オー！

¡Tú la cogiste!　　おまえがとった！
¡Él la cogió!　　あいつがとった！
（…）　　（…）
La luna se va . . .　　月が去っていく……
Anima la danza . . .　　踊りは活気づく……
El diablito se fue . . .　　小悪魔は去った……
¡Aé, aé!　　アエー、アエー！
Ecua, ecua,　　エクエ、エクエ、
ecua mana ecua.　　エクエからエクエが湧き出る。[27]
¡Diez nuevos ecobios　　十人の加入者が
bendice Eribó!　　エリボーを祝福する！

Retumban las tumbas　　太鼓が鳴り響く
en casa de Acué.　　アクエーの家で。
¡Yamba-Ó!　　ヤンバ・オー！
¡Yamba-Ó!　　ヤンバ・オー！
El gallo cantó.　　雄鶏が鳴いた。

（Carpentier 1983：211–213）

結社のシンボルとエコンは〔図12〕、〔図13〕を参照されたい。ヤンバは魔術師イヤンバのことだ。「小悪魔」〔図14〕は、その独特の動きから「カニ」と表現されている。ラファエル・ロドリゲス・ベルトラン版『エクエ・ヤンバ・オー!』の語彙集によれば、エンキコは儀式に用意される雄鶏の肉で、エリボーはアバクワー秘密結社の抽象的な最高神である（Carpentier 2012：250）。「エンドコ……」の詩節はカラバリー語で、不明な語彙がいくつかある。手がかりとなるのは、同じ詩句が挿入されている『エクエ・ヤンバ・オー!』の加入儀礼の場面である。そこを参照すると、神官（オボン）のひとりが、参加者の入信を宣言する言葉と理解される。

カトゥルラはこの詩に曲をつけるにあたって、さまざまな実験的試みをおこなった。たとえば、儀式の展開と神秘性を表現するため、「エンドコ……」の祈りの場面ではハープとボンゴー〔図15〕を同時演奏し、ニャニゴ

図12　アバクワー秘密結社のシンボル
（出所）　Carpentier 1933: 179

図13　エコン
（出所）　Ortiz 1996 volumen I: 277

図14　イレメ（小悪魔）
（出所）　Carpentier 1933: 177

図15　ハイメ・バルス「ボンゴー奏者」
（出所）　Ortiz 1996 volumen II: 270

のやくざで伝説的なルンバダンサー、パパ・モンテロが登場する場面では、ハープと木琴、ピアノ、フルートの演奏を組み合わせた。その結果、アフロキューバ詩と交響曲の響き、ボンゴーの連打や二本の硬質な木でリズムを刻むクラーベ〔図16〕、そしてコール&レスポンスをやりあうふたつの男性コーラス隊が、ホワイトの言葉によれば「信じがたい音色のごたまぜ（incredible mélange of sounds）」（White 2003：49）を生み出したのである。しかしあまりに実験的な作品となったため、実際の演奏は一九三一年まで待たねばならない(28)。ロルダン、カトゥルラと共同制作に取り組んだカルペンティエルは、ふたりの作品には、まったく対照的な特徴があると述べている。ロルダンにおいてはすべてがうまく調整され、的確なタイミングが測られており、ときに冷淡さが感じられるのに対し、カトゥルラにおいては、「野蛮」で「原始的な」力が近代的楽器に注がれるため、オーケストラは「地震」にはなっても、決して「時計仕掛け（relojería）」にはならないという

（Carpentier 1988 : 223）。カトゥルラについての指摘は、「祈禱」の作曲からも十分にうかがわれるだろう。しかし、パリの読者や聴衆を意識して制作された「祈禱」が、そのモチーフとなった儀式を大きく変質させていることを見逃すわけにはいかない。アバクワー秘密結社の加入儀礼は、その本来のコンテクストから完全に切り離されて、前衛芸術作品に仕立てられたのだ。

一九二八年一〇月二五日、キューバにいったん帰国したカトゥルラは、フランスでの成功[29]に注目を浴びる中、雑誌『ムシカリア』*Musicalia* に「アフロキューバ音楽の交響曲の可能性」（Posibilidades sinfónicas de la música afrocubana）」を発表する。一九二七年に創刊された『ムシカリア』は、現代音楽の普及につとめた前衛的音楽専門誌である。カルペンティエルやフランシスコ・イチャソらミノリスタも寄稿しており、ホワイトはこの雑誌を音楽版の『前進』とみなしている（White 2003 : 53）[30]。カトゥルラはこの記事で、アフロキューバ音楽が秘める可能性に気づかず、一部の音楽家たちが、これを祖国の音楽の冒瀆とみなしている問題を訴えた。

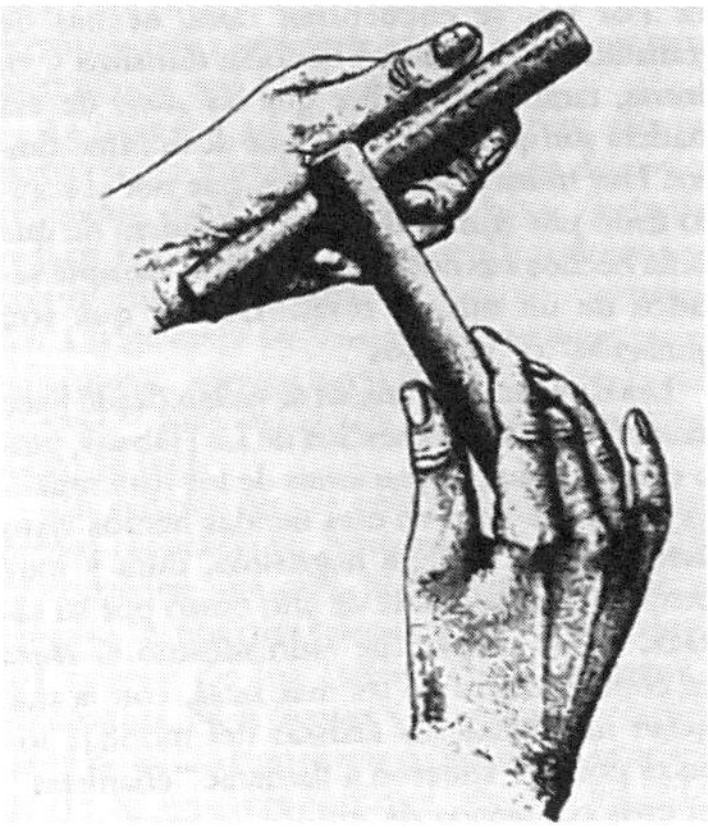

図16　クラーベ
（出所）　Ortiz 1996 volumen I: 116

> アフロキューバ音楽は交響曲のジャンルにおいて、完全に勝利するために必要とされるすべてを備えている。その一方で交響曲は、この豊かで自由に流れるスタイルを導入することで大いに恩恵を受けるだろう。〔…〕
>
> 交響曲におけるパーカッションの導入、交響詩におけるマラカスやボンゴーの演奏、また、トレスやクラーベ、その他キューバのバンドで典型的なリズムやメロディを用いること、小オーケストラ風の楽曲を作曲することは、前述の音楽家や音楽批評家にとって最大の冒瀆で

あり、祖国の音楽に与えうる最大の侮辱なのである。

（White 2003：56–57）

カルペンティエルがロルダンやカトゥルラと取り組んだコラボレーションは、当初キューバにおいて好意的に受容されてはいなかった。人々の黒人系音楽に対する偏見や反感は根強いものだったのだ。三人はヨーロッパ前衛音楽を通して「発見」した黒人民俗音楽の可能性を認識し、その表現方法を模索していた。しかしその試みは、キューバにおける無理解との闘いでもあった。カルペンティエルは一九三一年一〇月九日、『ポスター』に執筆した「フォンテーヌ通り――キューバ通り」という記事において、パリとハバナでアフロキューバ音楽を広げたことに対し、キューバ人から強い反発を受けたことを明らかにしている。

侮辱や辛辣な批判以上の攻撃があった。わたしの名前は、かつてハバナで刊行されたぶ厚い忌まわしい音楽本に「われわれの文化を汚すリズムの擁護者」として刻まれてしまった。わたしたちの島に立ち寄る外国人に、ビーチで演奏されるソンや、レグラのある種の踊りの民衆的オーケストラを聞かせるという「過ち」を犯したゆえに、わたしは非国民と非難された。わたしたちのフォークロアのいくつかの分野の知識を広めるというわたしの発案に抗議して、新聞に掲載された公開状もあった。

（Carpentier 1976：107）

ソンはキューバ東部で生まれ、黒人音楽のコール＆レスポンスに白人音楽の旋律が組み合わさった「混血音楽」で、一九二〇年代に全国的な流行となる。その波を勢いづけたのは、一九二七年、イグナシオ・ピニェラが率いるセクステト・ナシオナルの誕生である。洗練の度合いを増したダンス音楽は、もはや社会の上流階級にも浸透し始めていた。潮目は変わりつつあったのだ。

翌一九二八年、パリにそのうねりを伝えたのは、そのころキューバを再訪していたデスノスだ。フランスに帰国するや、デスノスは『ル・ソワール』誌 *Le Soir* に「驚嘆すべきキューバ音楽」と題する記事を執筆したのである（Carpentier 1976：88）。その数か月後、デスノスとカルペンティエルは協力して、前衛映画のプレゼンテーションの会場でキューバレコードの紹介をおこなう。そこでの反応は、カルペンティエルに「これ以上は望みようのない期待感」（Carpentier 1976：88）を抱かせるものだった。そしてその期待は裏切られない。やがてリタ・モンタネールが歌ったエリセオ・グレネの「ママ・イネス」やモイセス・シモンスの「ピーナッツ売り」がパリを席巻する。フォンテーヌ通りは毎晩、マラカス、グィロ、ティンパニー、クラーベ、コルネット、カウベルなどが奏でるアフロキューバ音楽の大音響に包まれたのだ（Carpentier 1976：88）。

そしてパリとハバナで同時生起的成功の連鎖が起こる。一九二八年八月一二日、キューバの国立劇場で、「レバンバランバ」の楽曲がロルダン自身の指揮によってハバナ交響楽団により初演され、大きな反響を呼ぶ。そのニュースはすぐにパリのカルペンティエルとカトゥルラにも伝わった。翌年四月にはパリのガヴォ・ホール（Sala Gaveau）で、プエルトリコの詩人ルイス・パレス・マトスの「黒人のダンス（Danza negra）」に音楽をつけたロルダンの作品が、マリウス・フランソワ・ガイヤールの指揮で初演された。作品は歌と、二つのクラリネット、二つのビオラ、そしてキューバの黒人音楽に典型的なボンゴー、マラカス、カウベルで演奏された。コンサート後、カルペンティエルは早速、その報告の手紙をロルダンに送る。

おめでとう！　きみは完全な成功をおさめたよ！　外電でもう伝わっているだろうけれど、「ダンス」はアンコールが

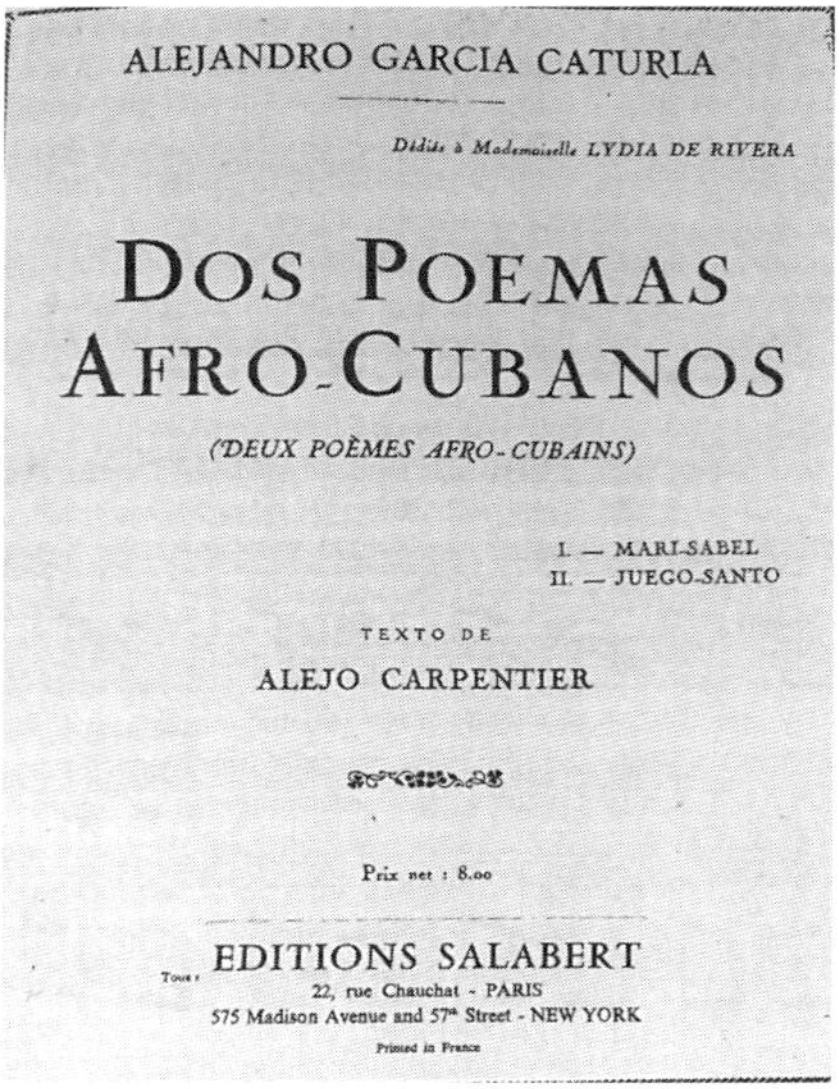

図17　「二編のアフロ・キューバの詩」の楽譜の表紙
（出所）　Anderson 2011: 51

繰り返された。同封するチラシを山のように刷ったから、ガイヤール指揮のコンサートは見事に知れ渡った。ポスター（チラシと同じものだ）がパリのあらゆる場所に貼り出された。そしてガヴォ・ホールは破裂するくらいの人だった〔…〕。結果、満員のホールできみの作品はアンコールされた。会場には、（これが大事な点だけれど）一五人ほどもキューバ人はいなかった。つまり、フランス人聴衆からはっきりと認められたってことさ。

（Gómez 1977：69）

「これが大事な点」というのは、カルペンティエルがキューバでの成功よりも、パリでの成功を優先的に考えていたということだ。しかしそれと同時に、前衛芸術を牽引するパリで認められることこそ、キューバで自分たちの取り組みに反発する者たちを説き伏せる近道になるというカルペンティエルの認識も示唆している。[31] ロルダンの「レバンバランバ」は、パリでも、一九三一年、同じガヴォ・ホールで演奏されることになる。

同じころカルペンティエルは、カトゥルラとのコラボレーションを進展させていた。一九二九年一一月一九日にパリでおこなわれたラテンミュージック・コンサートは、スペイン、アルゼンチン、ペルー、ブラジル、メキシコ、そしてキューバを代表する一五人の作曲家の作品からなるプログラムだった。そこでふたりが共作した「マリ-サベル（Mari-Sabel）」[32]と「神聖な儀式（Juego santo）」からなる『二篇のアフロ・キューバの詩』*Dos poemas afro-cubanos* が発表され、大きな成功を収める[33]〔図17〕。この作品はハバナでも、一九三〇年、ヴィラ＝ロボスらの現代音楽からなるプログラムのコンサートで演奏され、「神聖な儀式」が何度もアンコールを受けた。アフロキューバ音楽が、洗練された現代音楽として国際的に認められ、国内でも受容が進みつつあることはもはや明らかだった。カルペンティエルは、ストラヴィンスキーの作品からインスピレーションを得て、ロルダン、カトゥルラと取り組んできた黒人民俗音楽を前衛的手法で表現する試みに、とうとう成功したという確信をもったに違いない。先の一九三二年の『ポスター』の記事で、カルペンティエルが同胞におこなう呼びかけは、彼らを非難し続けていた者たちに対する勝利の雄たけびでもある。

> ソンを愛そうではないか！　騒々しいスラムを、グィロを、デシマ〔民衆的十行詩〕を、葉巻のケースの〔黒人風俗の〕リトグラフを、神聖な太鼓の演奏を、個性的な物売りの呼び声を、金のリングをつけたムラータを、ルンバダンサーのビーチサンダルを、貧困地区のけんかを、ボニアティージョ〔さつまいものデザート〕を、そしてアレグリーア・デ・ココ〔ココナッツの焼き菓子〕を！　パパ・モンテロとマリーア・ラ・オー〔伝説的なムラータのルンバダンサー〕の血統に祝福あれ！　異国からものごとを見ると、そのような民衆的宝の価値がかつてなく理解されるのだ！
>
> (Carpentier 1976 : 91)

おわりに

「規則も、代表も、書記も、会費もない」ミノリスタの活動は、公式にはごく短命に終わった。しかし、即興で生まれたこのグループのゆるやかなつながりは、自由な分岐と複数の活動拠点の形成を許容した。そしてそこでは、ミノリスタに限定されないあらたなつながりも可能となった。『ポスター』の編集長を務めてからも『ソシアル』への寄稿を続け、『前進』の編集に一号のみ携わり、『アトゥエイ』の創刊に協力し、ロルダンとカトゥルラと共同制作をおこなって、『ムシカリア』にも記事を執筆したカルペンティエルの行動は、まさにそのような特徴を代表するものである。グループとしての形はあいまいだが、海外の芸術潮流に刺激を受け、当時のキューバにおけるさまざまな危機に反応した若者たちのあいだの共感と仲間意識が、彼らを結びつけていたのだ。それが結果的には、ミノリスタの成果を見えにくくしている。

本稿は、ミノリスムとアフロキューバ主義とを接続する道筋をつけ、西欧のモダニズムに影響を受けてからキューバの土着的黒人前衛芸術の誕生までのプロセスを解明することをねらいとしていた。ミノリスタの前衛的姿勢、反ブルジョア的態度が、黒人文化への注目の出発点だった。そこから彼らに推進力を与えたのは、海外での黒人芸術の流行以上に、ストラヴィンスキーの作品などにおける土着的要素の活用だろう(34)。「よそのもの」ではなく「自分たちのもの」、すなわち、すぐそばに存在していたが、それまで長い間無視されていた黒人文化が「発見」されたのだ。そこにゆるく結びついたミノリスタのあらたな分岐点が生まれ、ミノリスタ以外の芸術家との出会いがあり、アフロキューバ主義が芽生える。当初、黒人的要素への抵抗は根強かったが、とりわけ音楽と絵画については、パリでの成功やソンの流行によって、一九三〇年までに、キューバ国内でもある程度受容が進んだといえるだろう。そのプロセスにおいては、カルペンティエルが果たした役割はきわめて大きい。ここまで見てきたように、ロルダンやカトゥルラとのコラボレーションで、前衛的技法を導入したアフロキューバの交響曲やバレエが制作された。そしてパリでのコンサートの成功は、すぐに、『ソシアル』や『ポスター』、『ムシカリア』などで報告されたのだった。絵画でも、カルペンティエルによる、アベラのパリでの個展成功の報告が、アフロキューバをモチーフとする取り組みを加速させたことは間違いない。「ルンバの勝利」を皮切りに、ロレンソ・ロメロ・アルシアガ、カルロス・エンリケス、アントニオ・ガットルノ、ハイメ・バルスが黒人文化を題材とする絵を次々に発表し、それらが『前進』に掲載されたのだ（Martínez 1994：81-82）[35]。ミノリスタのファン・マリネジョはのちに、パリのカルペンティエルの功績を「橋」に喩えて次のように述べる。

長い間、カルペンティエルはわたしたちが時代に追いつくように、やむをえない遅滞で渇望した水路を満たしながら、情報と理解の橋を架けてくれた。こんにち、わたしたちにとってなじみのある運動や潮流、人物は、アレホ・カルペンティエルによって、わたしたちの若い知的好奇心の前に差し出されたのである。

（Marinello 1977：74）

『前進』はごくわずかな知識人が読者だったが、娯楽誌『ソシアル』や週刊誌『ポスター』は、より広い読者層をかかえていた。したがって、マリネジョがここでくり返す「わたしたち」は、知識人だけにとどまらない。当時一定のキューバ人が、パリでのアフロキューバ音楽や絵画の成功の記事を、驚きと誇らしさの入り混じった思いで読んでいたにちがいない。一九二七年から一九二九年にかけて起こった、ハバナとパリの文化交流の大きなうねりは[36]、キューバにおいてはミノリスタが関わる雑誌がその伝達を担い、キューバ人の黒人文化に対する意識に変化を及ぼしたのだ。とはいえ、黒人文化を前衛芸術に活かそうとする白人エリートによって、歪曲と勝手な操作が加えられていたことを指摘する必要があるだろう。ここまで見てきたプロセスは、彼らによる黒人文化の盗用と占有のはじまりでもある。

しかしアフロキューバ主義はこれで終わりではない。むしろ始まりであり、やがてキューバのアイデンティティと人種をめぐる複雑なネゴシエーションの場を生み出していく。カルペンティエルがパリで「祈禱」を発表したのとおよそ時を同じくして、キューバでも二つの先駆的アフロキューバ詩が発表されていた。ラモン・ギラオの「ルンバの踊り子（Bailadora de rumba）」と、ホセ・サカリーアス・タジェの「ルンバ（La rumba）」である。前者は、当時キューバで最大の発行部数を誇っていた『マリーナ新聞』*Diario de la Marina* の日曜版文学特集に掲載された[37]。その編集を担っていたのは、ミノリスタのホセ・アントニオ・フェルナンデス・デ・カストロである。このミノリスタの分岐の延長線上で、一九三〇年四月二〇日、ニコラス・ギジェンの「ソンのモチーフ（Motivos de son）」が発表され、スキャンダルを巻き起こす。八篇の詩では、ハバナのスラム街に住む黒人たちに「声」が与えられ、それぞれが貧困や人種差別、卑俗な男女関係を語っているのである。それは、カルペンティエルらの作品とはまったく異なる性質の前衛的黒人詩の誕生を告げる事件となった[38]。

（1）リポルによれば、「二三年世代」の活動は「一三人の抗議」が起こった一九二三年を起点として、ヘラルド・マチャド政権（一九二五～一九三三）に対する一九三〇年の抗議運動を中心点とする。そしてその消滅は、ホセ・レサマ・リマの『ナルキッソスの死』*Muerte de Narciso* と雑誌『*Verbum*』が刊行された一九三七年頃である（Ripoll 1968：49-57）。

（2）サヤス大統領が、百万ペソ以下でサンタ・クララ修道院を入手したサンタ・クララ都市開発株式会社から、これを二三五万ペソで購入した。サヤスがこの不正な取引に関わったことは明らかだった。

（3）ミューレル・ベルフはキューバに二つの前衛主義をみる。ひとつめはミノリスタが起こした前衛主義で、一九二〇年代から一九三〇年代にかけて、独裁者ヘラルド・マチャドへの抵抗と文化的刷新を試みる活動よって特徴づけられる。そののち、より哲学的、耽美主義的なふたつめの前衛主義が、ホセ・レサマ・リマを中心に、雑誌『*Verbum*』（一九三七年）と『ルーツ』*Orígenes*（一九四四～一九五六年）の協力者によってもたらされる。

（4）ポストモデルニスモとは、モデルニスモを創始したニカラグアの詩人、ルベン・ダリオの耽美主義的特徴を引き継ぐ文学潮流で、キューバでは「純粋詩」の系譜に入る。スペイン語圏のモデルニスモは、英語のモダニズムとは無関係で、オクタビオ・パスが指摘するように、遅れて到着したフランスの高踏派や象徴主義に相当する（パス 一九九四、一三六頁）。キューバにおいては、フリアン・デル・カサルがポストモデルニスモの代表詩人として知られている。とくにカフェ・マルティにおいて前の世代の詩人の中で意識されていたのは、カサルの後を継いだレヒノ・E・ボティ、ホセ・マヌエル・ポベダ、アグスティン・アコスタなどである（Cairo 1978：34）。彼らの「純粋詩」は、カサル同様、様々な詩法が駆使され、現実とはかけ離れた理想を追求する傾向によって特徴づけられる（Vitier 1998：239-240）。

（5）署名を避けたうちのひとりは、スペイン人詩人のアンヘル・ラサロで、彼はキューバから追放されることをおそれた。もうひとりは障害者学校の校長エミリオ・テウマで、彼はフリーメーソンであったため、組織に迷惑をかけまいと考えた。一方、署名したのは、ルベン・マルティネス・ビジェナ、ホセ・アントニオ・フェルナンデス・デ・カストロ、カリスト・マソー、フェリクス・リサソ、アルベルト・ラマル・シュウェイエル、フランシスコ・イチャソ、ルイス・ゴメス・ワングェメルト、フアン・マリネジョ、ホセ・サカリーアス・タジェ、ホセ・マヌエル・アコスタ、プリミティボ・コルデロ・レイバ、ホルへ・マニャッチ、J・R・ガルシア・ペドロサの一三人である。

（6）国家刷新会議のマニフェストにおいては、社会福祉、農業、教育などの問題が放置されている現状が批判され、その改善の必要性が訴えられた。

（7）独立戦争の退役軍人大会においては、戦争における彼らの貢献の社会的認知、よりよい職への優先権、年金の増額を求める考えが示された。

（8）一九二三年末、カルロス・ガルシア将軍を先頭に、退役軍人と愛国者運動の武装蜂起の計画が立てられたが、結局行動には至らなかった。しかし、このの ち一九二五年には、キューバ国家労働者連盟（Confederación Nacional Obrera de Cuba）と共産党が設立され、反政府運動はさらに激化していく。

（9）「一三人の抗議」よりも前に起こっていた重要な反政府運動としては、一九二二年、フリオ・アントニオ・メジャが代表を務める大学連盟（Federación Estudiantil Universitaria 通称ＦＥＵ）が結成され、大学改革の必要性を叫んでいた。

（10） 一九〇二年に果たされたキューバの独立は、米西戦争の勃発による米国の介入によって、ホセ・マルティの理想とはかけ離れた結果となった。一掃されるはずの植民地時代の支配者たちが権力を維持し、独立戦争で活躍した黒人たちが期待した社会的地位の向上は裏切られた。憲法に加筆されたプラット修正条項は、独立後に二度も米国に軍事占拠を許すことになる。また、独立戦争で荒廃した土地は、巨大な近代的砂糖農園の開発のために米国企業に買い占められた。キューバは政治・経済的にも、文化的にも、米国の半植民地と化していったのだ。独立達成の歓喜や、第一次世界大戦中の好況が、ある程度そのような状況を覆い隠していたが、それも長くは続かなかった。

（11） 「ミノリスタ宣言」は、サンタ・クララ修道院の不正購入に対する抗議に始まるミノリスタのそれまでの歴史をたどる。そして芸術の分野では確かに「少数」ではあるが、民衆の代弁者という意味では「多数派」であるという考えなどが記されている。

（12） 以下、引用はすべて拙訳である。

（13） 結成当初からのメンバー、アルベルト・ラマル・シュウェイエルがひとりマチャド支持派であったため、他の反マチャド派のメンバーとの間で亀裂が生じていた。そしてついにラマル・シュウェイエルは、ミノリスタのメンバーはそれぞれ別の道を進んでおり、もはやグループは存在していないとする手紙を新聞記者のラモン・バスコンセロスに送る。これが『エル・パイス』紙に報道されたことが、「ミノリスタ宣言」を発表する動機となった。

（14） アルフォンソ・レイェスがマドリードの特派員に任じられ、ラモン・ゴメス・デ・ラ・セルナなど、スペインの前衛主義の作品も紹介された。

（15） 『前進』の編集者は、第二号でカルペンティエルに代わってホセ・サカリーアス・タジェが加わる。また、マチャド政権による共産党員への弾圧において、カサノバスが国外への追放命令を受けると、第一一号からその穴をフェリクス・リサソが埋めた。

（16） 『前進』の成果としては、ジャン・コクトー、ジョン・ドス・パソス、エズラ・パウンド、ポール・ヴァレリーらの作品が翻訳され、ワルド・フランクの特別号が組まれるなど、西欧と米国の最先端の文学が紹介された。その一方で、『ソシアル』の流れを汲んで、ラテンアメリカの前衛主義に連なる多くの作家との交流関係が築かれた。実際にこの雑誌への寄稿者の中には、ホセ・カルロス・マリアテギ、ミゲル・アンヘル・アストゥリアス、アルフォンソ・レイエス、ファナ・デ・イバルブル、イルデフォンソ・ペレダ・バルデス、ハビエル・ビジャウルティア、セサル・バジェホなどがいる。その結果、この雑誌には西欧や米国とは異質な「ラテンアメリカ主義の意識」が刻まれたと、『前進』の編集者のひとり、マルティン・カサノバスは回顧している（Casanovas 1965：14-16）。

(17) アリエル主義については柳原（二〇〇七）のとくに一九三～二一八頁を参照されたい。

(18) たとえば、オルティスの最初の著作『黒人呪術師（犯罪民族学研究のためのメモ）』においては、アバクワー秘密結社をはじめとする黒人宗教を分析し、これを反社会的な犯罪の温床と見なして、法的対策を講ずる必要性を訴えている（Ortiz 1995：182-193）。オルティスの初期の思想については、拙論（二〇一七）、岩村（二〇一二）、工藤（一九九七）を参照されたい。

(19) ミノリスタとオルティスの関係の一例として、先述のマニャッチの『高級文化の危機』は、オルティスが会長を務めていた経済友好会での講演が出版されたものである。

(20) 実際のところ、オルティスとミノリスタの関係は一方的なものではなく、双方向に影響を及ぼしたと考えられる。それはとりわけ一九三〇年代の「ムラートの詩」についてのオルティスの論考に表れており、やがて「アヒアコ」や「トランスカルチュレイション」という混血のレトリックへと展開する。その導入的考察については拙稿（二〇一六）を参照されたい。

(21) 一九二六年、カルペンティエルはメキシコを訪れる機会を得た。そしてディエゴ・リベラらによる、先住民の歴史をさかのぼって、メキシコのアイデンティティを再構築しようとする壁画運動を目のあたりにした。土着的要素を導入したメキシコ壁画運動のナショナリズムから受けた刺激は、カルペンティエルが黒人民俗についてさらに関心を高めるきっかけになったと考えられる。

(22) カルペンティエルとロルダンがこのころ取り組んだ他のコラボレーションとしては、一九二六年一二月二六日と一九二七年二月二七日、ファルコン・ホールで「あたらしい音楽のコンサート」の開催に協力している。そこではストラヴィンスキーやミヨー、ラヴェル、マリピエロ、プーランク、エリック・サティらの作品が初演された（Gómez

1977：61）。それはふたりが、海外の現代音楽の紹介を通じて、あたらしい息吹と感性をキューバに広めようとしていたことの表れである。

(23)『アナキジェーの奇跡』については、穐原（二〇一五）の考察において言及がある。

(24) もっとも、カルペンティエルの初期作品におけるアバクワー秘密結社のテーマが、すべてこの体験にもとづくものではないだろう。カルペンティエルは、オルティスやロチェ・イ・モンテアグードの著作から得た知識を創作に交えたと考えられる。

(25)『アトゥエイ』は、エンリケ・デ・ラ・オサとフランシスコ・マシケスを編集者に、一九二七年から一九二八年まで、あわせて六号が刊行された。その反マチャド政権の姿勢から、政治的介入や脅迫を受け、ついにデ・ラ・オサが亡命したことから廃刊となる。文化的内容においては、一九二七年一二月の第二号にレヒノ・ペドロソの社会詩「修理工場から親愛なるあいさつ（Salutación fraterna del taller mecánico）」が、一九二八年八月の第六号に、本文で後述する、ホセ・サカリーアス・タジェの「ルンバ（La rumba）」が掲載されたことに大きな意義がある。

(26) カルペンティエルは一連の政治的問題によって、パスポートの発行が認められなかった。そのころハバナに、第七回ラテン・プレス大会に同行していたロベール・デスノスがいた。ふたりは投合し、デスノスはカルペンティエルをパリ行きの船に乗せるため、身分証明をカルペンティエルに渡した。デスノス自身は、同僚による身元確認によって通される。同船していたジャーナリストの中にはミゲル・アンヘル・アストゥリアスがいた。当時パリのキューバ大使館には、「純粋詩」で知られるマリアノ・ブルルが勤務していたことから、航空書簡で入国の手配を依頼した。その結果、フランスに着くと外交官として待遇され、入国が認められた。（Leante 1977：62）

(27) 参照したテクストではエクア（ecua）となっているが、これは神の声であり太鼓でもあるエクエ（ecue）とみなすべきだろう。実際、『エクエ・ヤンバ・オー！』における同場面では、"Eribó, ecue,ecue, / Mosongoribó, ecue, / Ecue."（Carpentier 1933：190）という詩が挿入されている。

(28)「祈禱」のオリジナルは結局演奏されることはなかったが、そののちカトゥルラは、楽器のみによる「ヤンバ・オー（Yamba-O）」という作品に書き直した。そして一九三一年一〇月二五日、「ヤンバ・オー」はキューバでロルダンの指揮によって演奏された。

(29) カトゥルラは最初のパリでの滞在中に、「キューバの三つのダンス（Tres danzas cubanas）」の指揮者用スコアを出版した。また、ガイヤールと知己を得たこと、パリでの演奏用にと「祈禱」の楽譜のコピーをアルフレッド・コルトーに渡したことなどの成果があった。

(30) エリオ・オロビオは、『ムシカリア』がキューバで刊行された、おそらくもっとも重要な音楽雑誌であるという見解を示している（Orovio 1998：383）。一九二九年からは、カトゥルラがこの雑誌の編集長を務めた。

(31) しかしながら、カルペンティエルらによるアフロキューバ主義は、ゴンサレス・エチェバリーアが指摘するように、キューバ文化を形成するためのラディカルな態度の移行であって、「黒人の存在を発見したわけではなかった」（González Echevarría 1990：43）。すなわち、工藤がいうように、黒人の社会的・文化的地位の向上を目指していたわけではなかった（工藤二〇〇二：二六四頁）。

(32) 「マリ-サベル」は「マリーア・イサベル」という名前のキューバ口語表現である。

(33) 一九二九年、カトゥルラはバルセロナにいた。バルセロナ万国博覧会の一環で、イベロアメリカ交響曲フェスティバルが開催され、一〇月一三日、カトゥルラはキューバ代表として「三つのキューバのダンス（Tres danzas cubanas）」を披露したのだ。そこにパリのカルペンティエルから緊急のメッセージが到着する。それによると、近く行われるラテンミュージック・コンサートで、「二篇のアフロ-キューバの詩」を発表するために急ぎ作曲してほしいということだった。カトゥルラは急遽いくつかの予定をキャンセルし、パリに向かう。コンサートでは、ふたりの作品をキューバ人女性ボーカルのリディア・デ・リベラが歌った。カトゥルラの弟への手紙には、コンサートが成功に終わったこと、すぐにもパリで楽譜が出版されることが報告されている（Henríquez 1998：79）。

(34) ヨーロッパでは、二〇世紀初頭から、レオ・フロベーニウスらによる人類学調査の成果や、パブロ・ピカソの絵画などによって黒人芸術が流行していた。米国のハーレムルネッサンスも、一九二〇年代後半、キューバで広く紹介された。土着的要素への注目については、カルペンティエルが目撃したメキシコ壁画運動も重要で、これについては註21を参照されたい。

（35）絵画が掲載されただけでなく、パリでの個展の成功の報告や批評文も寄せられた。アベラのザック・ギャラリーでの展覧会の成功については、一九二九年一月、『前進』においてエドゥアルド・アビレス・ラミレスが寄稿した記事「エドゥアルド・アベラ、キューバ人の画家」で報告された。一九三〇年四月には、「芸術家とそのイメージ」というタイトルで、マニャッチによってハイメ・バルスのアフロキューバをテーマとする最新作について、同誌に記事が書かれている（Hidalgo 1999：69–71）。

（36）『ドキュマン』は、ジョルジュ・バタイユ、ミシェル・レリスが中心となって、前衛芸術における民族学的側面に注目し、文学との融合を試みた雑誌として知られている。カルペンティエルは彼らの要請を受けて、一九二九年一一月、「キューバ音楽（La musique cubaine）」という記事をこの雑誌に執筆した。デスノスによる序文が添えられたこの記事には、のちに『エクエ・ヤンバ・オー！』の初版に掲載されるアバクワー秘密結社のシンボルが挿入されている。またカルペンティエルはこの記事において、キューバにおけるダンサ、グァヒラ、プント、ルンバ、ソンなどさまざまな音楽のルーツをたどり、そこで使用される楽器の紹介をおこなった。そして現代の黒人音楽については、世俗的なソンの流行と、神聖な儀式音楽に言及している（Vázquez 1985：178）。

（37）ラモン・ギラオの「ルンバの踊り子」は一九二八年九月、『前進』にも掲載される。また、海外にアフロキューバ詩の先駆を探すと、プエルトリコのルイス・パレス・マトスの「黒人の民（Pueblo negro）」が一九二六年三月一八日、『民主主義』紙 *La Democracia* に、またウルグアイのイルデフォンソ・ペレダ・バルデスの『黒人のギター』*La guitarra de los negros* (1926) から二編の詩が一九二七年九月、『前進』に掲載されている。そしてラングストン・ヒューズの詩も、一九二八年『ソシアル』に紹介される。これら海外の黒人詩の紹介が、やがてアフロキューバ主義詩の隆盛を生む一因となったことは間違いないだろう。

（38）ニコラス・ギジェンの「ソンのモチーフ」については、拙稿（二〇一一）を参照されたい。

参考文献

Anderson, Thomas F., *Carnival and National Identity in the Poetry of Afrocubanismo*, University Press of Florida, 2011.

Birkenmaier, Anke, *Alejo Carpentier y la cultura del surrealismo en América Latina*, Iberoamericana, Madrid, 2006.

Brown, David H., *The Light Inside : Abakuá Society Arts and Cuban Cultural History*, Smithsonian Books, Washington, 2003.

Bueno, Salvador, *El negro en la poesía cubana*, Biblioteca Nacional José Martí, La Habana, 1981.

———, "Nicolás Guillén y el movimiento poético "afrocubano"", num.3, *Revista de la Biblioteca Nacional de Cuba José Martí*, La Habana, 1983, pp. 53-66.

Cairo, Ana, *El Grupo Minorista y su tiempo*, Editorial de Ciencias Sociales, La Habana, 1978.

———, "La década genésica del intelectual Carpentier (1923-1933), *Imán*, Anuario de Centro de promoción cultural Alejo Carpentier, Año II, 1985, pp. 368-405.

Carpentier, Alejo, *¡Écue-Yamba-Ó! : Novela afrocubana*, Editorial España, 1933.

———, *Crónicas* Tomo II, Editorial Arte y Literatura, La Habana, 1976.

———, *Crónicas*, Editorial Letras Cubanas, La Habana, 1985.

———, *La música en Cuba*, Editorial Letras Cubanas, La Habana, 1988.

———, *Obras completas* volumen 1, siglo veintiuno editores, s.a., México, D.F., 2002.

———, *¡Écue-Yamba-Ó! : Novela afrocubana*, Edición crítica de Rafael Rodríguez Beltrán, Instituto Cubano del Libro, La Habana, 2012.

Casanovas, Martín, *Órbita de la Revista de Avance*, Ediciones Unión, La Habana, 1965.

Cruz-Luis, Adolfo, "De la raíz al fruto", *Recopilación de textos sobre Alejo Carpentier*, Casa de las Américas, La Habana, 1977, pp. 97-122.

Díaz, Duanel, *Mañach o la República*, Editorial Letras Cibanas, La Habana, 2003.

Duno Gottberg, Luis, *Solventando las diferencias -La ideología del mestizaje en Cuba-*, Iberoamericana, Madrid, 2003.

Gómez, Zoila, *Amadeo Roldán*, Editorial Arte y Literatura, La Habana, 1977.

González Echevarría, Roberto, *Alejo Carpentier : The Piglim at Home*, University of Texas Press, 1990.

González, Hilario, "¡*Écue-Yamba-O!* por dentro", *Imán*, Anuario de Centro de promoción cultural Alejo Carpentier, Año II, 1985, pp. 4-24.

"Habla Alejo Carpentier" 1977. *Recopilación de textos sobre Alejo Carpentier*, Casa de las Américas, La Habana, pp. 15-55.

Henríquez, María Antonieta, *Alejandro García Caturla*, Ediciones Museo de la Música, La Habana, 1998.

Henríquez Ureña, Max, *Panorama histórico de la literatura cubana 2*, Editorial Félix Varela, La Habana, 1962.

Hidalgo, Narciso J., *El negro, el Son y el discurso literario Afrocubano*, Ph. D. thesis, Indiana University, 1999.

Kutzinski, Vera M, *Sugar's Secrets : Race and the Erotics of Cuban Nationalism*, University Press of Virginia, Virginia, 1993.

Leante, César. "Confesiones sencillas de un escritor barroco", *Recopilación de textos sobre Alejo Carpentier*, Casa de las Américas, La Habana, 1977, pp. 57-70.

Mañach, Jorge, *La crisis de la alta cultura en Cuba, Indagación del choteo*, Ediciones Universal, Miami, 1991.

———, *Ensayos*, Editorial Letras Cubanas, La Habana, 1999.

Marinello, Juan, *Contemporáneos*, Unión de Escritores y Artistas de Cuba, La Habana, 1976.

———, "Feliz jubileo", *Recopilación de textos sobre Alejo Carpentier*, Casa de las Américas, La Habana, 1977, pp. 73-82.

Martínez, Juan A., *Cuban Art and National Identity : The Vanguardia Painters, 1927–1950*, University of Florida, 1994.

Mateo Palmar, Margarita, "¡*Écue-Yamba-O!* y su contexto literario hispanoamericano y caribeño", *Imán*, Anuario de Centro de promoción cultural Alejo Carpentier, Año II, 1985, pp. 111-134.

Moore, Robin, *Nationalizing Blackness*, University of Pittsburgh Press, Pittsburgh, 1997.

Müller-Bergh, Klaus y Mendoça Teles, Gilberto, *Vanguardia latinoamericana : Historia, crítica y documentos*, Tomo II, Caribe, Antillas Mayores y Menores, Iberoamericana, Madrid, 2002.

Orovio, Helio. *Diccionario de la música cubana : Biográfico y técnico*, Editorial Letras Cubanas, La Habana, 1998.

Ortiz, Fernando, *Los Instrumentos de la Música Afrocubana*, Volumen I y II, Editorial Música Mundana Maqueda S.L., Madrid, 1996.

Portuondo, José Antonio, "Prólogo" en *Crónicas*, Editorial Letras Cubanas, La Habana, 1976.
Ripoll, Carlos, *La generación del 23 en Cuba y otros apuntes sobre el vanguardismo*, Las Américas Publishing Co., New York, 1968.
Roche y Monteagudo, Rafael, *La policía y sus misterios en Cuba*, La Moderna Poesía, La Habana, 1925.
Sánchez, Armando Ledón, *La música popular en Cuba*, Ediciones El Gato Tuerto, Oakland, 2003.
Vásquez, Carmen, "Textos y contextos : en la periferia de *¡Écue-Yamba-O!*", *Imán*, Anuario de Centro de promoción cultural Alejo Carpentier, Año II, 1985, pp. 167-184.
Vitier, Cintio, *Lo cubano en la poesía*, Editorial Letras Cubanas, La Habana, 2002.
White, Charles W, *Alejandro García Caturla : A Cuban Composer in the Twentieth Century*, The Scarecrow Press, INC., Maryland, 2003.
穐原三佳「『奇跡』をどう語るか―カルペンティエルの一九二〇年代後半の短編とバレエ」（『ラテンアメリカ研究年報』第三五号、二〇一五年）四三～七八頁。
安保寛尚「ニコラス・ギジェンの『ソンのモチーフ』の誕生について」（『ラテンアメリカ研究年報』第三一号、二〇一一年）二九～六一頁。
――「フェルナンド・オルティスの『タバコと砂糖のキューバ的対位法』をめぐる一考察（一）―キューバ性とトランスカルチュレイションについて」（『立命館言語文化研究』、二〇一六年）一二九～一四六頁。
――「カクテルとアヒアコ―キューバ国民統合の隠喩とレトリックをめぐって」、（『立命館経営学』、二〇一七年）一～二六頁。
岩村健二郎「科学と人種―F・オルティスによるキューバ初の「黒人研究」にみる知のかたち」（早稲田大学法学会『人文論集』第五〇号、二〇一二年）一三六～一七〇頁。
カルペンティエール、アレッホ『エクエ・ヤンバ・オー』平田渡訳、関西大学出版部、二〇〇二年。
工藤多香子「言説から立ち現れる「アフロキューバ」―フェルナンド・オルティスの文化論をめぐる考察」（『アジア・アフ

リカ言語文化研究』第五四号、一九九七年）五五〜七六頁。

──「郷土への回帰─ラム、カブレーラ、カルペンティエルと黒人の呪術」（『文化解体の想像力─シュルレアリスムと人類学的思考の近代』人文書院、二〇〇二年）二五三〜二八三頁。

パス、オクタビオ『泥の子供たち─ロマン主義からアヴァンギャルドへ』武村文彦訳、水声社、一九九四年。

柳原孝敦『ラテンアメリカ主義のレトリック』エディマン、二〇〇七年、一九三〜二一八頁。

メキシコの雑誌『ウリセス』による「同時代性」の追求
――スペイン・アルゼンチン間の論争（一九二七年）を手がかりに――

南　映子

はじめに

メキシコで「モダニズム」という語にふさわしい運動を展開したのは、コンテンポラーネオス（同時代人たち）と呼ばれる詩人のグループだろう。彼らは、「モド（最近、たったいま）」を語源とする「モダン」であるとはどういうことかという意識を強く持ち、メキシコの文学を世界の「同時代人」たらしめることに力を尽くした。[1]また、富山英俊はエズラ・パウンド、T・S・エリオット、ジェイムズ・ジョイスという英語圏の三人の「モダニスト」が共有するものとして、「『ロマン主義』的な主観の放恣を排するある種の『古典主義』」、「伝統と古典への引用」、「神話を現代世界を描く枠組みとして使う方法」の三つを挙げているが、[2]コンテンポラーネオスの詩人たちにもこれらの特徴が見られる。

もっとも、彼ら自身がモダニストを名乗ったことはない。スペイン語でモダニズムに相当する「モデルニスモ」は一九世紀末に起きた中南米発の文学革新運動を指す語であるし、[3]そもそもコンテンポラーネオスの面々は、「イズム」の旗印を掲げようとはしなかった。彼らはいわゆる「前衛」（アヴァンギャルド）にも懐疑的であり、過去と決別するような革新ではなく、同時代的であると共に時代を超えて認められるような価値を追求した。(4)

グループの通称の由来となった雑誌『コンテンポラーネオス』（全四三号）が刊行されたのは一九二八年から一九三一年にかけてのことだが、本稿ではその直前の時期に刊行された短命の雑誌に注目したい。それは、メキシコを世界とシンクロナイズさせようという意図が顕著に見て取れる『ウリセス（ユリシーズ）』（一九二七～一九二八年、全六号）である。この雑誌は、後にコンテンポラーネオスと呼ばれるグループのうち、より年長の三人（ベルナルド・オルティス・デ・モンテジャーノ、ホセ・ゴロスティサ、ハイメ・トーレス・ボデット）を除く次の四人が率いていた。共同編集長のサルバドール・ノボ（一九〇四～一九七四年）とハビエル・ビジャウルティア（一九〇三～一九五〇年）、そしてヒルベルト・オーウェン（一九〇四～一九五二年）とホルヘ・クエスタ（一九〇三～一九四二年）である。

『ウリセス』は、詩・散文・絵画・楽譜などの作品と、書評・文学や美術や哲学に関する論考などの批評から成り、後者の充実ぶりが目立つ。また、掲載された作品や批評の多くはメキシコ人によるものだが、マックス・ジャコブやカール・サンドバーグ、ジェイムズ・ジョイスの詩が原語のまま載っているほか、マッシモ・ボンテンペッリやマルセル・ジュアンドーの散文作品を独自にスペイン語へ訳したもの、スペインのベンハミン・ハルネスの短編を転載したものなど、国外の作品も多数紹介された。(5)これに加え、書評の対象となった本や種々の論考の中で引き合いに出される名も含めて全体を見渡すと、『ウリセス』のメンバーがフランス、スペイン、アメリカ合衆国、イタリア、ドイツなどの同時代や少し前の時代の文学・芸術・思想に（対象によって程度の差はあれ）関心を持っていたことが一目瞭然である。

ただし、世界の――といっても西欧を中心とする世界の――同時代人たろうとする彼らの取り組みは、当時のメキシコにおいて必ずしも肯定的に受けとめられなかった。メキシコ革命の動乱が収束に向かった一九二〇年以降、メキシコ性の表現を追求することや国の現実を反映することを芸術に期待する機運が高まり、しばしば外国かぶれと批判されたのだ。この問題をめぐるメキシコ国内での論争については様々な研究がなされているが、(6) ここでは少し視点をずらし、当時スペイン語圏の若い文学者・芸術家・知識人たちの間で起きたある論争の文脈に『ウリセス』を置いて、この雑誌における同時代性の追求について考える。

一九二七年、スペインの文芸誌『ガセタ・リテラリア』(一九二七〜三二年、全一二三号)がマドリードをスペイン語圏の若い知識人や芸術家が交流する中心地にしようと提案したのに対し、アルゼンチンの文芸誌『マルティン・フィエロ』(一九二四〜二七年、全四五号)が強い反発を示し、その激しい反論がスペイン語圏の中南米諸国で波紋を呼んだ。メキシコの『ウリセス』も、この論争にまずは間接的に関わり、次いで直接的に反応を示した。スペイン・アルゼンチン間の論争が浮き彫りにするのは、芸術や知の世界が一種の「グローバル化」を迎えた「前衛」や「モダニズム」の時代、「中心と周辺」の関係性をめぐる問題意識は「周辺」の国々にとって避けては通れないものだったということである。

特にスペインと中南米諸国の関係は複雑だった。旧宗主国であり西欧の一国であるスペインには中南米諸国に対して優位な存在であるという意識があり、実際、ホセ・オルテガ・イ・ガセットが創刊した『レビスタ・デ・オクシデンテ』や同誌が版元となって刊行した書籍は、中南米諸国にとって「西方《オクシデンテ》」の潮流を広く知るための重要な情報源となっていたし、スペインの作家や知識人たちの方が、本を出版したり、本や雑誌を通じて他の国で知名度を上げたりする機会に恵まれていた。(7) 一方で、この時代の西欧においてスペインは紛れもなく「周辺」に位置していた。さらに、世紀転換期にニカラグア出身の詩人ルベン・ダリオがフランスの高踏派や象徴派に影響を受けたモデルニスモを、そして一九一〇年代半ばには、クレアシオニスモを立ち上げたチリの詩人ビセンテ・ウイドブロがパリで培った前衛主義文学をスペインにもたらして以降、[8]スペインの中南米諸国に対する先進性も自明のものではなくなっていた。

以下、まずは『ガセタ・リテラリア』と『マルティン・フィエロ』の間で交わされた論争にどのような論点があったのかを概観する。それを通じて、新しい世代を自称し新しい文学や芸術の在り方を模索するスペインとアルゼンチンの若者たちの間に、「中心」から影響を受けることを従属関係と捉えたり、独自性を損なうリスクと見なしたりするような意識があったことが明らかになるだろう。次いで、『ウリセス』がこの論争に対してどのような反応を示したかを確認する。そして最後に、この雑誌が「世界の同時代人でありたい」という願いと「影響を受けること」のリスク——そのようなものがあるとして——の間でどのように折り合いをつけたのかを考えてみたい。

一　スペイン・アルゼンチン間の論争

1　マドリードをイスパノアメリカの知的子午線に

論争の始まりは、一九二七年四月一五日の『ガセタ・リテラリア』（第八号）一面の冒頭に掲載された、署名のない論説である。[9]論者は「マドリード、イスパノアメリカの知的子午線」[10]というタイトルのもと、まずラテンアメリカという「不当」な呼称を廃してイスパノアメリカ（スペイン系アメリカ）という語を使うことを提案する。[11]「スペイン語を話す若い共和国たち」を強固かつ持続的に結びつける絆は他ならぬ言語であり、こちらの方が正当な呼称だというのだ。いわく、「ラテンアメリカ」や「ラテンアメリカ主義」という語を使用し続ければ中南米諸国の知的併合策を進めるフランスやイタリアの思惑に加担することになり、それは「汎アメリカ主義」の名のもとに同地域を自らの政治的影響下におさめようとするアメリカ合衆国の目論見と同じほど危険なものである。

「ラテンアメリカ」という呼称の誕生に一九世紀フランスの政治的意図が絡んでいたことは確かだが、その後ラテンアメリカの知識人たちがアメリカ合衆国への対抗意識を軸として自らこの語の使用を選びとり、「ラテンアメリカ主義」の言説を主体的に打ち立てていったことは、柳原孝敦が示した通りである(12)。しかし、『ガセタ・リテラリア』は「スペイン語を話す若い共和国」の立場に立ってアメリカ合衆国との政治的な力関係を論じているわけでも、ゲルマン対ラテン、プロテスタント対カトリックといった民族的・文化的・精神的な二項対立を意識しているわけでもない。敵はアメリカ合衆国ではなく、「ラテン」の仲間であるはずのフランスとイタリアである。

では、なぜフランスやイタリアが知的分野での影響力を強めることが危険なのか。それは、次のような論理で説明される。フランスは「自身を中心に回っていないものはすべて軽蔑するような狭量で偏ったラテン主義」の牙城である。だから、フランスの魔力にやすやすと捕らえられてパリへ渡ったイスパノアメリカ人は、そこで評価を得ようとすればフランスに同化するしかなく、元来備えていたはずの、優れた独自性を失うことになる。

フランスが他所から来た者に画一的な価値観を押しつけて独自性を台無しにするという批判は、たとえば一九二〇年代にソルボンヌ大学へ留学してマヤの神話や伝承の研究・翻訳に専心し、後に「魔術的リアリズム」の先駆者となったグアテマラ人作家ミゲル・アンヘル・アストゥリアスの例を考えれば、不当なものだと言えよう。ともあれ、『ガセタ・リテラリア』のねらいは、スペインがイスパノアメリカの知識人にとってより魅力的な場所であると印象づけることにあった。彼らによれば、「イスパノアメリカ主義」の収斂する点（punto convergente）であるマドリードには真の理解と無私の兄弟愛がイスパノアメリカの知識人たちを待ち受けており、そこでは各々の個性をよりすばらしい形で表現できるようになるという。独自性を尊重することが重要な価値として打ち出され、マドリードにはそれができると主張している点に注目しておきたい。

さて、次の部分では、イスパノアメリカにとっての利益が説かれるのではなく、スペインの切実な思いが吐露されている。

> 私たちは、ラテン主義がスペイン語を話す若者たちを獲得していくのを、大勢の学生や作家や芸術家たちがフランスとイタリアを活動の中心地として選択し、そこに列を成して向かうのに対し、スペインにはほとんど寄港もしない、あるいは画趣に富んだ観光地としか見ていない状況を、もう黙って見過ごすわけにはいかない。そこで、マドリードがイスパノアメリカの知的子午線であることを提唱し、マドリードを称えることが喫緊の課題となるのだ。私たちの考えによれば、新しい世代の学生や知識人は、彼らの先達たちの誤った潮流とは袂を分かち、スペインの知的環境の中にいち早く分け入ってくるべきである〔…〕。

この引用からは、「スペイン語を話す若者たち」の関心をフランスやイタリアに奪われている状況に対するスペインの忸怩たる思いが読み取れる。事実、一九世紀前半の独立以来、旧スペイン植民地の知識人たちは啓かれた精神や新しい芸術を求めてフランスに視線を向けてきた。本稿の冒頭で触れたように、「モデルニスモ」も「クレアシオニスモ」も、いわばスペインの頭越しにフランスの影響を受けて生まれた「イスパノアメリカ」の文学革新運動だった。イタリアを挙げているのは未来派のもたらしたインパクトを念頭においてのことか、文学よりも美術の分野を指しているのか、あるいは大量の移民を通じてイタリアと深い関係を結んでいるアルゼンチンやウルグアイのことを示唆しているのかもしれない。

もっとも、一九二〇年前後のマドリードで展開された前衛文学運動「ウルトライスモ」の頃には、「イベリアとアメリカ〔中南米〕の月間雑誌」を副題に掲げた雑誌『セルバンテス』(一九一六〜一九二〇年、全四七号)のように、スペインとイスパノアメリカの交流や協力が提唱され、マドリードを拠点にそれが実践されていたこともあった。[13] しかし『ガセタ・リテラリア』はその成果を認めていない。それどころか、一時代前の文学党派は「度を超した無様なイスパノアメリカ主義」を掲げたが、「宴や馬鹿騒ぎ、旗振り、レトリックの花火、マグネシウムの発射」のせいで、イスパノアメリカと「より若くて要求の高いスペイン」の距離は縮まるどころか広がってしまったとして、暗にウルトライスモを指してその限界を指摘している。根拠として挙げるのは、その活動の後も大西洋を越えた本や雑誌の往来が増えることはなかったということである。[14]

この論説が強調しようとしたのは、スペイン語圏全体での知的交流を活性化しようというメッセージだった。末尾は、マドリードがイスパノアメリカの関心を取り戻してイスパノアメリカの知的中心地となればスペイン語圏全体の知的交流は盛んになるはずだという楽観的な見通しで結ばれており、仮定と結論を結ぶ論理に説得力があるか否かはさておき、前者は後者の目的を達成するための前提である。

前提に過ぎないとはいえ、マドリードを「中心地」にしようという呼びかけがイスパノアメリカの警戒心を呼び起こす可能性も想定されていた。「自分たちのイスパノアメリカ主義はいかなる政治的あるいは知的なヘゲモニーも含意していない」という文言が何よりの証拠である。さらに、自分たちはイスパノアメリカを「スペインの知的地域の延長部分」と捉えてきたがその背後にあるのは併合主義ではなく、「同じ言語で書かれた知的生産物」の間に境界線を設けず「海の向こう側とこちら側の人と作品を同じ精神で判断したい」という願いなのだと念を押している。

実際、『ガセタ・リテラリア』には中南米諸国の詩を紹介する記事や新刊書の情報欄、書評欄などが設けられており、「イスパノアメリカ」のことをスペインに伝えようとしていたことは確かだろう。また、フランスやイタリアなどのライバルの影響を排除して自らの覇権を確立しようとしていたわけでもない。このラテン系二国はもちろんのこと、アメリカ合衆国やイギリスやドイツやロシアなど諸外国とのつながりを保ち、これらの国々の書き手たちからの寄稿を受けたり、文学や芸術関連の情報を伝えたりしていた。この雑誌は「イベリアの、アメリカ［中南米］の、国際的な」文学と芸術と科学の情報を伝えるものであることを副題に掲げており、地理的につながっている（しかし多言語の）イベリア半島、言語でつながっているイスパノアメリカ、そしてより広い世界、と三段構えの視野を備えていたのだ。

しかしながら、メッセージを発信する側の意図がそれを受け取る側に伝わるとは限らない。また、発信側の意識していない真意に受け手の方が気づくこともある。この呼びかけが「海の向こう側」にどのような反応を引き起こしたかは、次項で見る通りである。

2　ブエノスアイレスの反発

『マルティン・フィエロ』は『ガセタ・リテラリア』の論説に激しく反発し、一九二七年七月一〇日の第四二号に、総勢一〇名が、字数にしてもとの文章の六倍ほどにも及ぶ反論を展開した。怒りの感情に任せて書かれたような侮辱的な調子のものも含めて様々な議論があるのだが、重要な論点は以下の五つにまとめられる。

第一に、ほぼすべての論者が根底に抱いていたと思われるのは、「イスパノアメリカ主義」に対する反発である。中でもパブロ・ロハス・パスは、スペインのイスパノアメリカ主義にも、アメリカ合衆国の汎アメリカ主義やフランスのラテンアメリカ主義と同様、やはり帝国主義的欲求が隠されていると端的に述べている。彼はこのことをスペインの若者たちに理解させるべく、フランスの知識人たちが南米各地での講演を終えたのち、本国大統領に対して南米諸都市のフレンチスクールへの資金援助を要請したという逸話を紹介し、この行動の背後にはフランスが文化帝国主義の拠点を維持する狙いがあると説いた。そしてそれに続き、次のように嘆いてみせた。「ヨーロッパ人が私たちを『半文明人』ではなく『野蛮人』と呼ばないのは残念なことだ。野蛮人と呼ばれれば、私たち自身の文化を夢見る権利が持てるだろうに。しかし〔…〕私たちは、ヨーロッパのどこかの都市に、眠る時間や読書する時間を指示されるような状況に晒されている」[15]。こうして、マドリードが「イスパノアメリカの知的子午線」であると提唱することにも、フランスの知識人の場合と同じく優越意識と支配欲が潜んでいることを暴こうとしたのだ。

第二に、マドリードが「イスパノアメリカ」の文化や芸術に真の敬意を払っていると言えるのかという反発がある。ニコラス・オリバリは、『ガセタ・リテラリア』がほんのわずかな誌面を割いて自分たちのことを紹介しても、それはたいしたことではないと切り捨てた[16]。またホルへ・ルイス・ボルへスは、マドリードでは楽団がタンゴを演奏してもそこに魂は宿っていないとか、役者たちがメキシコ人と東洋人を区別しないなどと述べて、マドリードがイスパノアメリカの個性を尊重し、そこに集まれば個々の独自性をいかんなく発揮できるという主張に異議を唱えた[17]。ちなみにボルへスはウルトライスモの時期にマドリードに滞在してその活動に参加しており、当時の思い出は大切にしているが、それと今回のこととは話が違うという旨のことを付記している。

第三に、言語の問題が挙げられる。複数の論者が、アルゼンチンで話されている言語はすでにスペイン語（厳密にはカスティーリャ語）とはかなり違うものになっていることを指摘している。ロハス・パスはアルゼンチン独自の言語をさらに発展させたいという希望を語り[18]、オリバリは、スペイン人がアルゼンチンの詩を理解したければ翻訳せざるを得ないような状況が数年のうちに実現するだろうと予言した[19]。この他に、オルテッリ・イ・ガセットという筆名のもと、ガウチョ風の語彙や発音を駆使し、もはやスペイン語としては解読の困難な文章も載せられている。[20] スペイン語という共通の使用言語がスペインと「イスパノアメリカ」を結びつけているとする『ガセタ・リテラリア』の主張に対し、『マルティン・フィエロ』はアルゼンチンにおいて確立されつつある言語の特異性を根拠に、自分たちはスペインに従属するつもりはないと反論したのである。

第四は、同時代のスペインに知的な中心地となるほどの魅力は認められないという主張である。オリバリとサンティアゴ・ガンドゥグリアは、ピオ・バロハやバジェ・インクランやミゲル・デ・ウナムーノら（九八年世代）以降の新しい世代、つまり『ガセタ・リテラリア』の若者たちは、まったく自分たちの関心を引かないと述べ、[21] ガンドゥグリアはさらに、そのように停滞しているスペインよりも、常に新たな動きを見せるフランスとイタリアの方が自分たちにとって魅力があるとつけ加えた。[22] また、オリバリはアルゼンチンの新しい世代の方がスペインよりも活気があるという自負を示し、[23] イルデフォンソ・ペレダ・バルデスはマドリードではなくブエノスアイレスこそがイスパノアメリカの知的子午線であると主張した。[24]

第五の論点は外部からの影響をめぐるものであり、これについては論者によって意見の方向性が分かれている。

一方には、アルゼンチンあるいはラテンアメリカがスペインないしヨーロッパの影響を受けない独立した存在だという主張がある。オリバリは、アルゼンチンはスペインの影響下からようやく脱却しつつあり、昔に逆戻りするつもりはないと宣言し、[25] ペレダ・バルデスは、アメリカ大陸の国々は「アステカやインカや純粋なクリオーリョの芸術」など、ヨーロッパとは異なる独自の芸術に取り組んでいるのだと主張した。[26]

他方で、アルゼンチンや中南米にヨーロッパの複数の国々やアメリカ合衆国の要素が取り込まれていると指摘することにより、スペインとの関係のみに特化するつもりはないと主張する者もいた。ガンドゥグリアは、一九世紀後半以降大量のヨーロッパ移民を受け入れてきた「クリオーリョ国家」アルゼンチンが多様性を内包する存在であることを示し[27]、リサルド・シーアは中南米全体を視野に入れて次のように論じた。

我々はアメリカ〔中南米〕の時刻を様々な子午線に合わせる術を知っている。〔…〕スペインとフランスとイタリアのラテンの声が、北の国々の〔アングロ〕サクソンの声が、新しいロシアのスラヴの声が、折よく届けばよい！　我々の耳はあらゆる声の調子に適応し、偽りの声色と心からの声音を聞き分けることができるだろう。〔…〕我々は世界の本や機械や歌を欲している。我々の望むものはアメリカと同じぐらい大きく、アメリカは自身の心臓を聴診する術を知っていることはすでに述べた。アメリカの考えは、固有の現実から生じるものだ。そうであれば、どうしてマドリードの、あるいはスペインの考えに合わせられようか！　スペインの景色は、スペインそのものの景色、つまり五角形に限定されている。五つの辺に囲まれた五つの視界（perspectivas）。アメリカの景色は、おそらく、ありとあらゆる地平（horizontes）の総和なのである[28]。

ここで彼はスペインの狭い視野と、すべての方向に開かれた中南米のそれを対比させているわけだが、先述の通り、実際には『ガセタ・リテラリア』もシーアの理想と共通するようなかなり広い間口を備えていた。そうは言っても、問題の論説のみに注目するならば、狭量なスペイン中心主義があると読み取られても無理はない。

さて、『マルティン・フィエロ』の激しい反論は、メキシコやキューバやペルーやウルグアイなど他の「イスパノアメリカ」諸国でも波紋を呼んだ[29]。次節ではその中から、本稿の主眼であるメキシコの反応に注目したい。

二　『ウリセス』の応答

1　メキシコの間接的な「参戦」

『ウリセス』はまず、この論争に間接的に巻き込まれたような形となる。偶然にも『マルティン・フィエロ』の問題の号には、メキシコの詩人・知識人アルフォンソ・レイェスが大使としてブエノスアイレスに到着したことを記念して、メキシコ小特集が組まれていたのだ(30)。

そこには、ギジェルモ・デ・トーレの「メキシコの新しい詩人たち」と題する記事（『ガセタ・リテラリア』第六号、一九二七年三月一五日）に異議申し立てをする趣旨の、ホルヘ・クエスタからトーレへの公開書簡が転載されていた。クエスタはトーレがメキシコの詩人たちをよく知らずにその文章を書いたに違いなく、ハビエル・ビジャウルティアがかつて行った講演「メキシコの若い詩人たち」（一九二四年）から情報を得ているのだろうと述べた上で、以下のような点に不満を示した。

まず、詩の一部を引用して論じる際に作者を取り違えていること。次に、サルバドール・ノボに影響を与えた存在として「エズラ・パウンド、シャーウッド・アンダーソン、ヴィエル・リンゼイ……」とアメリカ合衆国の詩人のみを挙げ、メキシコの先駆者たちには言及しないこと。ノボがイマジズムをはじめいかなる「イズム」の探検にも乗り出さないことに驚いたり、ホセ・ゴロスティサの詩が「スペインの最良の伝統」である韻律に則っていることを「若者には危険な制限」と断じたりして、ウルトライスモに深く関わった自らの「前衛的」な価値観を押しつけていること。そして、ビジャウルティアの詩集『反射像』（一九二六年）について、むしろ詩集の中では異色である短詩のみを取り上げ、スペイン語の俳句集『ある一日…』（一九一九年）で注目されたメキシコ詩人ホセ・フアン・タブラーダと結びつけて、ビジャウルティアを「いかにもメキシコ人らしいタブラーダ系のハイジン（俳人）」とみなす的外れで短絡的な解説をしていること。[31]

クエスタの書簡は、マドリード・ブエノスアイレス間の論争の文脈に置かれることで、『ガセタ・リテラリア』が「イスパノアメリカ」の芸術家や知識人たちに敬意を払ったり文化的・知的交流を望んだりしているようには思えない、というボルヘスやオリバリの反発に呼応する形となっている。実のところ、第六号の記事においてトーレは、自分が論じる詩人たちの詩集は友人経由または偶然に入手した数冊しか持っておらず、判断材料は限られたものだと告白しており、[32] 結果としても、仲間たちの詩を熟知し批評も書いたクエスタの批判する通り、誠意のある紹介がなされたとは言いがたい。

『マルティン・フィエロ』は、クエスタの書簡が掲載されたページに次いでノボ、ビジャウルティアを含む六人の「新しいメキシコ詩人」の詩篇を掲載し、コメントは加えずにその鑑賞や批評を読者に委ねている。[33] 自分たちの見解を示すよりも、メキシコの若手による詩篇そのものに語らせる場を設けた、ということだろう。

また、書簡と詩篇の余白には、壁画運動で有名になったディエゴ・リベラのデッサンやホセ・クレメンテ・オロスコのフレスコ画などに加え、カルロス・ブラチョの制作した彫刻の写真が掲載されている。このうち、メキシコ革命の一場面を描いたオロスコのフレスコ画や先スペイン期風のブラチョの彫刻は、いかにもメキシコ固有の表現という印象を与えるものであり、これらは、アメリカ大陸の芸術がヨーロッパから独立したものだと宣言するペレダ・バルデスの議論を支えているようにも見える。

『マルティン・フィエロ』のこの号のみを見れば、『ウリセス』はアルゼンチン側の陣営に与しているように思われる。ところが、メキシコの若手詩人たちが表明した立場は意外なものだった。

2 『ウリセス』から『マルティン・フィエロ』へ

『マルティン・フィエロ』がマドリードに対する激しい反論を繰り広げてから三ヶ月後、一九二七年一〇月の『ウリセス』(第四号)はマドリード・ブエノスアイレス間の論争に関する自分たちの意見を明確に示した。[34] 彼らは『ガセタ・リテラリア』の主張を批判するよりも、むしろアルゼンチンの若い書き手たちの反応がいかに無様なものであったかを説いてみせたのだ。[35] 以下、『ウリセス』の見解を、前節でまとめた『マルティン・フィエロ』の五つの論点と照らし合わせてみたい。

まず、マドリードの帝国主義的な態度に対する反発について。これには『ウリセス』の結論部分に明確な答えがある。

> ロハス・パスとリサンドロ〔ママ〕・シーア以外の書き手たちは、『ガセタ・リテラリア』の無邪気なユートピアに対し、知的というよりは性急に、スペインに対する公正さというよりはブエノスアイレスへの愛につき動かされて応答したのだと、私たちは打ち明ける必要がある。
>
> 私たちの考えはこうだ。よそ者が私たちの家に勝手な決まりを押しつけるのを許さないためには、相手を拒絶するのも罵詈雑言を浴びせるのも得策ではなく、厳粛かつ真剣な態度で、自分たちに対して相手が占める位置がどのようなものかを示すだけで十分である。[36]

要するに、マドリードからの呼びかけに優越意識や支配欲が潜んでいるというロハス・パスの指摘自体は「知的」なものとして同意しつつ、その他の書き手たちの反応は愛郷心を露わにしすぎで、スペインに関する冷静で客観的な判断が示されていないと諌めているのだ。では、自分たちの領域に乗り込んできて「決まりを押しつける」相手に、「自分たちに対して相手が占める位置がどのようなものかを示す」とは、どういうことなのか。これについては、次節で検討することにする。

次に、マドリードがほんとうに「イスパノアメリカ」の芸術や文化を理解し、イスパノアメリカの個性を尊重するのかという点について。前述したクエスタの公開書簡は『マルティン・フィエロ』と思いを同じくしているようだったが、ここでは、マドリードの楽団がタンゴを演奏してもそこに魂はないというボルヘスのことばを引き、「感傷的な物言いに過ぎない」と一蹴している。(37)

他方で言語の問題に関しては、『ウリセス』は一言も触れていない。『マルティン・フィエロ』がかなり執着していたのに対して、これは興味深い事実である。ちなみに『ガセタ・リテラリア』はアルゼンチンからの挑戦状に総勢一二名で応答しており（第一七号、一九二七年九月一日）、そのうち四名がこの点を取り上げている。(38)それほどにスペインにとっても言語の問題は見過ごせないものだったのだが、『ウリセス』は何も反応しなかった。

前節で第四の論点として挙げた、スペインの知性に魅力が欠けるという主張については、『ウリセス』は明らかな不同意を表明している。

アルゼンチンのリカルド・E・モリナリは「スペインがアメリカ［中南米］に優れた文学者か哲学者たちを送り込めば、それがラテンアメリカのどの都市であったとしても、二日目にはあらゆる冗談の種にされるだろう」(39)と侮蔑的な物言いをしたのだが、『ウリセス』は、メキシコを訪れるスペイン人たちがそのような事態に陥ることはないと否定した。(40)もっとも、彼らはスペイン人の言うことならば必ず敬意を払うという姿勢を示しているのではなく、スペインの権威ある存在の著作も批判精神をもって検討していた。たとえば第六号（一九二八年二月）の寸評欄では、オルテガ・イ・ガセットについて、彼の議論は系統立っていないだけでなく一貫性がないと批判し、彼が小説というジャンルについて以前とは正反対の意見を述べていることを指摘して、オルテガ・イ・ガセ

ットの発言を文字通り受け取るのは危険だと述べている。(41)

メキシコの若手たちが最も納得しなかったのは、『マルティン・フィエロ』がいわゆる「九八年世代」までしか価値を認めず同世代の若手を軽視する一方で、自己評価は高いことだろう。オリバリは、アルゼンチンの若手詩人のアンソロジーは圧倒的多数の顔ぶれを擁しており、スペインの病弱な新世代は自分たちに赦しを乞うことになる、と豪語したのだが、(42)それに対して『ウリセス』は、確かに人数では勝るかもしれないが質はどうなのかと問うている。(43)ここでは問いかけで留めているが、同じ号の別の箇所では、おそらくオリバリが誇っているものだと思われる詩選集『現代アルゼンチン詩の展覧会(一九二二〜一九二七年)』に対して、容赦のない批判を展開している。一九二二年以降に登場した四〇名を越える詩人の作品が並んでいるが、オリベリオ・ヒロンド、ボルヘス、レオポルド・マレチャル、フランシスコ・ルイス・ベルナルデスの四人以外は見るべき価値がなく、その他大勢の詩人たちの役割といえば、もはや何冊も出版されているアルゼンチン詩選集の賑やかしになることのみというのだ。(44)

『マルティン・フィエロ』が価値を認めなかったスペインの同世代には、後に「二七年世代」の名で知られる詩人たちがおり、『ウリセス』は彼らに注目していた。第五号(一九二七年一二月)に掲載された、エミリオ・プラドスの詩集を論じたビジャウルティアの書評を例にとろう。冒頭でビジャウルティアは、現在の若いスペイン詩人たちほど詩を愛している人は見たことがないというポール・ヴァレリーのことばを引き、それは大いなる真実だと述べる。そして、まずはディエゴ、サリーナス、エスピーナ、ギジェンが先に活躍し、ガルシア・ロルカとアルベルティが次に登場し、現在ではプラドス、セルヌーダ、アルトラギーレ、アレイクサンドレ、イノホサが頭角を現しつつあるとして、アルゼンチンの詩選集への厳しい評価とは対照的に、注目に値する大勢の若手詩人の名を挙げている。(45)

このようにして『ウリセス』は、ブエノスアイレスへの愛につき動かされた『マルティン・フィエロ』の反論に欠けていた、「スペインに対する公正さ」を示してみせたのだろう。

さて、最後は外部から受ける影響に関する問題である。『ウリセス』が直接的に反応したのは、ペレダ・バルデスが、アメリカ大陸はアステカ芸術やインカ芸術や純粋なクリオーリョ芸術など、独自の芸術に取り組んでいるとしてヨーロッパからの独立性を謳った箇所だった。『マルティン・フィエロ』に紹介された先スペイン期風の彫刻はペレダ・バルデスの主張を裏付けるかのようであったが、メキシコの若手詩人たちは、アステカ芸術ははるか昔の優れた芸術であり、そんなことは美術史の常識だと反論した(46)。アステカ芸術の価値そのものは認めつつ、それはもはや歴史の一部として語られる過去に属しており、現在自分たちが向き合っているものとは無関係であると表明したのだ。

さらに言えば、タンゴに対する愛着を感傷的だと評し、アルゼンチンは特有の言語をつくりあげるのだという宣言に関心を寄せなかったように、『ウリセス』は、それが同時代のものであっても、ヨーロッパとは異質な要素を固有性の拠り所とし、そこに価値を見いだすような姿勢とは距離を置いていた(47)。

『ウリセス』が「知的」な対応と評して共感を示したのは、シーアの立場である(48)。先に引用した通り、彼は「世界の本や機械や歌を欲している」のだと述べた上で、ラテン系の声でもアングロ・サクソン系でもスラヴ系でも、外から届く新しい声を聞く耳を持ち、「偽りの声色と心からの声音を聞き分けることができる」と宣言していた(49)。

外からやってくるものに対して開かれているが、批判的な姿勢は崩さない。これはまさに『ウリセス』と通じる考えだった。雑誌の副題は「好奇心と批判精神の雑誌（Revista de Curiosidad y Crítica）」である。ビジャウルティアは一九三〇年に受けたインタビューの中で「好奇心があなたの原動力なのか」という問いかけに肯定で応じ、くだんの副題に言及して「好奇心は毒であり、批判精神は解毒剤」、また「その逆も然り」であると述べた(50)。外の世界に対して好奇心を持つことと、出会ったものを批判的に検討して選択的に取り入れること。『ウリセス』はこの二つの間でバランスを取っていたのである。

ここで再度、『ガセタ・リテラリア』と『マルティン・フィエロ』の論争を振り返ってみたい。アルゼンチン側からの中傷めいた批判の部分はひとまず措いて、両者には共有されている意識があるようだ。まず、影響を与える側とそれを受ける側の間に一種の権力関係、主従関係を見いだしていること。だからこそ、自分の影響下に他者を置くことや、他者の影響下に入らず独立する（している）ことに対する執着が生まれるのだといえよう。また、「元来備えている独自性」の保持や発展に価値を置くことや、「ラテン主義の牙城」たるフランスなどの強者の影響を受ければ個性が損なわれるリスクがあるというスペイン側の考えも、アルゼンチン側にある程度共有されているように思われる。

これらの捉え方を受け入れるなら、『ウリセス』が世界の同時代人であることをめざせば国の外にあるいくつかの「中心」（たとえばフランスやスペインや合衆国）の影響に身を晒すことになり、従属的な立場に置かれたり、個性が損なわれたりするリスクを負う結果につながるのではないか。

そうではない、というのが『ウリセス』の立場である。最終節では、彼らの考え方を理解するための材料を誌面から探すことにしよう。

三　『ウリセス』による同時代性の追求と「影響」の問題

1　影響と主従関係

『ウリセス』は、『ガセタ・リテラリア』に帝国主義的な態度を見いだして激しく反発した『マルティン・フィエロ』に対し、「よそ者が我々の家に勝手な決まりを押しつけるのを許さないため」には「厳粛かつ真剣な態度で、自分たちに対して相手が占める位置がどのようなものかを示す」べきだと説いていた[51]。その実践例と見られるものが、第二号と第五号の寸評欄にある。

まず第二号には、「カスティーリャ語［スペイン語］で書かれた最近の散文」の「習作」の中から選んだいくつかのフレーズの作者当てクイズが出題されている。スペインからはアントニオ・エスピーナ、ペドロ・サリーナス、アントニオ・マリチャラール、ベンハミン・ハルネスの四人、メキシコからはノボ、ビジャウルティア、ハイメ・トーレス・ボデット、ヒルベルト・オーウェンの四人の作が選ばれた。そのうちの三つを挙げてみたい。

> 彼女は話すのをやめた。視線が時計の針のように部屋の中をめぐり、そして彼のもとで止まった、彼女にキスをする時刻を指して。
>
> その途中、カルロータの抑えた思慮深い声は、町の心臓部で、手すりを飛び越え、風の向きとは反対に、風にあらがおうとして飛び出す。それは、巨大なコントラバスの濁った低音のうなりに飛びかかるフルートの鋭いメロディーだ。

一方、最も若い教師は夜明かしをしているところだった。喜ばせたいという思いが彼を急に痩せ細らせ、そして笑顔が、歯磨きペーストのように、人工的な白さを彼の歯に塗りつけていた。(52)

クイズの正解は第五号の寸評欄で発表され、読者から寄せられた回答は興味深い主張の根拠として用いられている。寸評欄はマドリードの有力日刊紙『エル・ソル』に掲載されたトーレス・ボデットの散文作品に関する書評のうち、ある一箇所に対する反論から始まる。ハルネスと彼の弟子であるトーレス・ボデットの散文にフランス文学の影響を見るべきではない、と書かれた箇所だ。これに対して『ウリセス』はまず、トーレス・ボデットはハルネスの弟子などではない、若きハルネスが優れた書き手であることは間違いないが、まだ誰の師でもないと述べた。(53) ここまでならば、スペインの作家はメキシコの作家に先行し、教え導くものだという先入観を『エル・ソル』の書評に察知して反発しているだけのように見える。しかし、それでは先の論争における『マルティン・フィエロ』の反応と変わらない。『ウリセス』は次のように続ける。

トーレス・ボデットとハルネスの散文の調子は、時代が要請し、そして時代が与えたものである。フランスにプルーストとジロドゥー、イギリス〔アイルランド〕にジョイスが現れたように、スペインでは、エスピーナとサリーナスとハルネスの三人が「同時に」(実際には一九二六年から二七年にかけて)散文作品を出版し、マリチャラールは、本にはまとめていなくとも同時代人と同様に旧態依然としたスタイルに逆らう散文を書いた。この四人が散文のあり方に関する一つの理解を共有していることは明らかであり、誰かが誰かの師であるというわけではない。メキシコでもまた、ビジャウルティア、ノボ、トーレス・ボデット、オーウェンが「緊急に必要なこととして、精神の流行として」新たな散文の執筆に取り組んでいた。作品を出版した時期としては一九二五年のオーウェンが最も早いが、だからといって彼がスペインやメキシコの誰かの師であるということではない。第二号の作者当てクイズに届いた回答は誤りだらけであり、旧来の散文に満足しない作家たちの書いたフレーズはどれを誰のものと考えてもおかしくないことが証明された[54]。

文学の流儀は時代が決めるものだという考え方によれば、誰が先行するかは重要なことではなくなる。誰もが時代の影響を受けるのであって、それが作品として形を取るのが早いか遅いかという違いがあるだけだからだ。だとすれば、先んじた者が後に続く者を影響下に置くというような権力関係は生じない。個人の場合も国の場合も事情は同じである。『エル・ソル』の書評には先の論争での『ガセタ・リテラリア』の議論と同様、スペインのフランスに対するライバル意識も透けて見えるが、ここでの『ウリセス』の立論によれば、時代の要請が国を越えて作家たちに影響を及ぼし、似通った新しさを持った作品を各地で生み出すのであって、どこかの国が中心となって周辺の国々を率いるという構図は生まれない。中心と周辺という見方自体が無効化され、フランスもイギリスもスペインもメキシコも、共通の大きな力に動かされる対等な存在となる。つまり、「自分たちに対して相手が占める位置がどのようなものかを示す」という表現に立ち戻れば、スペインがメキシコに対して占める位置とは、時代の潮流に共に従う対等な仲間だというわけだ。

このような捉え方を採用すれば、世界の同時代人となろうとすることは誰か（またはどこかの国）の影響下に入って従属することにつながるのではないかという懸念から解放されることになる。

2　影響と個性

では、他者（他国）の影響を受けることが個性の喪失につながるのではないかという懸念についてはどうだろうか。これについて考えるヒントは、第六号に掲載されたビジャウルティアのメキシコ現代絵画論にある。特に注目したいのは、共に一八八〇年代生まれの二人のメキシコ人画家、サトゥルニノ・エランとディエゴ・リベラにおける「影響」のあり方の違いである。

ビジャウルティアはエランを「過去の空気を吸って生きている、時機を失した(extemporáneo)画家」と位置づけ、その作品は「直近の過去に縛られている」がゆえに興味を引くものではないと述べた[55]。そしてこれまで彼の作品に「民族的、国民的意味」を見いだしたがる人たちがいたことに疑問を呈し、次のように自説を論じた。エランの作品には「追従的な手とパレットの時代」の欠点が凝縮されている。彼はイグナシオ・スロアガ率いるスペイン画家たちから受け継いだ技巧そのままに、メキシコの人や物を表面的に描写しているにすぎない。世紀末のスペイン絵画に魅せられるあまり、自身の道を模索することなく、感覚も知性もはたらかせず、外国びいきの記憶に導かれて目を閉じたままパレットからキャンバスへと手を動かしていただけなのだ[56]。

エランが手本とした一九世紀末の絵画は過去のものであるだけでなく、彼は一九一八年に若くして亡くなっており、その作品が「同時代的(contemporáneo)」でないのは当然なのだが、もちろんビジャウルティアはそんなことを問題にしているのではない。重要なのは、他所で確立された見方や表現方法に無批判に従っているうちは、題材がいくらメキシコらしいものであってもメキシコ独自の作品は生まれないという部分である。実際、エランの作品にはテオティワカン遺跡の壁画を模写した経験を活かして先スペイン期のアステカの人びとの儀式を描いたもの[57]や、同時代の庶民を描いた風俗画があるのだが、画題がメキシコ特有のものであるだけで、ビジャウルティアが別の文章で論じたように、筆致も人物のポーズや背景の描き方などもスロアガの画風に酷似している[58]。

ビジャウルティアがエランと対照的に呈示するのは、壁画運動が始まる一九二一年頃の画家たちの様子である。彼らは、かつての画家たちの目には捉えられていなかったメキシコの生や、人びとの暮らしに根づいた形態の世界(たとえば祭壇画やプルケ酒場[59]の壁面装飾や庶民向けの本の挿絵版画など)を見る目を持ち始め、ひとたび捉えられたその世界が知性のもとに置かれて表現材料となったというのだ[60]。そして、こうした目の変化に至る経緯は、リベラの画家としての歩みを通して語られる。少し長くなるが、彼が壁画家として才能を開花させるまでの部分をまとめてみよう。

リベラは一八九七年からメキシコの美術学院で学んだが教師と考えが合わず、国を飛び出してマドリードに渡り、さらにフランスとベルギーとオランダを旅する。この時期には「没個性的な（impersonal）」作品を制作し、それらは現在、美術学院の「現代美術（arte moderno）の間」という「不適切な名」のついた「印象派の霧だらけ」の部屋に保管されている。彼は一九一〇年に一時帰国するとメキシコ南部で革命初期の様子を目撃し、この一時休止が決定的な意味を持った。次いで、パリに渡ったリベラは、「類似しているもの、影響を与えてくれるもの（afinidades, influencias）」を探し求め、スーラとセザンヌとエル・グレコを見つけた。それからピカソ、ブラック、グレーズ、メッツァンジェ、グリスと共に「印象派における造形性の欠如に対する反動」であるキュビスムの運動に参加した。

しかしその後「メキシコ人の反逆者」たるリベラは「個性（personalidad）」を確立すべく、作品からキュビスム的なルールを遠ざけ、「ルノワール・友人たち・〔美術史家〕エリー・フォール」という新たな影響源の間を旅し、さらにイタリアを旅してデッサンや習作や風景の写生を持ち帰った。

一九二一年、メキシコに帰国したリベラはデッサンや油絵に取り組んだ。風景や先住民や民衆美術（arte popular）の形態と色彩に刺激を受け、先スペイン期の美術、特に彫刻から、さらに新しい影響を受けた。

彼が最初に手がけた壁画には先スペイン期美術の要素は感じられず、画家自身が言うように、イタリアの影響が目立ち過ぎて「自立した作品（obra autónoma）」にはならなかった。

しかし数年間の試行錯誤を経た後に制作された壁画には、ついに、彼以前には明かされたことのない、メキシコの「高次の現実（la realidad superior）」が描き出されたのである[61]――。

ここで注目したいのはまず、リベラの目の変化である。ビジャウルティアによれば、過去の画家たちとは異なる目でメキシコを見つめ、その造形的魅力を発見することを可能にしたのは、ヨーロッパで様々な認識や思考や表現の方法を身につけたことだった。身近にあるものの隠れた魅力を見いだすには、その近くに留まってじっと見続けていることよりも、見方を変えてから改めて見る必要がある。

もう一つのポイントは、他者の影響を受けることと個性の関係がどのように捉えられているか、ということである。ビジャウルティアの考えは次のように抽出できる。個性とは、元来備えているものではなく、様々な影響を受けながら徐々に確立していくものである。他者から影響を受けるのは、自分の素質との類似性がその他者のうちにあるためであり、影響を受けることによって、隠れていた素質が顕在化する[62]。とはいえ、影響源の痕跡があまりに顕著にあらわれてはならない。独自の表現ができるようになるには、時間の経過と試行錯誤の繰り返しが必要だ。

他者（他国）の影響を受けることが個性の喪失につながるのではないかという懸念を『ウリセス』に投げかけたならば、リベラの例を挙げ、好奇心と批判精神を持ち合わせていれば、むしろ豊かな個性を確立することができるはずだと反論したことだろう。

おわりに

『ウリセス』の創刊号と第二号はそれぞれ一九二七年五月と六月に刊行され、それから第五号までは二ヶ月ごとのペースになり、その後第六号が刊行されるまでには四ヶ月を要した。第六号にはノボが一時的に編集長の座を離れるという予告と、これから先六号分の購読料をビジャウルティアに送るようにという読者への告知が掲載されたが、資金繰りが悪化し、第七号が日の目を見ることはなかった。『ガセタ・リテラリア』と『マルティン・フィエロ』は月に二号ずつ刊行され、全期間で刊行された号数も『ウリセス』をはるかに上回っている。ただし、この二誌は多いときでも一六頁構成だったのに対し、『ウリセス』は毎号三〇頁を越えていた。そして、一つの号にかける準備期間が長い分、掲載される記事は慎重に練られたものが多いように思われる。

本稿で取り上げた「知的子午線論争」において『ウリセス』が他の二誌よりも一歩引いた視点で発言しているように見えるのは、このような事情によるのだろう。メキシコが、物理的にも比喩的にも、西欧（およびアメリカ合衆国）を中心とする世界の「周辺」に位置することは、彼らも意識せざるを得なかったはずである。しかし彼らは劣等意識に苛まれることも、焦って結果を出そうとすることもなかった。本稿の最終節で確認したように、世界の同時代人となり時代の潮流に乗るという意識によって中心／周辺の権力構造から解放され、そしてメキシコ文学に豊かな個性を確立すべく、批判精神を保ちながら「類似しているもの、影響を与えてくれるもの」を辛抱強く求め続けていったのだ。

『ウリセス』の第五号と第六号のあいだの期間に、彼らは「ウリセス劇場」という小さな劇場を立ち上げて国外の新しい演劇を上演し、メキシコ演劇を刷新するための素地をつくった。第六号が刊行された三ヶ月後の一九二八年五月には『メキシコ近代詩選集』を出版した。翌六月からは、『コンテンポラーネオス（同時代人たち）』誌に活動の場を移した。

『コンテンポラーネオス』の創刊当時まだ一五歳だったオクタビオ・パスは、この雑誌によって、世界へと通じる扉を開くことになる。

（1）マテイ・カリネスク著、富山英俊、栂正行訳『モダンの五つの顔』、せりか書房、一九九五年、二三三頁。
（2）富山英俊編著『アメリカン・モダニズム』、せりか書房、二〇〇二年、一二頁。
（3）一九九四年に刊行された『モダニズム研究』（思潮社）において、「ラテンアメリカのモダニズム」を論じた木村榮一と「メキシコ近代詩の流れ」を論じた安藤哲行はそれぞれの考察の出発点でモデルニスモについて検討している。
（4）文学に政治を持ちこまなかったことも、コンテンポラーネオスを「前衛」諸派と隔てる点である。メキシコにおいて既成の価値との決別を掲げ、政治的な意識も持っていた「前衛」のグループは、「絶叫派」や「過激主義」などの訳語が当てられるエストリデンティスモである。
（5）たとえばアンドレ・ジッド、ポール・ヴァレリー、ジャン・ジロドゥー、ポール・モラン、ジャン・コクトー、パブロ・ピカソ、アンリ・ベルクソン、ホセ・オルテガ・イ・ガセット、ファン・ラモン・ヒメネス、ジョン・ドス・パソス、マックス・シェーラー、オスヴァルト・シュペングラーなど。
（6）一九二五年と一九三二年に起きたメキシコ国内での議論についてはそれぞれ以下の研究書を参照されたい。Díaz Arciniega, Víctor, *Querella por la cultura "Revolucionaria" (1925)*, México: Fondo de Cultura Económica, 1989; Sheridan, Guillermo, *México en 1932*, México: Fondo de Cultura Económica, 1999.
（7）Cf. Rojas Paz, Pablo, "Imperialismo Baldío", *Martín Fierro*, n° 42, 10 de julio de 1927, p. 6. なお、『マルティン・フィエロ』はアルゼンチンで刊行された雑誌のデジタルアーカイブ（Archivo Histórico de Revistas Argentinas）を利用して参照した（http://www.ahira.com.ar）。
（8）坂田幸子『ウルトライスモ—マドリードの前衛文学運動』、国書刊行会、二〇一〇年、一三～三二頁。
（9）この論説をギジェルモ・デ・トーレの書いたものだとする研究者もいる（García Gutiérrez, Rosa, "*Ulises* vs. *Martín Fierro* (Notas sobre el hispanismo literario de los *Contemporáneos*)", *Literatura Mexicana*, vol. 7, n° 2, 1996, p. 414; Falcón, Alejandrina, "El idioma de los libros: antecedentes y proyecciones de la polémica "Madrid, meridiano 'editorial' de Hispanoamérica"", *Iberoamericana*, vol. 10, n° 37, 2010, p. 44.）。トーレは『ガセタ・リテラリア』の編集次長だったが、論説の筆者であると特定する根拠は不明である。

(10) ここで「子午線」と訳したのは"meridiano"という語である。『マルティン・フィエロ』はこの語を、地域の時刻を決める基準線として解釈している。ただし、『マルティン・フィエロ』からの反発を受けて『ガセタ・リテラリア』（第一七号）が掲載したスペイン側の論者たちの意見には、語義に関する共通了解が見られない。たとえば編集次長のトーレは、地理や時刻に関係する、語の厳密な意味として受け取るのは誤解であり、論説の筆者は合流点（punto de convergencia）という程度の意味で用いたはずであると主張した（Torre, Guillermo de, "Campeonato para un meridiano intelectual. 'La Gaceta Literaria' (Madrid) contra 'Martín Fierro' (Buenos Aires)", *Gaceta Literaria*, nº 17, 1 de septiembre de 1927, p. 3.）。他方、中南米びいきを自認する画家のガルシア・マロートは、辞書を参照して「正午の」と「天球の極と極を結ぶ最大の円」という二つの語義を挙げ、前者は「スペインの芸術にとって暗黒の時刻」であり、後者は「自分たちにとってあまりに重みがありすぎる」と記している（Maroto, García, "Campeonato para un meridiano intelectual", *Gaceta Literaria*, nº 17, p. 3.）。なお、『ガセタ・リテラリア』の記事はスペイン国立図書館の定期刊行物デジタルアーカイブ（Hemeroteca Digital）を利用して参照した（http://www.bne.es/es/Catalogos/HemerotecaDigital/）。

(11) "Madrid meridiano intelectual de Hispanoamérica", *La Gaceta Literaria*, nº 8, 15 de abril de 1927, p. 8. 以下、この記事からの引用はすべて同出典による。

(12) 柳原孝敦『ラテンアメリカ主義のレトリック』、エディマン、二〇〇七年。

(13) スペイン語において、「アメリカ（América）」という語は中南米のことを指すことが多い。アメリカ合衆国のことを指す場合は、「合州国（Estados Unidos）」あるいは「北米（América del Norte）」などの語を用いる。

(14) 坂田幸子、前掲書、五六〜六五頁。

(15) Rojas Paz, *loc. cit.*

(16) Olivari, Nicolás, "Madrid, meridiano intelectual Hispano América", *Martín Fierro*, nº 42, p. 6.

(17) Borges, Jorge Luis, "Sobre el meridiano de una gaceta", *Martín Fierro*, nº 42, p. 7.

(18) Rojas Paz, *loc. cit.*

(19) Olivari, *loc. cit.*

(20) Ortelli y Gasset, "A un meridiano encontrao en una fiambra", *Martín Fierro*, n° 42, p. 7. なお、ピッツバーグ大学の「ボルヘスセンター」によれば、この筆名はボルヘスとカルロス・マストロナルディが使用したものである（https://www.borges.pitt.edu/index/ortelli-y-gasset, 二〇一七年八月一七日閲覧）。

(21) Olivari, *loc. cit.*; Ganduglia, Santiago, "Buenos aires, metrópoli", *Martín Fierro*, n° 42, p. 6.

(22) Ganduglia, *loc. cit.*

(23) Olivari, *loc. cit.*

(24) Pereda Valdés, Ildefonso, "Madrid, meridiano, etc.", *Martín Fierro*, n° 42, p. 6.

(25) Olivari, *loc. cit.*

(26) Pereda Bardés, *loc. cit.*

(27) Ganduglia, *loc. cit.*

(28) Zía, Lisardo, "Para Martín Fierro", *Martín Fierro*, n° 42, p. 7.

(29) アルゼンチンの『クリティカ』、『エル・オガール』、『ノソートロス』、ウルグアイの『ラ・プルーマ』、『クルス・デル・スル』、キューバの『レビスタ・デ・アバンセ（前進）』、『オルト』、ペルーの『バリエダーデス』誌がこの論争を取り上げた（cf. García Gutiérrez, *op. cit.*, p. 417, nota 8; González Boixo, José Carlos, "El meridiano intelectual de Hispanoamérica: polémica suscitada en 1927 por la *Gaceta Literaria*", *Cuadernos Hispanoamericanos*, n° 459, septiembre de 1988, p. 168.）。

(30) 一八八九年生まれのレイェスはメキシコ革命の動乱のさなかの一九一四年にスペインへ亡命し、文学研究や翻訳、執筆をしながら同地で十年間暮らした。その後三年ほど外交官としてパリに暮らし、次の赴任地がブエノスアイレスだった。彼は生涯を通じて大勢の文学者や知識人たちと膨大な量の書簡を交わし、その写しが現在も保管されているのだが、文通相手には『ウリセス』編集長の一人、ビジャウルティアもいた。ビジャウルティアはレイェスを助言者として仰いでおり、それぞれの著書を送り合うこともあった（cf. Issorel, Jacques, "Seize lettres inédites de Xavier Villaurrutia à Alfonso Reyes", *Caravelle*, n° 23, 1974, p. 47-61.）。

（31）Cuesta, Jorge, "Carta al señor Guillermo de Torre", *Martín Fierro*, n° 42, p. 3. 書簡には一九二七年四月九日の日付がある。メキシコでは『マルティン・フィエロ』に掲載されるより前に新聞または雑誌に掲載されていたようだが（cf. Corral, Rose, "El grupo de *Martín Fierro* y los poetas de *Contemporáneos*", *Caravelle*, n° 76-77, 2001, p. 520.）、掲載誌や日付は特定できなかった。

（32）Torre, Guillermo de, "Nuevos poetas mexicanos", *Gaceta Literaria*, n° 6, 15 de marzo de 1927, p. 2.

（33）"Seis poetas nuevos de México", *Martín Fierro*, n° 42, p. 3.

（34）これは『ウリセス』の各号に設けられた寸評欄、「愚かな物好きの話（El Curioso Impertinente）」に掲載された。この欄には複数の話題が列挙されており、断片ごとに署名がある場合とない場合がある。ここで参照している部分には署名がない。ちなみに、「愚かな物好きの話」というのは『ドン・キホーテ』前編にある断章のタイトルに由来するものだが、雑誌の副題である「好奇心と批判精神の雑誌（Revista de Curiosidad y Crítica）」とも関係している。

（35）『ウリセス』第六号の寸評欄には、『ウリセス』が『マルティン・フィエロ』を支持しなかったことについて「南米のある雑誌」から苦言を呈された、と記されている（"El Curioso Impertinente", *Ulises*, n° 6, febrero de 1928, p. 37-38.）。なお、『ウリセス』は一九八〇年に刊行されたファクシミリ版で参照した（*Ulises（1927-1928）, Escala（1930）*, Revistas Mexicanas Modernas, México：Fondo de Cultura Económica, 1980.）。

（36）"El Curioso Impertinente", *Ulises*, n° 4, octubre de 1927, p. 39.

（37）*Loc. cit.*

（38）このうち、ラモン・ゴメス・デ・ラ・セルナの議論が最も建設的である。彼は、スペイン語がスペインで生まれた言語であるだけでなく中南米諸国間の交流を可能にする共通言語でもあり、さらには、中南米のスペイン語国への物理的接近を望む人たち（移民）や知的接近を望む人たち（思想や文学を知ろうとする人たち）との間の架け橋になる言語でもあると論じた（Gómez de la Serna, Ramón, "Campeonato para un meridiano intelectual", *Gaceta Literaria*, n° 17, p. 3.）。

（39）Molinari, Ricardo E., "Una carta", *Martín Fierro*, n° 42, p. 6.

（40）"El Curioso Impertinente", *Ulises*, n° 4, p. 39.

(41) "El Curioso Impertinente", *Ulises*, nº 6, p. 38-39.

(42) Olivari, *loc. cit.*

(43) "El Curioso Impertinente", *Ulises*, nº 4, p. 38.

(44) "Una exposición de la poesía argentina actual", *Ulises*, nº 4, p. 41.

(45) Villaurrutia, Xavier, "Emilio Prados : *Vuelta* (Litoral. Málaga. 1927)", *Ulises*, nº 5, diciembre de 1927, p. 20.

(46) "El Curioso Impertinente", *Ulises*, nº 4, p. 38-39.

(47) このような態度は、『ウリセス』のグループが、同じ頃のアルゼンチン、キューバ、ブラジル、ペルーなどで文学の革新を追求した若手たちと異なる点であろう。

(48) "El Curioso Impertinente", *Ulises*, nº 4, p. 39.

(49) *Zia*, *loc. cit.*

(50) Rojas, Marcial, "Xavier Villaurrutia ; entrevisto", *Escala*, nº 1, noviembre de 1930, p. 7. なお、マルシアル・ロハスはコンテンポラーネオスの詩人たちが共用していた筆名である（cf. Ruiz Castañeda, María del Carmen & Márquez Acevedo, Sergio, ***Diccionario de seudónimos, anagramas, iniciales y otros alias usados por escritores mexicanos y extranjeros que han publicado en México***, México : Universidad Nacional Autónoma de México, Instituto de Investigaciones Bibliográficas, 2000, p. 723.）。

(51) "El Curioso Impertinente", *Ulises*, nº 4, p. 39.

(52) "El Curioso Impertinente. La pesca y la flecha (adivinanza)", *Ulises*, nº 2, junio de 1927, p. 25-26.

(53) "El Curioso Impertinente", *Ulises*, nº 5, p. 24.

(54) *Ibid.*, p. 24-25. ちなみに、ここで取り上げた三つのフレーズの作者は、順にオーウェン、ハルネス、トーレス・ボデットである。

(55) Villaurrutia, Xavier, "Un cuadro de la pintura mexicana actual", *Ulises*, nº 6, p. 5.

(56) *Loc. cit.*

（57）Standish, Peter, *A companion to Mexican Studies*, Boydell & Brewer, Tamesis, 2006, p. 83.

（58）Villaurrutia, Xavier, "Saturnino Herrán, pintor de '1915'", *Ulises*, nº 3, agosto de 1927, p. 42.

（59）プルケはリュウゼツランの樹液を発酵させてつくる伝統的な酒で、庶民的な飲み物である。

（60）Villaurrutia, "Un cuadro de la pintura mexicana actual", *Ulises*, nº 6, p. 7.

（61）*Ibid.*, p. 8-9.

（62）「影響」が類似性に基づくものであり個性の確立を助けるものだという捉え方の原型は、おそらくアンドレ・ジッドの講演「文学における影響について」（一九〇〇年）にある。メキシコでは、同年のうちに雑誌『レビスタ・モデルナ』で翻訳が紹介されたのち、一九二〇年にはトーレス・ボデットの翻訳により、ジッドの講演集の一章として出版された（Gide, André, "Las influencias en literatura", *Los límites del arte y algunas reflexiones de moral y de literatura*, Traducción y prólogo de Torres Bodet, Jaime, México：Cvltvra, Tomo XII, nº 6, 1920, p. 45-68.）。ジッドはビジャウルティアが特に好んだ作家の一人であり、一九二八年頃、つまり『ウリセス』の頃に彼が書いた日記には、まさにこの講演集に言及した箇所がある（Villaurrutia, Xavier, "Variedad", *Obras*, México：Fondo de Cultura Económica, 1966, segunda edición aumentada, p. 605.）。

ピエール・ルヴェルディのノート

桑田光平

一 「私は考えない、書きとるのだ」

考えることと書くことは結びつくこともあれば、そうでないこともある。しかしそう言った途端、考えることの先行性が知らぬ間に前提となっていることが明らかになる。書くという行為の前には、必ず思考があると私たちは思い込んでいる。「私は考えない、書きとるのだ」(II, 543)[1]という一文は、そうした無自覚の前提を一挙に無効にする。考えたことを書く、書かない、ではなく、考えないことが書くための条件となるのであり、ときに考えることは書くことの妨げにすらなるというわけだ。

フランスの詩人ピエール・ルヴェルディのこの言葉は、一九二七年初頭に刊行された『毛皮の手袋』にエピグラフとして掲げられた。ここでさしあたり「書きとる」と訳出したフランス語の動詞 noter は「メモをする」あるいは「ノートをとる」という意味で、語源的にも「マークする」や「しるしをつける」といったささやかな備忘のための身振りを示しており、時間の経過の中で消失してしまうものをすばやく救い出し、定着させる行為だと言える。論理性を考える前に、さしあたり手を動かして書きとめておくこと。事実、『毛皮の手袋』は、当初、刊行する意図なくノートに書きとめられていた断章群を整理して刊行したものだった。そう考えるなら、「私は考えない、書きとるのだ」という言葉の内には、ボードレール的なモデルニテの美学がほのかに輝いているようにも思える。都市の流行《モード》をすばやくスケッチした画家コンスタンタン・ギースについて述べた「現代生活の画家」の中で、ボードレールは「現代性《モデルニテ》とは、移ろいやすいもの、儚いもの、偶然のものである」(2)と述べていた。もちろん、よく知られているように、移ろいゆくものは「芸術」の半分をなすものでしかなく、「残りの半分は、永遠なるもの、不変のもの」(3)であり、「一時的なものから永遠なるものを抽出すること」(4)こそが、いわゆるボードレールによるモデルニテの美学であった。二つの現実《レアリテ》の接近による動的な「イメージ」の創出を唱えていたルヴェルディが、芸術という「すぐれて地上的なもの」(II, 547)を超えて、超越的なもの、不変のものを求める道を『毛皮の手袋』とともに歩み始めたことを考えるなら、しかもその際にノート（メモ書き）という形式を選択(5)したことを考えるなら、この詩人もまた瞬間と永遠の弁証法というモデルニテの美学をいくらか共有していたのだと言えるのかもしれない。しかし実際には、あたかもその場で書きとめられたかのようなノートである『毛皮の手袋』はそのような美学とは無縁の書物である。頁をめくって読み進めれば、ルヴェルディに少しでも親しんだ読者は、彼の過去のテクストがそのまま挿入されていることに気づくだろう。「私は考えない、書きとるのだ」という言葉はしたがって、移ろいやすいものを定着させるというボードレール的な身振りを指しているわけではない。ルヴェルディにとってのノートは、過去のテクストを再び「書きとめる」場でもあり、そうすることで自身に対する省察を行う場所でもあったのだ。そうした省察の痕跡を消し去るかのように、彼は冒頭であえて「私は考えない」と言う。では「私は考えない」という言葉は、まったくの嘘かといえば、そういうわけでもない。「私は考えない」とは、ある思考の仕方に対する自身の能力の欠如を示しており、そのことは、ノートという形式に深く関わっているのである。

これらのノートは、ニジキジが放つ光彩のまわりを煩わしく飛びまわる夜の虫たちのように、論証の能力を持ち合わせない精神にとりついて離れない数々の観念を追い払うために書かれた。

(II, 641)

「論証（raisonnement）」の欠如、すなわち「理性（raison）」による思考の展開ができないというこの告白は、「私は考えない」という言葉と見事に呼応している。そこには反デカルト的ないし反コギト的姿勢があからさまに見てとれるだろう。「我思う（cogito / je pense）」が否定され、「我書きとる（noto / je note）」が明言されるのだが、その結果として「ゆえに、我あり（ergo sum）」とは続かない。ノートへの記述において賭けられているのは、私という存在を「論証」することではない。「論証」を欠いた思考は、可能なかぎり接続詞を排した断章の連なりをとおして行使されることになる。欠けているのはまさに「ゆえに」という論理なのだ。『毛皮の手袋』に収められた断章どうしのあいだには、ゆるやかな、あるいは密接なつながりがあることがわかるが、断章どうしをつなげる「関係（rapport）」――この言葉がルヴェルディの詩学のすべてを表していると言っても過言ではないだろう――は、接続詞の欠如によって、さまざまな可能性をはらんだまま開かれている。そのような記述にもっとも適した形式こそノート、すなわちメモ書きだったといえるだろう。また、ルヴェルディにとっての「思考（pensée）」とは論理的なつながりを要請するものというだけではなく、「満足を得るためにつねにひとつの結論を要求する」（II, 548）ものでもある。ノート（メモ書き）は決して結論を求めない。論理的なつながりにも完結性にも注意を払わず、脱線も矛盾も反復も恐れることなく、さしあたり「観念」を書き留め、それを積み上げていくという行為。ルヴェルディは、一九二七年の『毛皮の手袋』において、このノートという形式を発見したのだといえる。それは「論証」とは別の仕方の思考の発見であり、ルヴェルディにとって、それこそが詩人の思考に他ならなかった。四八年に刊行された『私の航海日誌』（内容は一九三〇年から三六年までのノート）の中で、ルヴェルディは次のように書きとめている。

詩人は切り離されたパーツ、ばらばらの観念、偶然が作りだした様々なイメージによって思考する。散文家はすでに自分の中にあって論理的につながっている観念を連続して展開することで自己を表現するのだ。

（II, 724）

ノート形式としては『私の航海日誌』に次いで、『乱雑に』が一九五六年に刊行されることになる。そして、よく知られているように、ノート形式への移行とともに、詩作の量は減少する。『毛皮の手袋』の刊行はしたがって、詩人にとってひとつの転換点だったと言っても過言ではない。

もちろん言うまでもないが、ルヴェルディ以前にも、いわば自己探求の方法として刊行の意図もなくノートを書き続けた作家はいた。ポール・ヴァレリーの『カイエ』やジュール・ルナールの『日記』、さらに遡るなら、生前まったく書物を刊行することなくアフォリズム的な文章をノートに書き続け、シャトーブリアンの手によってそのノートが死後刊行されたジョゼフ・ジュベール。また、ルヴェルディ以後も、ノートを持ち歩きながら、あるいはノートに書きためた言葉から出発して詩や散文を書き、時間を経てからそのノートを出版したアンドレ・デュブーシェやフィリップ・ジャコテがいる。彼らは二人ともルヴェルディについてのテクストを発表している。ノートというメディウムを用いること、そして、そこに断章ないしアフォリズムのような短い文章を積み重ねていくこと、さらに、そのノートを書物として刊行すること、これらの実践はルヴェルディのオリジナルでは当然ない。そもそも、ルヴェルディ自身、『毛皮の手袋』の中でパスカルをはじめとするモラリスト文学からの影響を隠していないし、『私の航海日誌』や『乱雑に』においてはニーチェへの言及が目立つ。(6) ただ、ここでは、そうしたジャンルとしてのノート文学の特異性——それが「モデルニテ」における重要な問題系であることを認めつつも——ではなく、ノートという形式、ノートを用いた思考が、ルヴェルディという詩人に具体的に何をもたらしたかについて考えてみたい。

二 ピエール・ルヴェルディとは誰か

その前に、ルヴェルディ全集第一巻に収められたエチエンヌ＝アラン・ユベールによる序文とルヴェルディ小伝とを参考にしながら、この詩人が歩んだ軌跡をごく手短に振り返っておこう。

ピエール・ルヴェルディの名は何よりもシュルレアリスム美学を準備した前衛芸術の先駆者として、また、ピカソ、ブラックらのキュビスム絵画について、アポリネールと同様、いちはやくその芸術性を評価した人物として知られている。一八八九年、スペイン国境近くのほぼ地中海沿いといえる南仏の街ナルボンヌに生まれたルヴェルディは、豊かな自然と太陽の中で少年期を過ごした。教会建築の石工職人の家系である父親は芸術や音楽に対する理解があり、一九一〇年、兵役を免れたルヴェルディのパリ行きの決断をよろこんで後押しした。ルヴェルディは漠然と文芸の道へと進むことを夢見ながら、当時モンマルトルに暮らしていた同郷の友人のもとを訪れ、そこでマックス・ジャコブやアポリネール、トリスタン・ツァラ、ブルトン、スーポーら多くの作家たちと交流をもつことになる。しかし、作家や文学者よりも、芸術家たちとの交流のほうが日常的であった。ビストロやアトリエで交わすファン・グリス、ピカソ、ブラック、アンリ・ローランスらとの会話は、イメージの実在性を肯定し、イメージによって現実を作り出そうとするルヴェルディの詩に大きなインスピレーションを与えることになった。一九三〇年頃のノートには、次のような言葉が記されている。「私はつねに芸術家の世界で生きてきたのであり、作家たちからは距離があった。だから、私は物書き的な考え方を持ち合わせていない」(I, XXI)。

生の中から切り離された諸要素を、意味的、音声的、視覚的な観点から配置し実在性をもったイメージを創出すること、これがキュビスムから影響を受けたルヴェルディの詩作の基本姿勢だと言える。印刷工として働いていたルヴェルディは一九一五年、グリスとローランスの挿絵が入った最初の詩集『散文詩集』を刊行する。第一次世界大戦がはじまり従軍するも間もなく除隊となり、それ以後、旺盛な執筆活動に入る。一六年に詩集『楕円形の天窓』を刊行し、一七年にはジャック・ドゥーセの支援のもと雑誌『南北』を創刊する。月刊誌であった『南北』は、翌一八年十月までのおよそ一年半のあいだに一六号が刊行された(合併号が二冊あるので、冊数としては一四冊の刊行)。一八年には詩集『屋根のスレート』も発表されている。よく知られているように、雑誌『南北』にはジャコブやアポリネールに加え、ブルトン、アラゴン、スーポーら若きシュルレアリストたちも寄稿していた。そして、ルヴェルディ自身もキュビスム論をはじめさまざまなテクストを誌上で発表したのだが、なかでも重要なのは一三号に発表された小文「イメージ」である。「イメージとは純粋な精神の産物である。イメージは比較から生まれるのではなく、多かれ少なかれ隔たった二つの現実の接近から生まれるのである」(I, 495)。ブルトンは二四年の『シュルレアリスム宣言』の中で、この隔たった「二つの現実の接近」としてのイメージを称賛し、ロートレアモンの「解剖台の上のミシンと蝙蝠傘の偶然の出会い」とともに、シュルレアリスムの公式美学へと鋳直すことになる。

こうして前衛芸術の先駆者としての地位を確実にしたルヴェルディだったが、一九二一年突如としてカトリックに回心し、二六年にはパリを離れて、フランス北西部サルト県のソレムに隠遁することになる。ベネディクト会派の二つの修道院で知られるこの小さな街には、当時七〇〇名ほどの人口しか居住していなかった。修道院のそばに隠遁した前衛詩人は、詩と信仰についての考察を孤独に続け、いくつかの本を刊行したが、一九六〇年に亡くなるまでこの地を離れることはなかった。『毛皮の手袋』をはじめとするノートや私信の中でも表明されていることだが、二〇年代には今で言うところの「アートワールド」の中心的なプレイヤーとなっていたルヴェルディは、人間関係や都市生活に息が詰まっていた。「公的生活の身動きできなくさせるような、呼吸もできぬ場」から身を離し、「鐘と祈りに満ち、緑と生き生きとした水と小鳥たちに満ちた孤独を選ぶ」ことが必要だったのだ[7]。また、決定的とも思える回心の背景に、パリ上京後すぐに最愛の父親を失ったことを指摘する研究者もいる[8]。回心の真の理由が何であれ、ソレムへの隠遁は、世俗の芸術的成功を犠牲にしてでも真の信仰の芽生えを大切にするという彼の決断を意味しているようにも思えるが、『毛皮の手袋』を読む限り、芸術と信仰の関係はもう少し複雑だと言える。芸術の問題はなだらかに信仰の問題へと連なり、純粋な精神的営みとして未知なるものを求めることが要請されている。芸術に対する批判的な眼差しと、崇高なる天上的な存在の希求が『毛皮の手袋』を構成する大きな二つの軸であり、芸術と信仰は明らかに相反する価値として提示されてはいるのだが、それでも、「多くの文章において、芸術が精神的＝宗教的経験として極めて高く評価されている[9]」ことは疑いようがない。「詩人と神との秘密の関係について論評することは誰にも許されない。ルヴェルディはその秘密を保持したまま去ったのだ[10]」。本当のところ、何が自由思想の家庭で育ったルヴェルディを信仰のための隠遁生活にまで導いたかは誰にも分からないが、ソレム修道院の一僧侶が語った「ここ（＝ソレム）では、詩的経験と宗教的経験の関係を探究することが当然のことなのでしょう[11]」という言葉には説得力がある。「回心、あるいは心を真っさらに戻すこと」（II, 625）という一行からもわかるように、ルヴェルディにとって回心は既成宗教への帰依ではなかった。「彼は一九二九年には、すでにカトリックから離れていた」[12]が、晩年に至るまで信仰を捨てることはなかった。『私の航海日誌』でも『乱雑に』でも、神や宗教に関する考察はしばしば芸術との関係において続けられることになる。

ソレムへの隠遁後の詩作に関して言えば、一九二八年に『跳ね返るボール』、二九年に『風の泉』と『ガラスの水たまり』、三〇年に『白い石』と四冊の詩集を刊行するも、それ以降の刊行物は数がぐっと少なくなる。六〇年に亡くなるまで、『屑鉄』（一九三七年）、『満杯』（一九四〇年）の二つの詩集が新たに書かれた作品を収めたもので、この他にいわゆる挿絵本として『表情』（一九四六年）、『死者たちの歌』（一九四八年）、『天井の太陽に』（一九五五年）、『海の自由』（一九六〇年）の四冊が刊行されたに過ぎない。しかも、挿絵本のうち、第二次世界大戦中に書かれた四三篇の詩をピカソのリトグラフとともに収めた『死者たちの歌』を除く三冊は、一〇年代に書かれた詩や、過去に発表された詩に手を加えたものである。一九三〇年（ルヴェルディ四一歳）までに一五冊の詩集を刊行していることを考えるなら、それ以降のソレムでのいわば禁欲的な生活が、何らかの形で詩人の創作に影響を与えていたと考えざるをえない。創造力の枯渇という紋切り型すら頭をよぎるが、それは正しくないだろう。だが、かと言って、キルケゴールが言う「信仰の騎士」となるべく沈黙へと向かったわけでもない。隠遁者となったルヴェルディは前衛から後衛へとまわり、過去の作品に手を加え続けただけでなく、ルネ・シャールの依頼で書かれた最後の詩「流砂」に至るまで、数こそ多くはないものの詩作を続けたのだった。そして、それらの詩がその光彩において以前と変わりがないことは、シャールが抱き続けた敬意がそのひとつの証左となるだろう[13]。

南仏の街で生まれ育ったルヴェルディは、一九六〇年に亡くなるまでの三四年間をソレムで暮らした。パリでの一六年を合わせると、およそ五〇年を「北」で過ごしたことになる。『私の航海日誌』には「かつては何とも思っていなかった南仏、その南仏を愛することを学ぶため北の地で四〇年を過ごすことになった〔…〕我がタンタロスの苦しみに対して、南仏は遠くで輝いている」（II, 758-759）と述べられている。遠くにあるからこそ感じられる輝き、それは別の言い方をすれば不在の輝きとでも言えるだろう。ルヴェルディはソレムにとどまり続けた。そのことは、彼の詩に対する考え方と無関係ではないように思われる。『乱雑に』に書かれた一節をあげておこう。「私と現前する現実のあいだにはいかなる詩的つながりもない。詩とは私と不在の現実のあいだの結びつきなのだ。この不在こそが、すべての詩人を生み出すのである」（II, 986）。

三　レタッチ、手の思考

改めて、『毛皮の手袋』とはいかなる性質の書物なのか。一九六八年版の序文に収められたルヴェルディ自身の言葉を見てみよう。

…ノート。

人間のものたる芸術についての——神のものたる人間についての——人間を神の高みへとつなぎとめる宗教についてのノート。

これらのノートは、ニジキジが放つ光彩のまわりを煩わしく飛びまわる夜の虫たちのように、論証の能力を持ち合わせない精神にとりついて離れない数々の観念を追い払うために書かれた。ボードの上にピンで留められた蛾のように、そうした観念を紙片の上に書き留めたのである。刊行される意図もなく書き留められたこれらの観念は、水滴のような運命を辿ることとなった。水滴は小川へと至り、そこから川へ、大河へ、海へと合流する。

（II, 641）

刊行する意図もなく、次々に浮かんでくる「追い払う」べき煩わしい観念を書き留めていくこと。しかし、どんな観念でも乱雑に書き留められているわけではなく、主題は「芸術」、「人間」、「宗教」の三つに限定されている。こうした限定のため、「『毛皮の手袋』は、『私の航海日誌』や『乱雑に』とは異なり、首尾一貫し、構成された全体性を有している」(14)。ノートに書くことによって、三つの主題をめぐるばらばらの観念は、次第に流れを形成し、川となり、海原となったのだ。

すでに述べたように、このノートの中には、ルヴェルディの過去のテクストがいくつかの文章群に分けて挿入されており、『南北』に発表された一九一八年の論考「イメージ」や、二四年に『ジュルナル・リテレール』誌に発表された重要な詩論「詩《ポエジー》」もレタッチ（修正）を施されてテクストのほぼ全体が再録されている。ルヴェルディは晩年まで自分の過去のテクストへの加筆・修正を続けたが、こうした作業が始まったのは二〇年代に入ってからである。日本でおそらく最初のルヴェルディに関する博士論文である山口孝之の『ルヴェルディと〈あわい〉の詩学』は、この詩人の詩の変遷を年代順に丁寧に追っていきながら、彼の鍵概念である「イメージ」の創出が詩においていかなる変容を遂げたかを明らかにしたものである(15)。そこで山口は一九二〇年代に行われた詩の修正に着目する。ルヴェルディはアンソロジーを刊行するために初期の代表作である『眠れるギター』と『屋根のスレート』の修正を行うのだが、山口はこの作業を、単なるアンソロジー刊行のために行われた実務的な作業として片付けるのではなく、その作業の中に、ルヴェルディの詩作における重要な展開点を見てとっている。ルヴェルディ自身、二四年に行われた対談で、自分がこの時期に新しい詩が書けず、むしろ自作の修正に喜びを見出していることを正直に告白している。「ここ数年、私は数多くの知的失望を味わいましたがその中で唯一ある種の喜びを感じられることがありました、それは『屋根のスレート』と『眠れるギター』の詩の大部分を修正、するることです」（I, 595–596）。修正は詩作品のみならず、散文で書かれた詩論に対しても行われることになる。ノートの中で過去の散文を修正するのとは異なり、詩の修正は、たとえ仮のものであれ、あくまで「作品」としての完成が求められることになる。アンソロジーの刊行という実際的な理由があるため、何であれ「結論」が要請されるのだ。先述の通り、ノートは「結論」を求めない。ルヴェルディは「切り離されたパーツ、ばらばらの観念、偶然が作りだした様々なイメージによって思考する」詩人としてノートをとり続けたのである。

例えば、ブルトンに大きなインスピレーションを与えた一九一八年の論考「イメージ」は、テクストがおおよそ二、三の文ごとに区切られ断章化された上で、微妙な修正が施され、アステリスクのあとのテクストの後半部（長さからすればおよそ全体の三分の二）をカットして『毛皮の手袋』に収められた。修正された一部を見てみよう。やや長いが、一八年のオリジナルの論考、『毛皮の手袋』の順に書き出してみる。傍線部分が修正・加筆の箇所である。

> いかなる関係もない二つの現実どうしが接近することはできない。イメージの創造は起こらないのだ。
> 二つの矛盾する現実は接近することはない。対立するのだ。
> その対立から力を引き出せることは稀である。
> イメージは強力なものではない、なぜならそれは不意をつくもの、あるいは幻想的なものだからだ――また諸観念の連合が隔たったものであり適切だからだ。
> 得られた結果が、観念連合の適切さを直接コントロールするのである。
> 〈アナロジー〉はひとつの創造の手段である――それは諸関係間の類似（*ressemblance des rapports*）なのだ。創造されたイメージが強力か脆弱かはそうした諸関係がいかなる性質かに依っている。
>
> （I, 495）

■いかなる関係もない二つの現実どうしが接近することはできない。イメージの創造は起こらないのだ。二つの同一の現実を比較する場合も同様である。

■二つの無関係な現実は接近することはない。対立するのだ、そこから時折、一時的な驚きが生まれ魅惑的なものになることもあるが、それは作られたイメージではない。

その対立から力を引き出せることは稀である。

■イメージは強力なものではない、なぜならそれは不意をつくもの、あるいは幻想的なものだからだ――また諸観念の連合が隔たったものであり適切だからだ。

■得られた結果が、観念連合の適切さを直接コントロールするのである。

■アナロジーはひとつの創造の手段である――それは諸関係の実在（*existence des rapports*）なのだ。創造されたイメージが強力か脆弱かはそうした諸関係がいかなる性質かに依っている。

（II, 555–556）

ほぼ同じ文章であり、わずかな修正と加筆しかないのが分かるだろう。しかし、それは瑣末な言い回しの変更や、美しい表現の追求ではない。『毛皮の手袋』の記述では、ルヴェルディの意図はより明確になっている。イメージが創出されるためには、二つの現実の距離が問題となる。両者は「無関係」であっても「同一」であってもならない。二つのものの距離をもった関係性こそが鍵となるのだ。「矛盾」はひとつの関係性である以上、排除する必要はない。また、二つの現実のあいだのさまざまな関係は「類似」している必要はない。オリジナルにある「諸関係の類似」という表現は、多様な関係のあり方を許容せず、イメージを最終的に「類似」というほとんど伝統的といってよい芸術原理に従わせることを示唆してしまう。また、加筆された「そこから時折、一時的な驚きが生まれ魅惑的なものになることもあるが、それは作られたイメージではない」という文にシュルレアリスムとの距離を見てとることもできるだろう。こうした修正に関してはさまざまなコメントや解釈が可能であろうが、ここで着目したいのは、修正の内容や意図ではなく、修正という身振りそのものである。ルヴェルディはノートを前にして頭に浮かんだことや見聞きしたことを書いているのではなく、正確に過去の自身のテクストを書き写している。あるいは、過去のテクストの上に書き込みを行い、それを最終的に清書している。いずれにしても、テクストがより適切になるよう微調整を行っているのだ。それは言ってみれば写真のレタッチのような、あるいは、出版物の校正のような作業である。そして、エピグラフに掲げられた「私は考えない、書きとるのだ」という言葉は、このレタッチの身振りを指していると言えよう。過去のテクストを書いてみる。そこで修正点を確認し、削除や加筆といったレタッチを行う。しかし、大幅に書き直されることはない。大幅な書き直しが必要ならば新しいテクストを書けばよいのだから。過去のテクストを書き写すことこそルヴェルディには重要だったのであり、そうすることで彼は書きながら考えたのである。それは手の思考とでも呼べる実践であり、出版する意図のないノートにおいてこそ可能な行為である。一九二四年のテクスト「詩《ポエジー》」に目を向けるなら、改行やほんのわずかな語の変更と削除・加筆があるが、オリジナルのテクストが二、三の文からなるブロックごとに分けられることもなく、ほとんどそのままの形で『毛皮の手袋』に再録されている。興味深いレタッチは、オリジナルのテクストの最後の一文「したがって、なによりもこの点に関しては、愛すること、理解することは相手と同等になることだ、と言える」(I, 594) の削除である。[16] だが、この最後の一文は実は削除されたのではなく、直前の断章に置かれ、より説明的な加筆が行われている。現在ではパソコンのスクリーン上で行われるコピー・アンド・ペーストをルヴェルディはノートで実践していたのだ。

書き留められるのは、さまざまな観念だけでなく、過去の自分のテクストであり、いわば自分自身である。レタッチは自分自身を書き直す行為、もしそれが大仰な言い方だとすれば、自分自身を微妙に調整する行為と言っていいだろう。『私の航海日誌』には次のような言葉が書き留められている。

> 私は生きるために書いていた――つまり、私を作るために。 (II, 741)

「私を作るために (pour *me* créer)」という言葉の「私」がイタリックになっているのは、主語である「私」、つまり書いている「私」との微妙な非同一性を表しているからだろう。「私」とは書くそばから作られていく存在、つまり、絶えず作り直される存在なのである。

四　ランプを手に

『毛皮の手袋』には自己に関する文章は少なく、「私 (je)」という人称が使われることもほとんどないが、ひとたび、詩人のレタッチに気づいてしまった読者は、ルヴェルディが芸術や神を問題にしながら、どこかで自己自身との対話を行っているのではないかと疑ってしまうだろう。全体の分量からすれば、手を加えられた「イメージ」や「詩《ポエジー》」のテクストは微々たるものでしかなく、自分自身をレタッチする身振りは多いとは言えないが（他にもあるかもしれないが筆者は見つけられていない）、しかし、自己との対峙は実は『毛皮の手袋』の全体の趣旨にも関わるものである。

まず単純な事実として、過去のテクストをレタッチするには、作者自身が読者となる必要がある。一九二〇年代に入って詩の修正を行っていたルヴェルディは読者の果たす役割の重要性を理解し始めていた。作品というものが、作者の手によって自律したひとつの現実を作り出すというキュビスム的な美学から詩人は一歩踏み出したのだ。ただしすぐに付言しておかなくてはならないが、それは決してキュビスムの否定ではない。

■人々は別のどこかへ連れていってくれることを作品に求めている。
しかし、この芸術（キュビスム）は、読者の精神あるいは鑑賞者の精神をピンで留めるように作品の上に固定しようとする。 (II, 552)

見る者（読む者）を作品の外へと連れ出すというのは、文学や芸術におけるいわゆるイリュージョニズムである。見る者（読む者）は、絵具なり文字なりを通り越して、それらが作り出す虚構の風景や物語の中に入っていく。しかし、キュビスムの絵画はそうしたイリュージョニズムを批判し、眼前に作り出された「現実」に目を向けさせる。ルヴェルディがイメージについて語るときに用いる「詩的現実（réalité poétique）」（I, 496）という言葉には、イリュージョンに対する批判が込められている。ルヴェルディにとっての新しい芸術とは、慣習によってつくりだされるイリュージョンを可能な限り遠ざけ、眼の前の現実が生み出す「叙情性《リリスム》を固定する」（II, 546）という独特なリアリズムのことを指していた。だが、それはもっぱら芸術家＝詩人という作者の視点から唱えられていたことである。レタッチを行うため自分の書いた作品の読者となったルヴェルディは、自己と対峙し、自己自身の内奥を見つめることになる。『毛皮の手袋』に引用符なしで再録された、先述の論考「詩《ポエジー》」には、詩人がいわば読者となって自己自身と対峙することの必然性が明言されている。

詩人を創造へと駆り立てるのは、自己自身をさらによく知りたいという欲望、自己の内的な力を絶えず調査したいという欲望であり、頭や胸に重くのしかかっているものをすべて自分の目の前に並べたいという漠とした欲求なのだ。というのも、詩とは、一見どれほど穏やかなものであっても、真の魂のドラマでしかないからだ。それは深くて悲壮な魂の行為＝筋立てなのだ。

〔…〕

人間はみな閉ざされたひとつの部屋なのだ、どんな不躾な人間でも最初は入ることができない。部屋に入るまえに、きちんと自分のランプに火を灯す労をとらなくてはならないのだ。その場合、ランプの役割を果たしてくれるのは、読者の精神である。そして、知性と詩的感覚だけが、このランプを育んでくれるのだ。

（II, 562-563）

先ほどのキュビスムに関する断章と同様、「読者の精神」という言葉が用いられているのがわかるだろう。キュビスムの作品に対して「読者（鑑賞者）」はその外に出ることを禁じられていたが、ここでは「読者」は自己自身の外に出ることを禁じられている。その意味で、これらの二つの断章はイリュージョンとしての「外部」を退ける姿勢において一貫していると言えるだろう。しかし「自己」という部屋は、四方を囲まれたキュビスムの作品ほど明確ではなく、「ランプ」なしには何も見えないほど暗く深い。先述の通り、『毛皮の手袋』において、ルヴェルディは「現実の叙情性《リリスム》を固定する」ことを芸術家の使命としたが、この断章の数頁後には次のような記述が見られる。「叙情性《リリスム》とは堅固な感性と現実が接触した衝撃でほとばしる閃光である」、「未知へと、深みへと向かう叙情性は、当然のことながら神秘の様相を帯びることになる」（いずれもII, 558）。ここには、「詩的現実」の追求というかつての主張においては強調されていなかった垂直的な志向が見てとれる。「自己」という部屋を支配する「深い」闇、あるいは自己自身の中の「未知」。詩人はそうした「神秘」へと向かわなくてはならない。「詩人を創作へと駆り立てるのは、自己の内的存在の神秘を調べあげ、その能力、その力量を知りたいという、絶えずつきまとう欲求である」（II, 560）。詩と詩論のレタッチを行う中で、「読者の精神」というランプを手にした詩人は、ノートの中で自己自身の内にある「神秘」を照らし出すことを試みる。もちろんそれは、いずれ詩《ポエジー》という「真の魂のドラマ」を作り上げるためである。ノートに記された言葉は「神秘」の探求の航跡であり、白いノートはまさしくランプの役割を果たすのである。

『毛皮の手袋』において芸術と信仰は、前者が何の慰みにもなりえないばかりかあらゆる苦悩の種となるのに対して、後者があらゆるものの慰みになる（II, 566）という風に、二つの相反する価値体系としてしばしば二項対立的にとりあげられているのだが、しかし両者の共通点もまたさまざまな仕方で探られている。例えば、「宗教、芸術、重要で強力なものはみな、閉ざされた部屋のように鍵を閉められていて、その鍵は部屋の中のテーブルの上に置かれているのだ」（II, 612）という具合に。二つの異なる価値体系が結ぶ「諸関係の実在」こそが、この書物に特別な運動を与えているのであり、その意味で『毛皮の手袋』という書物もまた、「多かれ少なかれ隔たった二つの現実の接近」だといえるだろう。ルヴェルディは一人称を用いて、自分を信仰の道へと導いたのが詩であったこと、それもジャンルとしての詩ではなく、内なる魂の運動としての詩であったことを告白している。

魂と事物との接触が詩なのだ。それは深い接触であり、むしろ浸透である。苦しい懐疑の道と暗い迷信の迷路を通り、気づかぬうちに私を神のほうへと導いたのは、そのような詩であった。

(II, 567)

詩は自己の内なる未知と、はるか頭上の未知の双方へと詩人を導いたのだった。ジャン＝ピエール・リシャールの言葉を借りるなら、ルヴェルディにとって地上と天上のあいだの中間部こそ、詩の領分としての「インターランド(17)」ということになる。

こうして「読者の精神」というランプを手にした詩人は、すべての闇を明るみに出そうと、光が届くさらにその先を求めることになる。しかし、ランプのささやかな光はむしろ闇の深さをいや増すばかりで、自己の魂であれ神であれ、当然その全貌を明らかにしてくれることはない。ソレム隠遁後の詩、あるいは『毛皮の手袋』以降の詩が、ある種の暗さ、翳りのようなものを湛えているとするなら、それは逆説的にも、詩人が「読者の精神」というランプを手にしてしまったからなのだ。ランプは、ルヴェルディの詩に初期から登場していた重要なテーマである。例えば、一九一五年の『散文詩集』に収められた詩篇「詩人たち」を見てみよう。

彼の頭はランプシェードの下におずおずと避難していた。青ざめた顔で両眼は赤い。動かないひとりの音楽家がいる。彼は眠っているが、切り取られた両手はヴァイオリンを奏でている、彼が悲惨な状況を忘れられるように。

(I, 21)

シュルレアリスムの自動記述を暗示するかのような内容だが、ここでのランプは詩を書き、音楽を奏でるための最低限の領土を確保してくれる光であり、詩人＝音楽家にとっての物理的支えである。あるいは、翌一六年の『楕円形の天窓』に収められた「やがて」や「いつもそこに」においても、ランプは暗い部屋を灯し、忘却されていくものを救い出す創作のツールとして描かれている。

真っ暗な部屋にやがて過ぎ去った時間が戻ってくるだろう。そうしたら、僕は小さなランプを持ってきて、あなたのことを照らしてあげるよ。ぼんやりしていた身振りもはっきりしてくるだろう。意味を持たなかった言葉たちにも意味を与えてやれるだろうし、微笑みながら眠る子供をじっと見られるだろう。

(I, 132)

君が消し忘れたランプから
一筋の光線が
紙の上に落ちる
ああ、終わっていない
忘却はまだ完全じゃない
僕はまだ自分を知ることを学ぶ必要があるんだ

(I, 139)

「いつもそこに」の最後の一行には、ランプの光によって自己自身を照らすという、『毛皮の手袋』で見出された「読者の精神」の萌芽が見出せるが、これらの詩篇には、ランプを灯すことで闇を追い払い、言葉を紡ぐことが可能になるというオプティミスティックな信念が現れている。ランプとは希望の灯火に他ならない。しかし、一九三〇年の『跳ね返るボール』に収められた「戦場」（雑誌初出は二七年）では、ランプは希望などではなく、光は最終的に闇に飲まれつつある。

空っぽの部屋に光輪がある。植物は根っこまで屋根の縁を飾っており、黄金色の葉すら影をもたらしている。
四番目の壁が遠くへ向かう。片隅でため息をついているカーテンよりも遠くへ。闇夜よりも、工場のゆらめく煙よりも高くへ。空っぽの部屋のとなりで歌が歌われている、星の近くの、屋根に向かって。
月ではない光輪があり、ランプではない光がある。しかし、暗い地上には黒い四角。
この四角は、空っぽの部屋。

（II, 39）

真っ暗な空っぽの部屋は黒々と広がり、光を圧倒する。この光はランプではないと言われているが、ランプでも月でもない光とは、精神的《スピリチュアル》な光に他ならない。それは後光とも訳せるauréoleという宗教的な単語が用いられていることからも言えることだ。ルヴェルディが人間を「閉ざされたひとつの部屋」とみなしていたことを思い出すならば、精神の光が地上の闇に飲まれんばかりの印象を与えるこの詩に、詩と信仰の双方に対する詩人の深い失望を読むこともできるかもしれない。『風の泉』に収められた詩篇「つま先だって」の「カーテンの後ろでランプは消えていた」（II, 165）という言葉が端的に示しているように、ソレム隠遁後のルヴェルディの詩では、光――創作を可能にする物理的な光であり、未知なるものを探求する精神の光でもある――が消えていたり、脆弱であったりすることが多い。もっとも顕著な例として未刊詩集『緑の森』の冒頭を飾る「手下たち、下僕たち」の最後の連を引用しておく。末尾の反語的とも思える表現の連続には、期待よりも諦念が滲み出ているのではないだろうか。

あらゆる人間の額に光があった
どんな夜の空洞にも生き生きした星があった
重苦しいインクの空の奥には天体が隠れていた
どんな手の飛翔がふたたびあのランプの火を灯してくれるのか
星や空にふたたび輝きを与えてくれるのか
きりきりと締めつける私のこめかみをゆるめてくれるのか
そして、私の心に太陽への扉をふたたび開いてくれるのか

(II, 444)

五　関係性の詩学

レタッチを行う中で「読者の精神」というランプを手にした詩人はその後もノートをとり続け、自作のレタッチを繰り返す。それは、魂のドラマと信仰のドラマという二つの「神秘」に光をあて、それらに言葉を与えようとするシジフォス的な営みである。新たな詩の制作は必然的に減っていったのだろう。では、このランプは最終的に詩人をどこへと導いたのか。ひとつには、前節で見た通り、「未知」の闇深くへと導いたのだと言える。そのために詩人は闇の深さを繰り返し確認し続ける作品を残すこととなった。リシャールが言うように、それは地

上的なものの拘束に詩人が従ったことを意味する。だからこそ詩人は天上の存在を信じ、絶対的なものへの憧憬を抱き続けられたのだ[18]。こうして厭世家、ペシミスト、ニヒリストなど、この詩人に対する紋切り型のイメージができあがるわけだが、忘れてはならないのは、闇が支配的であるような詩においてこそ、かすかな光や影の動き、そっと聞こえてくる声や音、事物の一瞬の震えなど、いわば捉えがたいものの気配も描かれうるということだ。ルヴェルディ自身の言葉を今一度借りるなら、それは「現実の叙情性《リリスム》」とでも言えるものである。現実の微かな気配を輝かせることにかけて、ルヴェルディほどすぐれた詩人はいないのではないだろうか。先ほど言及した「つま先だって」は、ランプが消えて静寂と闇が支配する詩だと言えるが、そうであるがゆえに、冒頭の言葉が輝きを放っている――「もはや何も残されていない／私の十の指のあいだには／消え去るひとつの影／中心で／足音がひとつ」(II, 165)。「足音」は読者の中に残響し続けることになるだろう。

だが、ランプが詩人を導いた先は、闇の奥深くだけではなかったと思われる。ここでは一九四〇年代の詩と詩論とをごく簡単に振り返り、もうひとつの行き先について考えながらこの小論を締めくくりたい。

一九四六年『アルシュ』誌に発表された論考「詩の状況」において、ルヴェルディは自身の詩作に対するこれまでの考え方をまとめ、「詩とは詩人の精神の作用」であり、その作用は「現実と接触した感覚的存在としての詩人のたえなる調べを表す」ものであるという、初期からの一貫した姿勢を改めてそこで明言したのちに、読者が果たす役割を肯定している。

> 適切で強力なイメージの本性とは、誰もがそこに発見できるような、また誰もが自分自身の源からそこに付け加えることのできるようなあらゆる関係性を許容し、喚起し、引き受けることにある。イメージはそれ自体で源泉であり、さまざまな源泉の乳母なのである。言うまでもなく、自らの内奥に付け加えるべきものを持っている人にとっては。

（II, 1234）

この詩論そのものが、過去のテクストをレタッチしたものであることは、ルヴェルディの読者ならば分かるだろう。だが、ここではそれまで主張されてきたイメージの創出よりも、イメージの受容と再創出のダイナミズムのほうに力点が置かれている。イメージとしての詩は、もはや紙面上で完成されるものではなく、読者による「付け加え（ajouter）」の作業によって更新され続けるものである。ここには、のちの受容理論やテクスト論へと連なる姿勢が見出せるだろう。同様の考え方はやや抑制された表現で『乱雑に』の中でも述べられている。

作者にとって詩とは詩的作用のネガのようなもので、ポジは読者の中にある。作品がプリントされた写真のように実現されたものとして考えられるのは、それが読者の感性において十全な価値をもつことができた場合だけである。

（II, 863）

読者による自由なイメージの再創出が唱えられた先の引用とは異なり、あくまでオリジナルのネガフィルムとしての詩の正当性は確保されているものの、作品の実現＝プリントが最終的に読者の手に委ねられていることには変わりがない。また、この引用は、われわれが用いてきた「レタッチ」という言葉——一般的には写真や絵画などの補正を意味する言葉——を正当化してくれるものでもある。詩は作者と読者のあいだに存在する。別の言い方をすれば、作品とは、作品を介して読者が作者とのあいだに結ぶ関係に過ぎない。このような関係性の詩学とでも呼べそうなものの方向にルヴェルディを導いたのは、やはり「読者の精神」というランプだったのではないだろうか。『毛皮の手袋』において、このランプはあくまで詩人の自己という「閉ざされたひとつの部屋」を照らす役割を果たすものに過ぎなかったが、その後、自作の修正とノートによる自己探求を続けたルヴェルディは、作者と読者の双方の役割を往還し続け、読者の果たす役割の重要性を詩論の中に含めることになったのだと考えられる。

詩が読者とのあいだの関係において実現するという発想は、実は『毛皮の手袋』の中で展開された神の御業に関する考えと完全なアナロジーの関係にある。

神は介在する、事物の中にではなく、事物どうしの関係の中に。例えば、神の御業に関して、しかるべき言葉を他人に向けて口にした場合、神の真理が現れるのは、その言葉の中ではなく――その言葉は偽りの醜悪な言葉であるはずだ――その言葉と、それを聞く相手の魂との関係においてである。そればかりか、神が介在するのは、話す人間の魂と聞く人間の魂とを結びつける秘密の関係においてであり、神の御業はどちらの人間の手からも逃れるのだ。つまり、言葉そのものや個人の行為が働きかけるのではない。そうではなく、極めて神秘的な仕方で彼方に隠れている、不可知の神が働きかけるのだ。(II, 614)

「神の御業＝作品（lœuvre de Dieu）」という表現は、一般的な意味での芸術作品をも喚起させるが、すでに見たように、『毛皮の手袋』では詩とは「魂と事物との深い接触」であることが――そしてそのような詩がルヴェルディを神へと導いたことが――語られているに過ぎない。一九三八年の『ヴェルヴ』誌に発表された「秘かな詩人と外の世界」でも、主体と客体の関係性、つまり、詩人と世界との関係性について言及があるものの、「詩は客体の中にあるのではなく、主体の中にあるのだ」（II, 1208）とだけ述べられている。神の御業＝作品が人間や事物の関係の中にのみ現れるのと同様、作品としての詩が紙面上の文字列ではなく、それを介して結ばれる作者と読者の「秘密の関係」において実現されるという発想は、おそらく四六年の詩論を待たなくてはならなかった。ノートに書きつけた神に関する考察が、およそ二〇年の時を経て、関係性の詩学へと形を変えたのである。では、この関係性の詩学は、ルヴェルディ自身の詩とどのような関係性にあるのか。それとも、両者はまったく無関係なのか。この問いは一考に値するものではあるが、十分な検討は別の機会に譲ることにして、ここではただ一篇の詩だけをとりあげて考察してみたい。

一般的に、詩人が提唱する詩論がそのまま本人の詩に反映されていることなど極めて稀である。詩論は必ずしも詩作の原理ないし詩作のための理論ではないからだ。それに、他人の詩論なり作品なりを読み、考えることで詩論が作り出されることもある。いずれにしてもひとりの詩人の詩と詩論とを単なる合わせ鏡として捉えることには十分な注意を払う必要があるだろう。ルヴェルディに関して言えば、確かに初期の「イメージ」論は、ひとつの強力な詩作原理の発見だったと言えるし、ルヴェルディ自身の詩篇を「隔たった二つの現実の接近」として読むこともできるだろう。しかし、それは多かれ少なかれ後知恵による解釈である。もちろんそのような解釈を否定することはできないが、ひとつの詩論が多様な詩を説明する原理となってしまうことには慎重にならざるをえないし、詩人もそんなことは望んでいないはずだ。

さて、ルヴェルディが主体によるイメージ創出の詩学から主体間（事物間）の関係性の詩学へ至ったとするなら——両者は単に作者に力点が置かれているか読者に力点が置かれているかの違いだとも言える——、その移行期の詩にどのような変化ないし兆候が現れているかを探ることがまず必要となる。問題は移行の時期の確定だが、先述の通り、一九三〇年代末にはまだ主体＝詩人によるイメージの創出が強調されていたので、レンジはやや広いが四〇年から四六年のあいだと考えるのが自然だろう。ここでとりあげるのは四〇年の詩集『満杯』に収められた「インクのすじ」という詩篇である。以下、全文を訳出してみる。

黄金色のガラスの泉
澄んだ影の泉
生暖かい灰の泉
鼓膜の円盤に
流れるような音の泉
熱を帯びたノートの中に
苦いランプの泉
時間の根元に
静脈を汚す
呪われた血の泉
健康の泉
空腹の列の中に
石の下で軋む
思考の泉
思い出の泉
一夜のうちに
氷ついた泉

私が渇きをうるおす夜
忘却の泉
はっきりしない眠気
情熱の泉
愛から憎しみへ
私の手の中の雑然とした
運命の泉
波打つ物質の干上がった泉
生気のない眼差しの泉
あんなに溢れていた光のあとに
その時手のかじかみはあなたの心臓の先までひりひりと痛みを与える

(II, 331-332)

十分な翻訳ではない。句読点はなく、動詞は極力排除され、「泉＝源 source」という語を含む名詞句が連なる。「泉」の場所をしめすべき前置詞が配置されているが、本当には前置詞がどの「泉」を修飾しているのかは同定できない。まさに「インクのすじ」だけがこれらの言葉をつなぎ合わせているのだと言える。各行の言葉以上に、言葉どうしのあいだにこそイメージが、詩が生じているかのようだ。例えば、五行目の「流れるような音の泉（source de bruit liquide）」は、液体のように流れ溢れ出る音を喚起するものの、それが「鼓膜の円盤」で生じている音、すなわち耳の中で溢れる音の流れ＝音楽なのか、それとも、そのような音は、あとに続く「熱っぽいノートの中に」溢れるほど書き込まれたものなのかわからない。「ノート(note)」という語が「音符」を意味する以上、熱を帯びた楽曲の譜の中に「流れるような音の泉」があるとも考えられる。その場合、ノートに書かれた楽譜というふうにnoteに二つの意味がかけられていると考えるのも不可能ではない。だが、そのあとに続くのが「苦いランプの泉」なので、やはりnoteはノートとして、ルヴェルディの詩に繰り返し現れるランプの下で書くという行為に結びついてるとも考えられるのだ。苦さは書くことの苦しみや無力ともとれる。あとに続くテクストも、行どうし、言葉どうしのさまざまな「関係」を決して語順通りにではなく考えることができるだろう。「空腹の列の中に」あるのは、「健康の泉」なのか、それとも、「石の下で軋む思考の泉」なのか。前者であれば「空腹」は生理的・物理的な意味に傾き、後者であれば精神的な意味に傾いてゆく。詩はいわば行間にあるのだ。この詩では、『毛皮の手袋』の断章どうしの関係がそうであったように、接続詞や副詞などを使って、単語どうし、行どうしの関係を固定し、線的な論理や物語を構築するという作者の意図は見当たらない。ひとつの単語が数行を超え、あるいは、数行を遡って、別の単語と関係を築くこともある。その意味で、ノート形式のエクリチュールともいくらかの共通性を持っているといえる。前後の行間の関係がはっきり固定されているのは関係代名詞quiが用いられた「静脈を汚す/呪われた血の泉(Source du sang maudit / Qui encrasse les veines)」と「石の下で軋む/思考の泉(Source de la pensée / Qui craque sous la pierre)」だけだろう。一義的に決定できない複数の関係が地層をおりなし独特の「波打つ」土地を形成している。そして、単語どうしの関係、行どうしの関係を作り出していくのは、言うまでもなく「読者」でしかないのである。「読者」がレタッチを加え、言葉とのさまざまな関係性を築くには、「インクのすじ」の場合のように、テクストが可能なかぎり両義性や可逆性に開かれたものである必要があるのだ。それは偶然に任せてでたらめに語を配置し、あとは読者に委ねるという態度ではまったくない。「二つの無関係な現実は接近することはない」のだから。テクストに両義性や可逆性をもたせるには、入念に推敲してテクストを開かれたものにするという困難な作業が必要とされる。それはいわば計算によって計算不可能なものを導入することだとも言えるだろう。「インクのすじ」に、ルヴェルディの関係性の詩学のひとつの兆候を見出すことは不可能ではないだろう。結局のところ、実際に詩を読む中でさまざまな関係性が生み出されるかどうかは、ほとんど恩寵のようなもので、最終的には作者や読者の意図やコントロールの外にあるものである。「イメージは精神の純粋な産物である」（I, 495）とルヴェルディは言っていたが、精神がどのような働きをするかは神秘でしかありえないのだ。その意味で、詩は「神の御業」へと近づくのである。

「インクのすじ」が書かれた時期、あるいはそれ以降のルヴェルディの詩を読めば、あいかわらず句読点が排されてはいるものの、通常のシンタクスの文章が用いられたものが多い。だが、詩の中で「インクのすじ」のような言葉の稀薄化や文の名詞化、単語や行のあいだのつながりの排除が試みられているものもある。『満杯』、『死者たちの歌』、『緑の森』などに収められた詩は、関係性の詩学という観点から分析してみると面白いだろうし、初期の詩も同様の観点から改めて読み直してみれば発見があるかもしれないが、最後に一言だけ、この関係性の詩学に関して付言し本論を閉じたい。ルヴェルディはずっと「関係（rapports）」という言葉にこだわっていた。初期においては二つの隔たった現実の関係、後期では事物どうしの関係、作者と読者の関係。もし詩も世界も、諸関係によってのみ成り立っているとするならば、そこには絶対的な価値というものがなく、諸関係のさまざまな配置《アジャンスマン》（ドゥルーズ）だけが存在することになる。ソレムへの隠遁が端的に示しているように、ある時期からルヴェルディは最終的な審級として神という「絶対」を拠り所とした。しかし、この神もまた、すでに見たように、芸術や人間との関係において捉えられることになる。おそらく、イメージを創出する精神の働きという神秘こそが、神の働きにも匹敵するものとして最終的にルヴェルディの拠り所であり続けたのではないだろうか。この精神（esprit）という言葉には、「霊魂」という宗教的な意味も含まれているだろう。いずれにしても、関係性によって成り立っている世界では、主体あるいは「私（je）」もまた当然、他者との関係の中につねにすでに捉えられており、端的に言えば、一時的な関係性の束でしかないのだ。すると、暗く「閉ざされた部屋」だと考えられていた自己にも変化が起こってくる。「インクのすじ」に続く詩篇「ついに」は、「私は私から遠くへ離れたい／私は近すぎるのだ／私は近づく／糸でできた自我の毛玉に」という言葉で始まり、「天から降りてくるすべてのものと共に／他者となること／この低い地面の上で」で終わっている（II, 333-334）。「他者となること」はDevenir un atureと動詞の不定法が用いられており、主語はない。この詩篇が予期させるように、関係性の詩学は主体の消滅、主体の稀薄化、主体と他なるものとの相互貫入を引き起こすことになる。この観点から見てもルヴェルディは、ランボーやボードレールからデュブーシェ、ボヌフォワにいたるフランス詩のモデルニテの系譜において正統的な地位を占めている作家とすら言えるだろう。ファッションのモダニズムを確立したココ・シャネルとの長く深い交流を含め、表舞台からひっこんだこのマイナー詩人の全体像を明らかにすることは、いまだ明るみに出ていないモダニズムの鉱脈を掘り当てることにつながるはずだ。

（1）ピエール・ルヴェルディからの引用はすべて以下の二巻本の全集からのものである。引用する場合は括弧内に巻数、頁数の順番で記載した。Pierre Reverdy, *Œuvres complètes tomes I et II*, Flammarion, coll. « Mille et une pages », 2010. なお、二〇一〇年に本邦初のルヴェルディの訳詩集が佐々木洋氏の手によって七月堂から刊行された。本論では基本的に論者が引用文に訳をつけたが、佐々木氏の訳文も大いに参照させていただいた。ここに感謝の意を表したい。

また個々の詩の制作年は確定することが難しく、同じ詩集の中に時間的にかなり隔たった詩が収められている場合があり、時代区分は研究者の頭を悩ませている。制作年に関してはルヴェルディ全集の校訂者エチエンヌ＝アラン・ユベールによる以下の書誌情報を参照した。Etienne-Alain Hubert, *Bibliographie des écrits de Pierre Reverdy, précédée d'une lettre de Pierre Reverdy*, Minard, 1976.

（2） Charles Baudelaire, « Le peintre de la vie moderne » in *Œuvres complètes*, tome. II, Paris, Gallimard, coll. « Bibliothèque de la Pléiade », 1976, p. 695.（シャルル・ボードレール『ボードレール批評2』、阿部良雄訳、ちくま学芸文庫、一九九九年、一六九頁）

（3） *Ibid.*（同書、同頁）

（4） *Ibid.*, p. 694.（同書、一六八頁）

（5） ここでは物質的なメディウムとしてのノートよりも、メモ書きという形式が問題となる。

（6） ルヴェルディのノートに関して、その断章的・アフォリズム的エクリチュールの特質をモラリスト文学の伝統を含めて考察した論考として次のものを挙げておく。Pierre Moret, *Tradition et modernité de l'aphorisme : Cioran, Reverdy, Scutenaire, Jourdan, Chazal*, Droz, coll. « Histoire des idées et critique littéraire », 2000, p. 257-292.

（7） ジャン・ルスロ、ミッシェル・マノル編『ピエール・ルヴェルディ』、高橋彦明訳、思潮社、一九六九年、二八頁。

（8） ミシェル・コローは『ルヴェルディの地平』の中で、『私の航海日誌』における最愛の存在の死についての告白とも言える一節を引用しつつ、「父の死は形而上学的な危機を引き起こしたのであり、後《のち》に回心することだけがその危機に対する解決策をもたらすことになったのだ」と述べている。（Michel Collot, *L'horizon de Pierre Reverdy*, Presses de l'Ecole Normale Supérieure, 1981, p. 29.）

（9） Jean-Pierre Jossua, *Pour une histoire religieuse de l'expérience littéraire, tome II : Poésie moderne*, Beauchesne, 1990, p. 135.

（10） Yves Cosson « Expérience spirituelle, expérience poétique » in *Le centenaire de Pierre Reverdy, Actes du colloque d'Angers-Sablé-Solesmes*, Presses de l'Université d'Angers, 1990, p. 361.

（11） Un moine de Solemne, « A l'abbaye » in *Ibid.*, p. 338.

（12） Jean-Pierre Jossua, *op. cit.*, p. 134.

（13） 「ルネが深く愛し、尊敬し、感服して、アポリネールやエリュアールなどよりも高く評価していたルヴェルディ〔…〕。」（ポール・ヴェーヌ『詩におけるルネ・シャール』、西永良成訳、法政大学出版局、一九九九年、五六二頁）

(14) Pierre Moret, *op. cit.*, p. 265.

(15) 山口孝之『ルヴェルディと〈あわい〉の詩学』、二〇一五年、筑波大学提出。同論文からはルヴェルディの作品のみならず、ルヴェルディ研究に関しても多くの示唆を得た。

(16) ちなみに、この一文に含まれている「理解することは相手と同等になることだ(comprendre, c'est égaler)」は、バルザックの『幻滅』に出てくる画家ラファエルの言葉で、その後ニーチェが『力への意志』で、ジュール・ルナールが『日記』で用いている。

(17) ジャン゠ピエール・リシャール「ピエール・ルヴェルディ」高橋彦明訳、『現代詩一一の研究』所収、思潮社、一九七一年、三一頁。

(18) 「ルヴェルディの地上への忠実性、物質の少しむかつく生暖かなある重みへの彼の欲求は、それ故存在から必要な距離を保つということで彼に役立っている。人生が、この世のどこかで、意味を持つのは、人生がここでは嘔気を催させるからなのだ。この世の中の不幸な根の張りようは、結局他の場所が存在論的に完全にあるということを認めている。」(ジャン゠ピエール・リシャール、同書、三〇頁)

モダニズムの身体
——一九一〇年代～三〇年代日本近代詩の展開——

エリス　俊子

はじめに

身体を問題にすることの意味について考えてみたい。人間は身体をもち、知覚し、その身体とともに、あるいは身体を通して、生の軌跡を残してきた。文学にも美術にも身体表象は溢れている。語り手が自身の身体に言及することもあるし、あるいは他人の身体をなぞる眼差しが書き込まれる場合もある。だが、ここで問題にしたいのは、所与のものとしての身体ではない身体、身体自体が問題化されていく状況についてである。このこととモダニズム詩との関連について、二〇世紀前半の日本語の近代詩の展開を中心に考えてみたい。身体のパースペクティブからモダニズム詩を考えたときに何が見えてくるか。モダニズムを広く制度としての近代及びそれがもたらした社会の変容とそれに伴う人間の生のあり方の変容への応答ととらえたとき、それが人間の身体の問題にどのようにかかわったかを問うことは、二〇世紀以降の文学と言語の様態を総合的に理解するためのひとつの視座を提供してくれると思う。とりわけ日本において、モダニズムは一文学流派として定着したものではなく、さまざまな他の「イズム」をも巻き込みつつ展開した、近代という制度への多様な応答の軌跡を示すものである。それは、言語の革命を促すと同時に革命のための言語を模索するプロセスでもあったが、そのいずれにおいても、身体の問題は、言語と表現と歴史状況ひいては人間の存在の様態をめぐる新しい関係性の構築の、要に位置するものとして避けて通れない問題としてあった。

以下では詩的テクストに対象をしぼりつつ、あえて特定の文学運動に焦点をしぼらずに、一九一〇年代から三〇年代後半までの日本語の近代詩における身体の問題について、大きな時代の流れに即しつつ、考えてみたいと思う。

一　萩原朔太郎の身体の発見

『新体詩抄』が編まれたのは一八八二年（明治一五年）、それ以降、和歌や俳句の三一文字や一七文字に縛られない行分け詩のジャンルが切り開かれ、さまざまな音律の試みとともに、西洋の詩に触発された新しい日本語の詩がつくられる。島崎藤村、土井晩翠にはじまり、薄田泣菫、蒲原有明、三木露風、日夏耿之介、北原白秋と、その試みは多岐にわたるが、今ここで注目したいのは、三〇年余りに及ぶ近代詩初期の試みののち、一九一〇年代に入って、突如として身体が、身体それ自体として問題化されるようになる状況である。それは一つの事件であったと言ってもよい。「私」の身体がそこにあること、それがどうしようもないものとして「私」につきまとい、「私」がその負担を負わねばならないこと、あるいは「私」と身体が分離し、「私」から身体が飛び出してしまう、逆に「私」が身体の重圧に押しつぶされるなど、さまざまな現れ方を見せつつ、身体が前景化される。日本のモダニズム詩の展開とこうした身体の問題とが切り離せないものであることを、もっとも早い時期に詩的言語の問題として鮮やかに提示したのは萩原朔太郎（一八八六～一九四二）である。

それはまず、内臓感覚の問題として顕現する。一九一七年（大正六年）に刊行された第一詩集『月に吠える』所収の「内部に居る人が畸形な病人に見える理由」から一部引用する。

わたしはけさきやべつの皿を喰べすぎました、
そのうへこの窓硝子は非常に粗製です、
それがわたくしの顔をこんなに甚だしく歪んで見せる理由です。(1)

「きゃべつの皿」とは、「皿」ではなく、皿いっぱいに盛られたキャベツのことだろう。一九一五年（大正四年）の初出では「貝類」となっていたのが『月に吠える』収録の際に「きやべつの皿」に変えられたのは、「貝類」の食べ過ぎでは気分がわるくなりすぎるからかもしれない。「わたし」は、「きやべつ」を食べ過ぎたがために、そして「わたし」が立つ前の「窓硝子」が「非常に粗製」であるがために、「わたくしの顔」が「甚だしく歪んで」見えているのだという。ここで注目したいのは、この詩が「喰べすぎ」の感覚をうたっていることだ。胃の中いっぱいに野菜が詰まっていて、なんとも膨らんでいる感じ、それが体調の異変をもたらしている。実際に食べ過ぎたわけではない。これは、ほかならぬ身体に対する違和の感覚であり、語る「わたくし」とその身体とがうまく噛み合っていないことの比喩的な表現だといえるだろう。この詩において、「わたくし」は「家の内部」に立っており、「非常に粗製」な「窓硝子」の外側とうまくつながることができずにいる。「家の内部」にいる自分が窓の外の「ずつと遠いところ」を見ると、外には奇妙な風景があり、また外側からこちら側を見ると「わたくし」は「青白い窓の壁にそうて／家の内部」にいるがために「畸形な病人」のように見える。内部と外部のずれを問題にするこの詩において、「家」は身体の比喩でもある。

身体が病むということ、それが物質的な感覚として心地の悪さをもたらしていることに注意したい。物質的な感覚とは、つまり自分のからだが「もの」として感じられるということ、抽象化された主体として統合されずに、からだがそこにあるという認識、異物のようなその身体を自分が抱えてしまっているという認識である。このような異物的な身体が日本語の詩で初めて表現されたのが一九一〇年代後半であり、このことが日本語のモダニズム詩理解の問題に通じることを、以下で検証したいと思う。

比較のために、これより前の日本近代詩の例を一瞥しておこう。例えば、一九〇五年（明治三八年）の『落梅集』に収められ、広く知られる島崎藤村の「千曲川旅情の歌」は、「小諸なる古城のほとり／雲白く遊子悲しむ」にはじまり、「千曲川いざよふ波の／岸近き宿にのぼりつ／濁り酒濁れる飲みて／草枕しばし慰む」で終わるが、このテクストの一人称的詩的主体は透明な声としてのみある。旅の途中、古い城跡の近くに寂しくたたずむ自分の心情が周辺の情景と相重なるように表現され、宿に着いて濁り酒を飲みながら旅の疲れを癒す私の情感（一人称の私への直接的な言及はない）が綴られるが、ここに私の「身体」はない。

もう一篇、一九〇八年（明治四一年）刊行の『有明集』に収められた蒲原有明の「茉莉花」を引く。

茉莉花《まつりくわ》の夜《よる》の一室《ひとま》の香《か》のかげに
まじれる君《きみ》が微笑《ほゝゑ》はわが身《み》の痍《きづ》を
もとめ來《き》て沁《し》みて薫《かを》りぬ、貴《あて》にしみらに。(2)

象徴詩として知られるもので、しばしば指摘されるとおり、ボードレールの「万物照応」（《Correspondances》

『悪の華』所収）の影響が明らかにみてとれる一篇である。茉莉花（ジャスミン）の芳香と「君」のほほえみの視覚映像が共感覚的に混じり合い、それが「わが身」の「痍」に「沁み」て、嗅覚、視覚に加えて内面の痛みを喚起させるという精緻な表象の仕組みがみてとれる。この前の聯では、「また或宵《あるよひ》は君見《きみみ》えず、生絹《すずし》の衣《きぬ》の／衣《きぬ》ずれの音《おと》のさやさやすずろかに／ただ傳《つた》ふのみ、わが心《こころ》この時裂《ときさ》けつ、」と、聴覚も呼び込まれている。

ここでは「わが身」が登場し、その「痍」の痛みがうたわれるという点で、詩的主体の身体性が示唆されている。しかし、それはあくまで身体性の示唆であって、身体そのものではない。「痍」の痛みとは象徴的な表現であり、身体は抽象化され、観念化されている。ここに詩的主体の身体そのものを想起させる契機は含まれていない。

これと対照させるために、再び萩原朔太郎に返り、「内部に居る人が畸形な病人に見える理由」とほぼ同時期に制作された数篇を引く。「光る地面に竹が生え」ではじまる人口に膾炙した「竹」と同じく一九一五年（大正四年）に発表されたもので、拾遺詩篇として収められている。

竹は直角、
人のくびより根が生え、
根がうすくひろごり、
ほのかにけぶる。

（「竹」）

病氣はげしくなり

いよいよ哀しくなり
三日月空にくもり
病人の患部に竹が生え
肩にも生え
手にも生え
腰からしたにもそれが生え
ゆびのさきから根がけぶり
根には纖毛がもえいで
血管の巢は身體いちめんなり〔以下略〕

（「竹の根の先を掘るひと」）

次の「ありあけ」は『月に吠える』に収められている。

ながい疾患のいたみから、
その顔はくもの巢だらけとなり、
腰からしたは影のやうに消えてしまひ、
腰からうへには藪が生え、
手が腐れ
身體《しんたい》いちめんがじつにめちやくちやなり、〔以下略〕

（「ありあけ」）

『月に吠える』巻頭の「地面の底の病氣の顔」も同趣のものであり、同じモチーフがさまざまなかたちをとって変奏される。ここに現れる身体が、「茉莉花」の身体と位相を異にしていることは容易にみてとれるだろう。

右の三篇に現れる身体もまた実際の身体でないことは言うまでもない。しかし、「茉莉花」の身体の「痍」の痛みとちがって、この「いたみ」は象徴の次元に昇華されることがない。「人のくびより根が生え」、「病人の患部に竹が生え／肩にも生え／手にも生え／腰からしたにもそれが生え」、そして「血管の巣」が「身體いちめん」にひろがるとき、そして「顏」が「くもの巣だらけ」となって「腰からうへには藪が生え、」そして「身體《しんたい》いちめんがじつにめちゃくちゃ」になるとき、そのときの痛みは痛みのままにある。言うなれば、痛みは観念となる手前にとどまって、あたかも物質と化したかのように、からだ中にはびこっている。あるいは、からだからはみ出しているのである。

ここで問題になっているのが、身体の境界であることに気づくだろう。首から「根」が生えたり、からだのあちこちから「竹」や「藪」が生えたりして皮膚が突き破られ、身体の境界は限りなく不鮮明になる。一方、身体の内部はといえば、「いちめん」が「くもの巣だらけ」になり、「めちゃくちゃ」になり、もはや何がなんだかわからなくなっている。「くもの巣」のイメージを、震える神経の比喩とみたところで、それは情報伝達のための神経繊維としてあるのではなく、神経それ自体として線状のイメージのままで、裸のままで、あるいは細い血管のイメージと重なりながら、ただそこで震えている。内部と外部の境界はもはや意味をなさなくなり、身体はみるみるうちにその輪郭を失っていく。

この時期の萩原朔太郎において、詩的表象と身体の問題が密接につながっていたことは明らかである。「喰べすぎ」と表現されていた自身の身体への違和感は、ときに皮膚を突き破る痛みとなり、からだを内部から崩壊させる。皮膚が破れ、液が滴り、からだの内部でも外部でも腐爛が進行する。

ほかにも病める身体、崩壊する身体が現れる詩篇が多数ある。それが詩的主体の内面の比喩としてではなく、主体のあり方そのものの様態とかかわるかたちで表象されていることは、一九一〇年代という時代の状況と無縁ではないだろう。石光泰夫は、ヒステリー的身体の発現をめぐる論考のなかで、そもそも身体というものが内部と外部に明確に分別されるものではなく、それがメビウスの帯のように奇妙に反転しつつ繋がっていながらも、西欧近代の言説編成においてそれが内側から生きられると同時に現実において可視のものとしてとらえる視座を要請し、それ自体がどうしようもない矛盾を孕みながら身体論をめぐる歴史的なディスクールが構成されたことを論じている。そして、「身体の内と外が同時に発見されたこのときに、内と外がトポロジカルに交錯してむしろ身体論の成立を危うくする身体という現象が、デカルト以降に知の対象として見出されていた物理的な肉体とはあきらかに切れたところで、ほとんど無意識に近代西欧の言説を担いはじめたのだといってよいのかもしれない」と述べる(3)。

日本の場合、ここで言及されるデカルト以降の身体観をあてはめることができないのは周知の通りだが、明治以降、帝国主義的西洋列強に対峙すべく急速に整備されていった国民国家体制において規範として創出されてきた身体が、約半世紀を経て、ここで亀裂を見せはじめたことを認めることができる。瀬尾育生は、一九一〇年代にその節目を見出し、韓国併合、大逆事件、そして口語自由詩の成立を象徴するこの時期を境に、いわば明治体制下で抑え込まれていた外傷が外に溢れ出てきたのだと見て、これを萩原朔太郎の初期詩篇における身体表象と重ねて論じている(4)。日清・日露戦争を経て、海外進出の欲望を露わにしはじめた日本の国家的身体の比喩を詩作における私的な身体表象に直接的に重ねることができるかどうかについては十分な留保をもって検討しなければならないが、一つ明らかにいえることは、萩原朔太郎が詩壇に登場した一九一〇年代後半あたりにおいて、日本の近代化の言説編成のなかで規範化されていった身体のあり方に対して居心地のわるさを訴える要求が強まり、それを言語化することが時代的な要請となっていったということである。(5)

萩原朔太郎の初期詩篇にみられたような、身体の「内部」を感じてしまう心地のわるさ、そして「内部」が肥大し、繊維組織のように増殖し、皮膚を突き破って「外部」にはみ出してくるかのような制御不能な身体の表象は、近代国家建設の事業において、「精神」を鍛え、「からだ」を鍛え、富国強兵のスローガンのもとで戦場でその強さを誇示する男性的身体の優位性を標榜する、心身二元論にのっとった国民的身体の養成に対する一つの抵抗の表象と読めるだろう。

身体が、その「精神」の力によって「内部」を抑え込み、「外部」の鍛錬に向けて自身の精力を費やすのをやめたとき、それは「かたち」を保つことへの意志を失い、たちまち輪郭を崩しはじめる。もはや皮膚によってきれいに閉じられた身体ではなく、あちこちに裂け目が生じ、内部と外部の境界面を成すその開口部は独自の存在を主張するようになる。このことは、萩原朔太郎のテクストにおいては一連の軟体動物のイメージに結びついて現れる。以下は、同じく『月に吠える』に収められた「くさつた蛤」である。

半身は砂のなかにうもれてゐて、
それで居てべろべろ舌を出して居る。
この軟體動物のあたまの上には、
砂利や潮《しほ》みづが、ざら、ざら、ざら、ざら流れてゐる、
ながれてゐる、

ああ夢のやうにしづかにもながれてゐる。

ながれてゆく砂と砂との隙間から、
蛤はまた舌べろをちらちらと赤くもえいづる、
この蛤は非常に憔悴《やつ》れてゐるのである。
みればぐにやぐにやした内臓がくさりかかつて居るらしい、
それゆゑ哀しげな晩かたになると、
青ざめた海岸に坐つてゐて、
ちら、ちら、ちら、ちらとくさつた息をするのですよ。

貝のイメージに託された、これは一つの開口部の風景である。ほかにも、例えば「春夜」では、それが大きく拡大されて、「生あたたかい春の夜」の水辺の風景となる。

浅蜊のやうなもの、
蛤のやうなもの、
みぢんこのやうなもの、
それら生物の身體は砂にうもれ、
どこからともなく、
絹いとのやうな手が無數に生え、

手のほそい毛が浪のまにまにうごいてゐる。

〔以下略〕

このようにして、一九一〇年代後半の日本語詩において、近代的国民国家が志向するところの規範から大きく外れた身体が一気に立ち上げられるのである。それは、輪郭をもたずに、なまなましさをそのままに胚胎させた、きわめて生理的な身体であり、それまでの観念としての身体、あるいはイデオロギーとしての身体とは根本的に質を異にするものである。

二　国民国家の身体と視線の恐怖

右に掲げたモチーフのほかに、萩原朔太郎の初期詩篇には未発表詩篇、拾遺詩篇を含め、詩的主体の立ち上げをめぐる危機感ないし不安といったものが、同じく身体表象を通して表現されるものが数多くある。「竹」の周辺には、天に向かって一途に伸び上がったり地下の闇に向けてむやみやたらに土を掘ったりする「手」や「指」が登場し、それが「はがね」となって硬直したり、液化して溶け出したりする（「すえたる菊」「感傷の手」）。一方、「腰から下」であるところの「足」が消えてしまったり、見えなくなったり、あるいは歩行の困難を覚えたりするモチーフが繰り返される。「手」のイメージには希求や願望、欲望とその挫折の比喩的な現れを見ることができるが、[6] ここでは「足」の消滅と合わせて、歩行の困難にかかわる表現が一定の傾向を見せていることに注目し、最後に、同じく『月に吠える』所収の「危険な散歩」をとり上げて身体の問題とのかかわりについて考え、次いで萩原朔太郎につづく詩人たちが、以降、どのように身体と格闘していったか、モダニズム全般の流れの文脈において考察してみたいと思う。

足がなくなってしまうとはどういうことか。先にみた「ありあけ」の引用箇所には、「腰からしたは影のやうに消えてしまひ」という表現がある。同じく「春夜」には、後半に「ぬれた渚路には、／腰から下のない病人の列があるいてゐる、／ふらりふらりと歩いてゐる。」という三行がある。この「病人」たちは、「歩いてゐる」のだが、「腰から下」が消滅している。二足歩行の人間は己の身体を両足で支えて前進する。足が消滅してしまうと、胴体より上が宙に浮いてしまって、一定方向に安定的に進むことができなくなる。足もとのおぼつかなさの意味するところを示唆する「危険な散歩」の一部を引いて、この時期の萩原朔太郎が、歩くことの困難を、再々とりあげていることについて考えてみたいと思う。

さあ、そろそろ歩きはじめた、
みんなそつとしてくれ、
そつとしてくれ、
おれは心配で心配でたまらない、
たとへどんなことがあつても、
おれの歪んだ足つきだけは見ないでおくれ。
おれはぜつたいぜつめいだ、
おれは病氣の風船のりみたいに、
いつも憔悴した方角で、
ふらふらふらふらあるいてゐるのだ。

後半部である。前半には、「あのいやらしい音がしないやうに、」「新らしい靴のうらにごむをつけた」とあり、また「おれはどつさり壊れものをかかへこんでる、／それがなによりけんのんだ。」という。

人の歩行に伴う足音を出すのに怯えて「ごむ」をつけたというのだが、「あのいやらしい音」とはなんだろう。萩原朔太郎の作品群のなかで一つ、「軍隊」と題された異質な一篇が、一九二三年（大正一二年）刊行の第二詩集『青猫』の巻末に付けられている。この作品との対比から、歩くことのおぞましさが問題にされることの意味についていて触れておきたい。

ここでは、足音が響き渡っている。以下は冒頭の一聯である。

この重量のある機械は
地面をどつしりと壓へつける
地面は強く踏みつけられ
反動し
濛濛とする埃をたてる。
この日中を通つてゐる
巨重の逞ましい機械をみよ
黝鐵の油ぎつた
ものすごい頑固な巨體だ
地面をどつしりと壓へつける
巨きな集團の動力機械だ。

づしり、づしり、ばたり、ばたり
ざつく、ざつく、ざつく、ざつく。

「通行する軍隊の印象」という但し書が付いており、五六行にわたる比較的長い一篇である。これについての詳細な分析は控えるが、本論とのかかわりで注目したいのは、ここで「軍隊」が凄まじい音を立てていることが、その重圧感と機械的な動きとともに強調されていることである。細かく読むと、兵士たちは「疲れた顔」をしているし、その「無數の擴大した瞳孔《ひとみ》」は、「熱にひらいて、〔中略〕空しく力なく彷徨」しているのだが、無理やりに音を立てて歩かされている彼らの足音が全篇の基調音となって、オノマトペが駆使されている。

「軍隊」と対照させたとき、「危険な散歩」の「おれ」が恐れているのがどんな音だったか、想像がつくだろう。規則的な前進を促す足音への嫌悪感。これは、先に引いた詩篇と同様、国民的身体にみずからを鋳直すことへの抵抗に通じるものであろう。それを拒んだとき、自分は立ち位置を失い、直線歩行ができなくなり、足がなくなったも同然、夢遊病者のごとく「ふらりふらり」とさまよい、歩こうとしても「ふらふらふらふら」となってしまうのだ。「危険な散歩」で「おれ」が「どつさりと」抱えてこんでいる「壊れもの」とは、自分自身のことだと見て間違いないだろう。「主体」といった抽象的な存在ではない、「からだ」でもなければ「こころ」でもない、ほかならぬ「私」であり、その扱いをもてあましながら、私は私自身をそっと抱えながら、「危険な散歩」に出ようというのである。

足もとがおぼつかないことの不安だけではない。その「歪んだ足つき」を見られることを恐れる「おれ」は、他者から見られる視線を内在化させている。「軍隊」の身体は、まさに外から見られるためにある。大きな音を立てて、これ見よがしに行進する。実際に右の詩でも「みよ」が繰り返されている。一方、自分の身体を規範に見合ったかたちに仕立て上げることができない者は、他者の視線に怯え、そっと気づかれないように、しのび足で歩まなければならない、ということになる。近代国民国家の創出は、人間の身体を他者からの視線によって規定することを促し、「心身」ともに「健全」な個としての国民を育成することに精力を注ぎ、「身」を鍛えることが「心」を鍛えることであるという論理のもとで、国民教育を遂行した。その範となるのが、より強く、より大きく、国家的な前進の担い手となるべき男性的身体であったことは先に触れたとおりである。

このようなイデオロギーの前提となっているのが、統合された動きを可能にする身体の持ち主には統合された心が宿るという論理である。先にみたように、『月に吠える』時代の詩篇では、そのような「心」ないし「精神」と呼ばれるべき「内部」が内側から崩壊あるいは腐敗している現象が書きとめられていた。「危険な散歩」は、内部と外部の境界そのものが崩れていくなかで、私がかろうじてその「壊れもの」を抱えながら歩みを進めようとするときに、統合された動きをとることのできない自分の姿を、内在化された他者の視点から戯画的に描き上げた一篇だと読むことができるだろう。

このような視点から『月に吠える』の詩篇を読むと、一見関係のないように見える他の詩篇においても同種のモチーフが変奏されていることに気づく。例えば「陽春」と題された詩篇では、「春」が「ごむ輪のくるまにのつて來る」のだが、その足もとは自己制御ができなくなって先に進めなくなり——と思ったとたんに、どんよりとした「まつしろの欠伸」をして止まってしまう(7)。

白いくるまやさんの足はいそげども、
ゆくゆく車輪がさかさにまわり、
しだいに梶棒が地面をはなれ出し、

おまけにお客さまの腰がへんにふらふらとして、
これではとてもあぶなさうなと、
とんでもない時に春がまつしろの欠伸をする。

以上、萩原朔太郎の一九一〇年代後半の詩作を中心に、日本近代詩における身体の現れについて考察したが、このあと日本語詩の状況がどのような展開を見せたのか、萩原朔太郎につづいて次々と登場した一九二〇年代モダニズム詩の担い手たちに目を移し、危機にさらされた身体が詩的表象として結実していくところを追ってみたいと思う。萩原朔太郎自身もこのあと一九三〇年代まで詩作をつづけ、その詩法も、モチーフも、そしてそこに表出される身体の様態も、彼が生きた時代のさまざまな要素と化学反応を起こしながら動態的に変貌を遂げるのだが、本稿では日本語のモダニズム詩の状況をより広くとらえるために、次世代の詩人を中心に、二〇年代、三〇年代の詩的身体について考察を加える。

三　都会の闇と身体の埋没

第一次世界大戦を経た一九二〇年代は、日本でもリトルマガジンの時代と言われるほど多数の詩雑誌が刊行され、詩人たちの活動も多岐にわたっていた。本稿でこれを網羅的に見渡すことはできないが、いくつかの代表的な動きをとりあげる。一八八六年生まれの朔太郎より約一五年遅れて、世紀の変わり目である一九〇〇年前後に生まれた詩人たちが二〇年代モダニズム運動を牽引することになる。

日本にダダが紹介されたのがちょうど一九二〇年（大正九年）、「萬朝報」八月一五日号に「ダダイズム一面観」

と題された記事が掲載され、これを見た高橋新吉が「ダダ」の詩を書きはじめ、辻潤、吉行エイスケなど、ダダイストを名乗る詩人が登場する。[8] この流れを受けて発刊された雑誌『赤と黒』（一九二三年一月〜一九二四年六月）の創刊にかかわった詩人のなかに萩原恭次郎（一八九九〜一九三八）がいる。二〇年代の都市化と身体のかかわりについて示唆に富む詩を残している。

一九二五年（昭和二年）刊行の第一詩集『死刑宣告』の「日比谷」はもっともよく知られている詩篇のひとつである。

强烈な四角

鎖と鐵火と術策

軍隊と貴金と勳章と名譽

高く　高く　高く　高く　高く　高く　聳える

首都中央地點――日比谷[9]

冒頭部である。さまざまな文字のフォントや大きさを組み合わせ、日比谷交差点をその一角にもつ「四角」形の日比谷公園を取り巻く富と権力の渦巻くさまが提示され、そこに近代都市のエネルギーが集中する様子が、高さのイメージで表現されている。

当時の地図を見ると、この周辺には、海軍省、警視庁、貴族院、大審院、帝国ホテルなど、「力」と「権力」を象徴する建物が並んでいた。そしてもちろん、そのすぐ隣には天皇のいる宮城があった。「高く」の繰り返しが表すのは実際の建物の高さではなく、これが「帝都」の中枢をなす「首都中央地點」としての高みを象徴する場所であったということだろう。
そして、以下のようにつづく。

屈折した空間
　無限の陥穽と埋没
　新らしい智識使役人夫の墓地
高く　高く　高く　高く　高く　より高く　より高く
　高い建築と建築の暗間
　殺戮と虐使と嚙争
高く　高く　高く　高く　高く　高く　高く
動く　動く　動く　動く　動く　動く　動く
日比谷

建築と建築の高みの狭間に、「埋没」「墓地」「暗間」といったことばが挟まれていることに気づく。「帝都」の威容を見せつける豪奢で威圧感に満ちた建造物が立ち並ぶ「日比谷」は、その真っ只中に闇を抱えていた。

そして、この詩の後半、「首のない男」の一行ではじまる部分では、「首都中央地點」からほど遠く、「煙突」が立ち並び「黒ずんだ屋根」がつづく「黒煙の街巷」が登場する。そして、その「廻轉つてゐる外景の下積み」の「荒れた都會の川底」には「蟹のやうに　ネムルオトコ」がいる。[10] この「オトコ」である「俺」は、「魔酔者のやうな状態で　見えない鎖を／腰のまはりから引き千切つて」いる。

内藤まりこは、前半の「首都中央地點」と後半の「黒煙の街巷」の対比に着目し、「黒煙の街巷」とは、「日比谷」を中心とする同心円の周縁部にある、おそらく隅田川流域の工場地帯を指すのだろうと推察する。中央地点として焦点化され、自己同一性を保証されている「日比谷」とは異なり、名前を与えられておらず、そして、「日比谷」が垂直方向の高みを象徴する場であるのに対して、同心円の周縁部に位置する「黒煙の街巷」は、「中心からの重力を受けて垂直性を阻まれ」、水平に広がることを強いられているとする。そしてこれが、ミシェル・フーコーが論じたパノプティコンを想起させると指摘している。加えて、身体の問題に関して、前田愛の『都市空間のなかの文学』を引きながら、「日比谷では「彼は行く」という表現が繰り返されるのに対して「黒煙の外巷」の「俺」は低く寝そべったまま動けずにおり、ここに、前田愛のいう「目玉人間」と「チューブ人間」の対照性をみることができる」と論じている。[11]

「チューブ人間」とは、空間を、皮膚を通して触覚的に、あるいは内臓感覚的にとらえる身体の隠喩である。「目玉人間」が対象を視覚においてとらえ、対象との距離を確保することによって主体的な立ち位置を保証されるのに対して――たとえそれが「墓場」に向かうものであろうとも――「チューブ人間」は寝そべった状態で皮膚感覚を通して空間とつながる。このような「チューブ人間」的な「俺」の身体のあり方は、萩原恭次郎の『死刑宣告』のあちこちに認められる。対象を見据えて合目的的に行動する身体ではなく、身体そのものが露出しているような身体のあり方、別の言い方をすれば、主体として行動する契機を奪われて、いわば「肉」となって転がりながら、己の身体の延長として空間を把握する存在の様態である。

つぶされる身体、生き埋めになる身体、肉片となった身体など、その表象の仕方はさまざまだ。以下は、「人間の斷層――彼等は抱き合ひつ、地下に埋まる」の冒頭部である。

闇~~~~~~~~~~~~^^^^
倦怠は地下に埋つてゐる骸骨だ!
堆積された鉛板と煉瓦の虐殺の底に!
瓦斯●●●
コンクリートのビルディングに壓せられた重力!
鉛管の底に――無數に動いてゐる顔!

同想の詩として、例えば「何百の眼球がつぶれ歪んだのだ!」では、「かさぶたを剝せ!/青つ白い霧の中に/地球に埋もれてゐる生贄を呼べ! 呼べ!」と叫ばれたあと、この「生贄」たちの「**ナイフ**をつつこまれた胸と云ふ胸!」に向けて「朽ちて朽ちてあれ!安らかに幸福に墓場で――死人共!」と祈りが捧げられる。あるいは「地底の鐵管から朝は手を上げる」では、「都會だつて固りもつれた電線腦髓さ!/石をめくるとその下に白い裸體はこつちを向いてゐる!/お孃さん!」と、地表の下に押し込まれた人間のなまなましいからだが現れる。「レールの下の生活」では、「腕と眼のない顔と毛髪と腹部とが/**コンクリート**にまぜられては床をつくつてゆく」と、ここでは人間のからだが「**アスファルト**の街道」に溶け込んでいく。
いずれも地下に埋もれたからだの例を挙げたが、ほかに、手足がばらばらになっていたり、首がもぎとられた私のからだの皮が剥ぎ取られたり、心臓がめくられたり、心臓が切り刻まれたりもする。

手足も　離れ離れだ――――〔中略〕
ぶらさけた電燈に――――うどんのやうな／疲勞が寄つてゐる！
（「墓場だ　墓場だ」）

首がもげて散る――寝臺――**キアン**！
強いけだものにむし〳〵毛皮をむかれる私！」
（「**パン**になるのかしら？」）

白紙が一枚一枚心臓からめくられてゆく（「午前」）

長い髪によごれた**リボン**を結んであそんだ彼の女は〔中略〕
疲れた心臓の先端をヂョキヂョキ鋏で切りはぢめる
（「長い髪によごれた**リボン**を結んであそぶ彼の女」）

類似したイメージは枚挙にいとまがない。『死刑宣告』は都会の重圧に破壊されていく身体の詩集だと言っても過言ではない。萩原恭次郎は一般にアナキズムの詩人として言及され、一方、『死刑宣告』は岡田龍夫によるリノカットの装丁と、複数のフォントを使いながら大小組み合わせて印刷された文字の視覚効果の斬新さで注目されてきたが、一見支離滅裂に見えることばの羅列とそこから立ち上がる風景の構成には一定の方向性があり、繰り返されるモチーフがある。本詩集のマニフェストとも読める「序」では、この詩集を成り立たせているのが「動き出す熱量」であり、それを支えているのがたゆまぬ「廻轉」であり、加速度的な「廻轉」の狭間、「一行自身が未だ全部露出しきらない間に、はや次の行に廻轉する急速なるテンポ」のもとで詩が生まれると言い、それは「偽善と飢餓の上を、自我の貝殼の上を急行する巨大なる、ローラーである。」とも言い換えられる。(12) かかる「廻轉」の動力から生み出される文字はそれ自体が物質性をもち、動力そのものと化したタイポグラフィーで紙面が構成されていくのだが、そこに現れ、現れたとたんに文字列の「廻轉」に巻き込まれ、それが発する騒音のなかにかき消され、断片化されていく人間である「私」ないし「われわれ」がいる。(13) いみじくも詩人自身が述べるように、文字列は痛みの言語的な表象であると同時に、それ自体が「ローラー」となって破砕行為を遂行する。「ローラー」の下敷きになる「自我の貝殼」とは、ほかならぬ自己の身体であろう。

小泉京美は、『死刑宣告』をめぐる従来の読みが文学的な表現の解釈に偏るあまりにその物質性をないがしろにしてきたことを指摘し、一九二五年に刊行された、リノカットをデザインに多用したこの詩集と一九二三年の関東大震災とを物質的に結び付ける根拠について、それがリノリウムという建築素材の発見と流通に深くかかわっていたことを丁寧に論証している。そして、この詩集を「意味作用やイメージの美学化に抗してより即物的に読むこと」の意義を論じ、そこに印刷されている文字列ならびにリノカットの装丁が、なんらかの対象を再現するものではなく、その物質性の痕跡として、あくまで「指標記号」として捉えられるべきものであるとする。(14) たしかに、『死刑宣告』に収められている詩篇は「イメージ」に還元されることを拒んでおり、先に引用した萩原恭次郎自身のことばの通り、一つの行から次の行へと「廻轉」する動態において読まれることを求めているように思われる。しかし、ここで拭い難く、残余として像を結んでしまうものが人間の身体ではなかろうか。それが統合された「私」の「からだ」でないことは言うまでもない。例を引いたとおり、幾様にもよじれ、つぶされ、あるいは断片と化して、そして多くの場合は死体となって顕現する身体である。そして、その身体は詩行の動態のなかに霧消するのではなく、「チューブ人間」的な皮膚感覚を露出させて、テクストの上にとどまりつづけているのである。

もはや、ここには萩原朔太郎の初期詩篇に見たような、主体の立ち上げに伴う煩悶は見られない。内部が発見されることによって見出された近代的な身体、それが外的に規制されていることへの違和が内部と外部を同時に崩壊させていった萩原朔太郎の場合と異なり、萩原恭次郎のテクストでは、内部／外部といった二項対立そのものが無効化されている。そして、肉あるいは皮膚そのものであるところの身体が、むき出しのままでテクストに残存している。無数の感嘆詞とともに『死刑宣告』に響きわたる声は、内部から、身体を通して聞こえてくる声ではない。それは、肉体あるいはその壊れた破片としての身体それ自身が、直接的に声をあげているとしかいいようのないものである。

先に触れたとおり、一九二〇年代に詩作をはじめた萩原恭次郎たちは、ヨーロッパのアヴァンギャルドの旋風を受けて新しい詩を書きはじめた。しかし、これを「日本のダダ」と称することには慎重であらねばならない。そもそも「ダダ」に関する知識は限定的なものだったし、彼らがその理論的な根拠に通じていたわけでもない。右に見たように、『死刑宣告』のテクストには、「廻轉」へのこだわりなど、明らかに未来派に通じる側面もある。萩原恭次郎は一般にダダイズムからアナキズムへ移行した詩人とされており、第二詩集『断片』はアナキズムを掲げるものと銘打たれているが、萩原恭次郎の詩作姿勢の転換について、既成の「イズム」から説明することには限界がある。先に引いた小泉京美も、『死刑宣告』の「リノカットを駆使した〈代理―表象〉の危機の形象化は、決してヨーロッパの芸術思潮の遅れた開花などではあり得ない」として、それが「関東大震災以後という固有の文脈が生み出した表現なのだ」と結んでいるが、[15]関東大震災の具体的な経験が『死刑宣告』の詩篇の多くに直接的に結びついていることには全面的に首肯した上で、これをさらに大きな文脈に開いてみることも可能だろう。

本稿は、日本の近代の経験が文学にもたらした揺さぶりを、身体に焦点をしぼって検証しようとするものだが、日清・日露戦争を経てナショナリズムが鼓舞される風潮のなかで、一九一〇年代に詩を書きはじめた萩原朔太郎の詩作に比して――実際は十年も隔たっていないのだが――関東大震災前後の東京に身を置いて同時代状況との格闘を詩のことばに紡いでいった萩原恭次郎の詩作は、明らかに新たな身体の位相を提示している。その時期にヨーロッパの前衛詩が日本の文壇に続々と紹介されたことは事実だが、ここに見られるのは、直接的な影響関係などではない。ヨーロッパの新興芸術が日本語の土壌に呼び込まれ、東京を中心とさだめた中央集権的な国民国家体制の急速な構築の過程で日本固有の近代の論理が模索されるなかで、既存のことばが揺さぶられ、新しいことばが紡ぎ出されていった。日本モダニズム詩とは、その形跡である。日本のモダニズムを西洋からの影響関係において解釈する立場から少し距離を置いたところで、再び身体の問題に立ち返り、テクストを読み進めたいと思う。

四　痛む身体とことばの抵抗

一九二〇年代後半以降、関東大震災の廃墟から帝都復興が目指される過程で、日本の文化・社会状況がさらに大きな展開をみせたのは周知の通りである。社会主義革命を目指す運動の過激化を恐れ、アナキズム、コミュニズムにかかわる運動の展開を抑える動きは以前からあったものの、震災後の混乱のなかで一九二五年四月には治安維持法が公布され、三〇年代に入り、軍部の台頭、「国体」の擁立に向けて体制整備が進むなかで言論の自由はことごとく剥奪されていく。プロレタリア文学の軌跡については膨大な研究の蓄積があるが、ここではその末端にいた小熊秀雄の詩をとりあげ、ことばを発することができなくなる身体の叫びに耳を傾けたい。

北海道生れの小熊秀雄（一九〇一～一九四〇）は、上京後一九三一年にプロレタリア詩人会に入会するが、翌年のプロレタリア作家同盟（ナルプ）の発展的解消に伴い日本プロレタリア文化連盟（コップ）に参加、言論弾圧がますます激しくなるなかで、三四年に遠地輝武等と『詩精神』を創刊する。その六年後に死去するまでの短い期間、小熊秀雄は、ひたすら声をあげることにこだわりつづけた。もっともよく引かれる詩のひとつ、「現実の砥石」の後半部を引用する。

現実は砥石さ、
反逆心は研《と》がれるばかりさ、
か丶る社会の
か丶る状態に於ける
か丶る階級は
総じて長生きをしたがるものだ、
始末にをへない存在は
自由の意志だ、

手を切られたら足で書かうさ、
足を切られたら口で書かうさ、
口をふさがれたら
尻の穴で歌はうよ。(16)

引用部前半のマニフェスト的な口調に比べて、最後の四行はリズミカルに終わる。「足で書かうさ」「口で書かうさ」「歌はうよ」が、七音、七音、五音で締められている効果もある。「手」から「足」へ、「足」から「口」へ、そして「尻の穴」へと、一見、イメージも軽やかでユーモラスである。しかし、改めてここに刻み込まれている身体表象に目をやると、このテクストが喚起することを要請している身体の様態が尋常でないことに気づく。この身体は「手を切られ」、「足を切られ」、さらに「口をふさがれ」ているのだ。頭部と胴体のみ残されて口をふさがれている身体は、現実には生きてはいないだろう。これが身体拘束の、ひいては人間の自由の拘束の比喩的な表現であることはいうまでもない。書くことができなくなり、口で叫ぶこともできなくなったとき、そして「尻の穴」でうたおうとするとき、「尻の穴」からはどんな歌が聞こえてくるのだろう。言語化できない呻き、ただの音以外のなにものでもないはずだ。

萩原恭次郎の詩作には、権力を蓄えて膨張する都会の周縁部で動けなくなる身体、あるいは都市開発の暴力のなかで地中に埋もれていく身体、さらには生身を剥がされて、壊されて、死体化していく身体の数々をみたが、それが想起するところの身体の痛みは、激しく損傷した身体の残像のうちに含まれているとはいえ、痛みそのものとなってテクストに顕現することはない。痛みの経験にまさるかたちでことばが「廻轉」のエネルギーに巻き込まれているといってもよいだろう。対して、小熊秀雄の右の詩では、これが政治的なスローガンさながらに軽々とうたわれているにもかかわらず、テクストがはらんでいる身体のとてつもない痛みは、いつまでも残留しつづけるのである。縄で縛られ、口をふさがれ、四肢を切り取られても生きつづけようとする身体。それが最後に、実際には不可能なのだが、呻き声をあげて抗議する。

小熊秀雄はほかに何篇も、声を出しつづけることを訴える詩を書いている。「しゃべり捲くれ」では、「私は、いま幸福なのだ／舌が廻るといふことが！」と言い、「我等は行進曲風《マーチ》に歌へ」では、「情熱のないものには歌がない／君に教へてやらう。／どうして日本語がリズムを生むかを。／敵を発見したもののみが／感情が憎悪のために沸きたつのだ、」と言う。小熊秀雄の詩はときに空転する。「感情が憎悪のために沸きた」って、身体性を失い、ことばが流れる。また、小熊秀雄は近代日本の詩人にめずらしく長編叙事詩と称するものを書き残している。朝鮮半島の老婆たちをうたった「長長秋秋《ちゃんちゃんちゅうや》」、「シナ」と日本の兵士たちの戦場での衝突を戯画化した「プラムバゴ中隊」、アイヌの壮大な歴史と今に生きるアイヌの人々をうたいあげた何百行にも及ぶ「飛ぶ橇」などがあり、近代日本詩史に独自の痕跡を残している。行分け詩であれ長編叙事詩であれ、言葉が続々と溢れ出て紙面を埋め尽くしてゆく小熊秀雄の詩について、これをモダニズムと身体の問題に結び付けることには無理があるかもしれない。しかしあえて言えば、もはや詩的な身体表象など意味を成さなくなったとき、小熊秀雄の詩は、からだを離れてひたすらしゃべりはじめる。幽霊のことばであってもいい。ことばを響かせなければならないという脅迫に追い詰められている詩的主体がここにある。死の直前、小熊は次のように記している。

かつてあのように強く語った私が、勇敢と力を失ってしだいに沈黙勝ちになろうとしている。私は生まれながらの唖でなかったのをむしろ不幸に思いだした　もう人間の姿も嫌になった。(17)

最後に、遺稿となった次の詩を挙げる。

平原では
豆腐の上に南瓜が落ちた
クリークの泥鰌の上に
鶏卵が炸裂した
コックは料理した
だが南瓜のアンカケと
泥鰌の卵トジは
生臭くて喰へない
〔中略〕
木の影を選んで
丸い帽子が襲つてくる、
堅い帽子はカンカンと石をはねとばし
羅紗の上着は悲鳴をあげる
ズボンは駆けだし
靴が高く飛行する
立派な歴史の作り手達だ
〔中略〕

豪胆な目的のために
運命をきりひらく者よ、
君達は知つてゐるか
画帳の中の人物となることを、
然も後代の利巧な子供達が
怖ろしがつて手も触れない
画帳の中の
主人公となることを。

紙幅の都合で詳しい分析は行わないが、これが戦場で身体をぐしゃぐしゃに潰されていく前線の兵士たちの詩であることは一目瞭然だろう。「南瓜」の爆弾や「鶏卵」の手榴弾が、「豆腐」、「泥鰌」もどき人間のからだの上に落ち、辺り一帯に肉片と肉汁が飛び散る。「丸い帽子」は鉄兜か。[18] それが襲ってきたとき、「上着」が叫び、「ズボン」が走り、「靴」が高く舞い上がって人間の身体はバラバラになる。解読すればそのまま情景が喚起される比喩の多用による身体表象だが、検閲の隙間を縫って人間の身体の破壊の現場を記録した一篇として特記しておきたい。

五　抑圧と沈黙、余剰としての身体

暴力的な「廻轉」であれ、空回りであれ、目まぐるしく変容する文化・社会状況のなかで、中央集権的な権力の体制整備が進み、都市化が進行するなかで、中央からはじき出されて周縁化されていく人間、口を封じられても叫びつづけようとする人間、戦場の泥沼に送り込まれて犠牲になる人間など、詩的想像力は多様な身体のあり方を、それが制御不能な力のもとで破壊され、破滅に向かうことを運命づけられているものとして、あるいはそうした状況への抵抗の身振りとして、言語化し、その痕跡を刻んできた。このような身体のあり方とは別に、もう一方で、硬直する身体、麻痺する身体、あるいは動く契機を奪われて、たたずむ身体が登場することについて簡単に触れておきたいと思う。

ダダ、アナキズム的な詩運動の対極にあるものとして、大連を中心に展開した短詩運動がある。安西冬衛、瀧口武士が中心となって一九二四年から一九二七年までに計三五号を刊行した『亞』は、『詩と詩論』に先立つモダニズム詩誌として知られる。モダニズムと身体とのかかわりにおいて、『亞』の詩篇の主要なモチーフとして全体を貫く身体性の硬直と停滞についてはここで具体例の検証は行わないが、それが植民地となる他者の地に身を置いた者の閉じられた身体として、外部との交通を拒み、己を対象から遠ざけ、それが結果的に詩的言語の省略を促して、いわば失語症的な詩的言語の生成につながったことを確認しておきたい(19)。ひとことで言えば、『亞』の身体は己を抑圧し、不関与の態勢を維持することで外部とのバランスを保つ。後に安西冬衛の『軍艦茉莉』に収められることになる韃靼海峡を渡る蝶の詩の初出形はよく知られるが、これは『亞』の抑圧的な空間から身体が一瞬開放された例外的な瞬間を刻んだものと読むことができるだろう。『亞』の詩群を圧倒的な数で占めるのは、動くことができない身体が固定された視点からとらえた、外部の断片によって構成された風景であり、その風景はどこまでも詩的主体から切断されたものとして、統合されることのないまま連ねられる。本節では以下に例をいくつか挙げるにとどめる。

街街《まち》は病熱《ねつ》に魔されてゐる
塔《パゴダ》

どこまでゆけばあの下に出られるか。

〔安西冬衛「春」『亞』四号〕

三月の高臺は鶯曇りである。
坂になった段々の街で〔以下略〕

〔瀧口武士「三月高臺」『亞』六号〕

あの高いホテルの窓には、いつも青ざめた海がのぞいてゐるのです。〔中略〕
額の硝子にも、冷たい海がきちんと嵌まつてゐた。

〔瀧口武士「海」『亞』七号〕

雷

猫が化粧室に入って来る
都会の青ざめた甍・甍　又甍

〔瀧口武士「薄暮」『亞』九号〕

私は鏡の中にきちんと蔵はれてゐる〔中略〕
私は昆蟲の標本のやうに、硝子の額縁の中へピンでぐつと刺留ると、〔以下略〕
（安西冬衛「理髪師のセリー　第一作」『亞』九号）

市街が畳まれてゐる

銀行が倒産する・運河が蒼褪める
（安西冬衛「猫」『亞』一六号）[20]

『亞』の詩人たちが活躍したのとほぼ同じ時期に、MAVOと称する、ダダの流れの延長に位置付けられる総合的な前衛芸術運動を志す集団があった。雑誌『MAVO』の創刊が一九二四年、この雑誌は七号を刊行して二五年に終わるが、その同人でもあり、一時期『亞』にも参加していた尾形亀之助（一九〇〇～一九四二）は、ほどなく集団的な活動から遠ざかり、一人、独自の詩作活動を営みながら、外部との有機的な関係の構築を拒むことが唯一残された選択肢となりつつあることを示す身体を提示する。生前に一九二五年の『色ガラスの街』、一九二九年の『雨になる朝』、一九三〇年の『障子のある家』の三詩集を刊行した。『色ガラスの街』には、未来派やアインシュタインの理論に触発されたと思われる時空間の歪みを題材とした詩なども含まれるが、後半期には、詩的主体の身体性が主要なモチーフの一つとなり、動く契機を奪われた身体、余剰としての身体を抱え込んでしまったことの負荷が、詩作の唯一の根拠となっていることを思わせる詩を綴る。以下、詩集の刊行順にテクストの一部を引く。

私は夕方になると自分の顔を感じる
顔のまん中に鼻を感じる〔以下略〕
（「秋の日は静か」『色ガラスの街』）

ちんたいした部屋
天井が低い（部分）
（「昼」『色ガラスの街』）

夕陽がさして
空が低く降りてゐた〔以下略〕
（「原の端の路」『雨になる朝』）

昼
床に顔をふせて眼をつむれば
いたづらに体が大きい（部分）
（「かなしめる五月」『雨になる朝』）

街へ出て遅くなつた

帰り路　肉屋が万国旗をつるして路いっぱいに電灯をつけたま、
ひつそり寝静まつてゐた
私はその前を通つて全身を照らされた
（「郊外住居」『雨になる朝』）

私は歩いてゐる自分の足の小さすぎるのに気がついた
電車位の大きさがなければ醜いのであつた
（「昼の街は大きすぎる」『雨になる朝』[21]）

類想の詩はほかにいくつもあるが、とりわけ身体の問題が前景化されているものを挙げた。「秋の日は静か」「かなしめる五月」では、自身の身体が「ある」こと、それが異物のように空間に置かれているということが、心地悪く発見される。「昼」「原の端の路」「昼の街は大きすぎる」などは身体と空間との関係を問題にしている。「天井が低い」とか「空が低く降りて」いるというのは、周囲の空間に対して自身の身体が大きすぎるという感覚に通じるものだろう。あるいは「昼の街は大きすぎる」では、空間のなかで自身の身体を支えている足の小ささに気づいて、その醜さにたじろいでいる。「郊外住居」では、自分の「全身」が店前の電灯に照らされてしまう。どうしようもない羞恥の感覚がここに刻まれている。[22]

身体への違和という点で、冒頭にみた萩原朔太郎の詩に通じるものがあるが、萩原朔太郎においては「内部」の発見がその器であるところの「外部」の崩壊の感覚と一体化していたのに対して、尾形亀之助の場合、「内部」

は問題にされていない。物理的な存在としての身体がそこにあることのみが問題とされる。萩原恭次郎の身体は、つぶされても肉片となっても声をあげていたが、尾形亀之助の身体は「もの」としてあるにすぎない。第三詩集『障子のある家』は散文詩のみを収めるが、ここでは「私」は動くことをやめ、家の中にとどまったまま、ただそこにいることだけを記している。

昼頃寝床を出ると、空のいつものところに太陽が出てゐた。〔中略〕
障子に陽ざしが斜になる頃は、この家では便所が一番に明るい。
（「三月の日」）

鳴いてゐるのは雞だし、吹いてゐるのは風なのだ。部屋のまん前まで
まはつた陽が雨戸のふし穴からさし込んでゐる。（以下略）
（「五月」）

これは、たんなる所在なさを記した詩ではないだろう。詩的主体は外部に能動的にはたらきかけることをやめ、外部の事象を書き留めることしかしていない。「鳴いているのは雞だし、吹いているのは風なのだ。」というのは、「私は雞が鳴いているのを聞き、風が吹いているのを感じた」と言っているのとは違う。外部の事象を自身との関連においてとらえるための、時空間を統合する主体が欠けているのである(23)。

このことの意味を考えるにあたり、最後に尾形亀之助が死の年に書いた「大キナ戦」の一部を引く。

五月に入つて雨や風の寒むい日が続き、日曜日は一日寝床の中で過した。顔も洗らはず、古新聞を読みかへし昨日のお茶を土瓶の口から飲み、やがて日がかげつて電燈のつく頃となれば、襟も膝もうそ寒く何か影のうすいものを感じ、又小便をもよふすのであつたが、立ちあがることのものぐさか何時までも床の上に坐つてゐた。便所の蠅（大きな戦争がぼつ発してゐることは便所の蠅のやうなものでも知つてゐる）にとがめられるわけもないが、一日寝てゐたことの面はゆく、私は庭へ出て用を達した。〔以下略〕

（『歴程』一九号、一九四二年九月）

真珠湾攻撃の翌年である。戦争がはじまったことを「便所の蠅」も知っているのだから、当然「私」も知っている。「便所の蠅」と自分とを比べ、「とがめられるわけでもないが」という語り手は自分を「便所の蠅」と対等の位置において、身のやり場のなさに当惑し、外に出て用をたす。ここでも詩的主体は、自身の身体の置きどころをもたず、余剰としてある身体の処し方を見出せずにいる。

詩の様式においてもそのテーマにおいても、一見モダニズムとはほど遠いように見えるが、これを、心身の一体化による主体の統合を称揚する近代的国民国家体制への抵抗として読むとき、戦時下の国民国家体制にあって、その末端で、時局的な言説に組み込まれることを頑なに拒んでいた詩的言語の闘いの痕跡をここに認めることができるのではないだろうか。それが無用の身体というかたちで表象されていることに注目したい。国民の身体性が強力に呼び込まれた時代、己を外部から遮断し、無為でありつづけること、そしてたんなる負荷としての身体をそこにとどめておくことは容易ではなかったはずだ。それは、戦争詩が声高にうたわれていた時代に、動くことをやめた詩人が、うたうことをもやめて、行分け詩を放棄し、かたちをもたない散文詩を綴ったことにも通じるものと思われる。右の引用でもわかるように、尾形亀之助の散文詩では、しばしば送り仮名が漢字からはみ出ることがある。「寒むい」「洗らはず」は、たんなる不注意ではないだろう。詩のことばが身体性を拒み、かたちとなることに抵抗しているのではないだろうか。そのとき、置き場のない語り手の、生身のからだだけが残ってしまうのである。

六　とらわれの身体の攪乱、解放へ

二〇世紀前半の詩的身体について考えるにあたり、最後に左川ちか（一九一一～一九三六）の詩をとりあげる。二四歳で夭逝した左川ちかは、伊藤整や北園克衛を通して同時代詩人たちと交流し、『詩と詩論』『マダム・ブランシュ』などに詩作を発表していた。幼少時よりからだが弱かったこともあり、左川ちかの詩には、死の影を背負った身体のイメージが頻出する。本節では左川の詩作の一端にしか触れることができないが、これまで見てきた詩人たちの身体性とは異なる、「殼」に覆われ、閉じ込められた内側の生としての身体、外との強烈な緊張関係のなかで、渇望、怯え、安らぎを共存させている左川ちかのテクストの身体を確認したい。

料理人が青空を握る。四本の指跡がついて、
——次第に鶏が血をながす。ここでも太陽はつぶれてゐる。
〔中略〕
刺繍の裏のやうな外の世界に触れるために一匹の蛾となって窓に突きあた

る。

死の長い巻鬚が一日だけしめつけるのをやめるなら私らは奇跡の上で跳びあがる。

死は私の殻を脱ぐ。　（「死の髯」(24)）

「青空を握る」と空に指跡がつく。鶏が絞め殺されて血が流れるイメージがつづくので、空の指跡は血の色なのだろう。ついで、つぶされる鶏は太陽と重ねられ、つぶされた太陽が血を流している。遠近関係は混乱し、大小の関係も逆転する。宙をつかもうとした手が指跡を残し、それは、たしかな手応えのある生身の物質を握りつぶす動作となり、そこで太陽がつぶされて、太陽が消えたあとに残るのは、闇の、内部の世界である。後半では「一匹の蛾」が内側から窓にぶつかる動きを繰り返し、それが外に出られる見込みがないのはたしかだが、その外部は「刺繍の裏」のような世界である。ここでも内部と外部の関係は混乱する。蛾が閉じ込められているのは内側なのだから、それは「刺繍の裏」の側の空間にいるはずで、刺繍の表側の彩り豊かな世界は内部から透けて見えるだけのはずだが、空間が反転し、「裏」が突然「外の世界」となる。それは、次行の、「死の長い巻鬚が一日だけしめつけるのをやめる」瞬間なのかもしれない。「一匹の蛾」が「巻鬚」から解かれる瞬間である。最終行の主述関係にも同種の反転がある。「私」が「死の殻」を脱いで解放されるのではなく、「死」が「私の殻を脱ぐ」のである。

実世界の論理をことごとく破綻させながら、破綻の狭間から鮮やかな色と形が残像として立ち上がり、滞留する。その関係は宙吊りにされたままだが、外に向けて虚しく伸ばされる手、つぶされる物質と、血のしたたり、開かない窓にぶつかる蛾のイメージは、外界から隔てられた繭の内部のような空間にあって痛みあがいている身体を想起させる。そして、巻きついてくる「死の髯」から放たれた瞬間は、「私の殻」を脱いだ「死」によって空間の全体が支配される瞬間でもある。

もう一つ、囚われの身体がそっと力を抜く夜の時間の詩を引く。

昆虫が電流のやうな速度で繁殖した。
地殻の腫物をなめつくした。

美麗な衣裳を裏返して、都会の夜は女のやうに眠った。

私はいま殻を乾す。
鱗のやうな皮膚は金属のやうに冷たいのである。〔以下略〕

（「昆虫」）

これにつづく行では、「顔半面を塗りつぶしたこの秘密」をもっている「痣のある女」が登場する。水田宗子は、昆虫の繁殖力になぞらえられる凄まじい空間の広がりと横溢の表象は、昼の時間に抑え込まれている「私」の「内面」の「ペルソナ」が夜になって「露出」しているのであり、夜とは「その隠された内面が殻からはみ出てあたりをなめ尽くす、自我の時間」と解釈している。(25) それを「自我の時間」と呼ぶかどうかは自我のあり方そのものを問う本稿では留保するが、たしかに、夜の闇は、左川のテクストにおいて恐怖と開放感の交錯する特別の位置付けを与えられた時間である。ここでは「鱗のやうな皮膚は金属のやうに冷たい」という、「殻」そのものの身体性に注目したい。鱗のような触感をもち、金属のような重みをもって黒光りしているかのような「殻」は、冒頭の「腫物」のなまなましいイメージと対照をなし、左川ちかのテクストが胚胎する、相反する身体の様態について雄弁に語る。重い殻は、病んだ生身を匿い、守り、同時にそれを押しつぶさんばかりの重圧を課している。ところが、実世界から遮断された闇の時間にその「殻」をそっと外したとき、溢れ出てくるのは生気ではない。際限なく広がる「腫物」の連続体である。(26)

左川ちかの詩はあまりにも個人的で、個別的で、己の生と性と肉体そのものに即して紡がれており、これを同時代文脈に結びつけて語ることは、テクストの声を歪めることになる。身体性を想起させるイメージは比喩などではなく、身体性それ自体と言ってよいだろう。それが、近代の制度に規定された身体とは無縁のところに生成されていること、そして意味構築の制度としての言語そのものの攪乱の実践としてテクスト化されているという点において、これは紛れもなくモダニズム詩であることをここでは強調しておきたい。

何をもって「モダニズム詩」とするのかをあえて定義せずに、身体の問題を切り口にして日本の近代詩の展開を示す事例をいくつか見てきた。なかでも本稿では、痛み、傷つき、不快や違和をもたらす身体性に焦点を当てた。近代国民国家制度の構築の過程とのかかわりや、ヨーロッパから流入した二〇世紀前半の新興芸術運動との直接的ないし間接的なつながりについても部分的に触れることはあったが、これを体系的に検証して日本のモダニズムについて総合的に論じることはしていない。身体の問題についても、本稿では、解放され、強化される身体、新たに生み出される知覚や感性など、未来への可能性としての身体については触れていない。前者は、例えば初期プロレタリア詩にみられるような、機械と共振し、運動を推進する身体として顕現することがあったし、後者は、とりわけ飛翔や速度への夢想につながるものとして多岐にわたる新感覚の詩の制作を促した。飛行機への夢想は早くは石川啄木の「飛行機」にも見られるし、速度の詩は未来派の実験にはじまって北川冬彦の初期詩篇にも多く見られる。『詩と詩論』から『新領土』につながる積極的な海外同時代芸術への応答とそれがもたらした新しい視覚による実験なども、新しい身体への夢想と深くかかわるものである。このような意味で、本稿は関連テーマを網羅的に扱ったものではない。モダニズムの定義からはじめるのではなく、方向を逆にして、具体的な事例から、近代制度へのラディカルな応答として、モダニズムとはなんであったかを浮き彫りにすること、さらに、それが、国や言語の枠を超えて同時代的な共鳴、共振の軌跡をみせていたことを示唆すること。モダニズムの歴史的、言語・地域横断的な展開を考察するにあたり、身体及び身体性に着目することは、考察の手がかりとして有効ではないかと思う。

（1）萩原朔太郎の引用はすべて『萩原朔太郎全集』（筑摩書房、一九七七年）による。
（2）蒲原有明『有明集』（復刻、日本近代文学館、一九七二年）。
（3）石光泰夫「ヒステリー的身体の夢」（『身体　皮膚の修辞学』小林康夫・松浦寿輝編、東京大学出版会、二〇〇〇年）一一二〜一一三頁。
（4）瀬尾育生『戦争詩論一九一〇〜一九四五』（平凡社、二〇〇六年）一八〜二八頁。
（5）このことが、柄谷行人が論じる「風景の発見」、「内面の発見」（『日本近代文学の起源』講談社文芸文庫、一九八〇年）と深くつながっていることについては、拙稿「詩的近代の創発―萩原朔太郎における詩の現れ」（『創発的言語態』シリーズ言語態⑵、藤井貞和・エリス俊子共編、東京大学出版会、二〇〇一年）参照。
（6）紙幅の関係で詳細は省くが、皮膚を突き破って飛び出すイメージには、上に述べたような痛みの表象と合わせて、抑えがたい欲望の噴出を思わせるものも多々あり、「光る地面に竹が生え」ではじまる「竹」についても、硬い竹が地面の表層を突き破って「まつしぐらに」生えるさまには明らかにファリックな比喩を読み取ることができる。

（7）この「まつしろの欠伸」とはおそらく霞ただよう春の重い空気の比喩的な表現で、それが万物の腐乱していくようなけだるさ、重さとつながっている。拙著『萩原朔太郎―詩的イメージの構成』（沖積舎、一九八六年）参照。

（8）日本のモダニズムの大きな流れ及びそれが日本の土壌で展開されたことの意味については拙稿「日本モダニズムの再定義―世界文脈のなかで」（『モダニズム』モダニズム研究会編、思潮社、一九九三年）参照。本稿と内容的に重複する部分があるが、本稿では身体に問題をしぼって検討する。

（9）萩原恭次郎の引用は『死刑宣告』（復刻、日本近代文学館、一九七一年）による。『萩原恭次郎全集』（静地社、一九八〇年）も参照した。

（10）「首のない男」ではじまる部分は、縦に引かれた棒線で区切られている。『日本詩人』（一九二五年一〇月）に掲載された初出では一篇の詩のように読めるが、『死刑宣告』では別々の詩の扱いになっている。これを一篇と読むか、独立した二篇の詩と読むかはここで問題にしない。初出においてこの二つがセットになっていたことに注目したい。

（11）内藤まりこ、「萩原恭次郎における詩の創発―初出「日比谷」について」、『言語態』第四号（二〇〇三年一〇月）、七七～八二頁。

（12）『死刑宣告』（復刻、日本近代文学館、一九七一年）

（13）本序文では「私」と「われわれ」が併用されている。

（14）小泉京美「萩原恭次郎・岡田龍夫『死刑宣告』論―関東大震災後の詩的言語とリノカットをめぐって」（『日本近代文学』第九二集、二〇一五年五月）一七～三二頁。

（15）小泉京美、同論文、三一頁。

（16）小熊秀雄の引用は『新版・小熊秀雄全集』（創樹社、一九九〇～九一年）による。『小熊秀雄詩集』（思潮社、一九八一年）、『小熊秀雄詩集』（岩波文庫、一九八二年）も参照した。

（17）『新版・小熊秀雄全集』第五巻（創樹社、一九九一年）五四九頁。

（18）『小熊秀雄詩集』（岩波文庫、一九八二年）編者あとがき。

(19)『亞』の詩篇のモチーフの特性については拙稿を参照。「表象としての『亜細亜』—安西冬衛と北川冬彦の詩と植民地空間のモダニズム」(『越境する想像力』(『モダニズムの越境』1)、モダニズム研究会編、人文書院、二〇〇二年)。「畳まれる風景と滞る眼差し—『亞』を支える空白の力学について」(『言語文化研究』第四号、立命館大学、二〇一一年、三月)。

(20)『亜』(復刻、別府大学文学部国文学科研究室、一九八一年)

(21)尾形亀之助の引用はすべて『尾形亀之助全集』(思潮社、増補改訂版、一九九九年)による。

(22)尾形亀之助の詩作の特徴とその変遷については、拙稿「ことば詩になるとき—尾形亀之助の詩作について」(『比較文学研究』七六号、東大比較文学会、二〇〇〇年八月)参照。

(23)別役実「それからその次へ」(『尾形亀之助詩集』(思潮社、一九七五年)参照。

(24)左川ちかの引用はすべて『左川ちか全詩集』(森開社、一九八三年)による。

(25)水田宗子『モダニズムと〈戦後女性詩〉の展開』(思潮社、二〇一二年)、五一~五二頁。

(26)左川ちかの詩に頻出する詩のモチーフ及び不気味な否定性を伴うイメージについて、鳥居万由美はこれをジェンダー規範からの逸脱を欲しながらいまだそれに替わる主体性が見出せないことと結びつけて論じており、数多く登場する昆虫のイメージに内奥の自己を覆う鎧としての保護的な意味を読み取っている。鳥居万由美「一九三〇年代モダニズム詩における女性の自己表現の方策——左川ちか、山中富美子らの作品を手がかりにして」(『言語態』第一五号、二〇一六年三月)。

戯曲『オルフェウ・ダ・コンセイサォン』（一九五四年）と詩人ヴィニシウス・ヂ・モライスにおける黒人表象の問題

福嶋伸洋

はじめに

ヴィニシウス・ヂ・モライスが、ボサノヴァの詩人として知られるようになる以前の一九五四年に私家版として公刊し、五六年にはリオデジャネイロの市立劇場とレプーブリカ劇場とで上演された戯曲『オルフェウ・ダ・コンセイサォン』は、ギリシア神話のオルフェウスとエウリュディケーの物語を、リオのファヴェーラ（丘の上の貧民街）に舞台を移して翻案した作品である。五九年には、これを原案として製作されたフランス人監督マルセル・カミュの映画『黒いオルフェ』がカンヌ映画祭でパルム・ドールを受賞し、ボサノヴァを広く世に知らしめることとなった。主人公の、サンバを歌い奏でる音楽家オルフェウを始めとして、登場人物がすべて黒人である（上演の際にも、能うるかぎりは黒人の俳優が演じるようにとのト書きがある）この戯曲『オルフェウ・ダ・コンセイサォン』のひとつの特徴は、白人の詩人であるヴィニシウスが黒人たちを描き出していること、そしてそこに——同種のいわば他者表象において広く見られる現象であるだろうが——異国趣味めいた幻想による現実の歪みが生じていることである。

エルマーノ・ヴィアーナの名著『サンバの謎』（一九九五年）が明らかにしたように、現在ではブラジルの国民音楽として内外で高い価値を認められているサンバは、二〇世紀始めまでは、黒人――その大半が一八八八年に廃止された奴隷制のもとで奴隷の身分にあった――の音楽として、エリート層を占める白人の多くからは蔑まれ、警察の取り締まりの対象でもあった。一九三〇年代、工業化が進むブラジルで、黒人を始めとする多様な民族を出自とする人びとを同一の国民として――あるいは端的に賃金労働者として――国家に組み込むことが国策として必要となると、当時の首都だったリオデジャネイロのいわば地方音楽でしかなかったサンバが、ブラジルの人種混淆を象徴する音楽として称揚され、それまで外国由来のものも含めて多様な音楽が使用されていたカーニヴァルでも〝国民音楽〟たるサンバが主体となっていく(1)。

サンバの音楽家である黒人を主人公にしたヴィニシウスの戯曲『オルフェウ・ダ・コンセイサォン』もまた、このようなブラジルのモダニズムにおける黒人文化の国民文化への〝統合〟の系譜のなかに位置づけられるものである。本稿では、フランス人監督が撮った映画『黒いオルフェ』における文字通りの異国趣味と比較しつつ、戯曲『オルフェウ・ダ・コンセイサォン』におけるヴィニシウス・ヂ・モライスの黒人表象の問題を、他人種への異国趣味として考察し、また彼に影響を与えていただろうフランスの哲学者ジャン＝ポール・サルトルの人と思想との交錯を跡づけていくことを試みたい。

一　マルセル・カミュの異国趣味、ヴィニシウスの異国趣味

一九五八年八月から一二月にかけて撮影が行われた、フランス人監督マルセル・カミュの映画『黒いオルフ

エ』は、リオデジャネイロの風景とカーニヴァルの様子を豊かな色彩で描き出し、楽園のようなその姿を印象づけた。この映画に対し、たとえば三島由紀夫は「こんなに私個人の趣味に愬へるものばかりで出来た映画を見ると、注文もしないのに、日頃ほしいと思つてゐたものがみんな揃つた贈物をもらふやうに、却つて気味がわるく感じられる。ここには、湧き立つやうなリオ・デ・ジヤネイロの狂熱のカーニバルがある。オルフエのギリシア神話の現代版がある。そしてヴードウーに似たブラジル特有の神がかりがある」[2]と、手放しの賛辞を贈った。

いっぽう、ブラジルでの反応は芳しいものではなかった。その〝原作〟としてあまりにも名高い戯曲『オルフエウ・ダ・コンセイサォン』の著者——その称号はのちにボサノヴァの詩人としての名声が上塗りされて目立たなくなってしまうとはいえ——ヴィニシウス・ヂ・モライスは、大統領官邸で行われた『黒いオルフェ』の試写会を途中で退席したことが知られている。ヴィニシウスはのちに、カミュがブラジルをめぐる異国趣味の映画を作っただけだった、と述懐している。映画が公開された年に一八歳で観たというバイーア生まれの歌手カエターノ・ヴェローゾは、「魅力ある異国趣味の映画を作り上げるための恥知らずのまがいものの数々を見て、ぼくも他の観客も笑い、恥ずかしくなった」[3]とまで書いている。

バラク・オバマは、学生時代にニューヨークにいる自分を訪ねてきた母と妹といっしょに、近くで再上映していた『黒いオルフェ』を観に行ったことを、自伝に記している[4]。一六歳で初めてこの映画を観たときに「これまで見たもっとも美しいもの」だと思った母の強い希望によるものだったという。無邪気に歌い踊る黒人たち、貧しいけれど陽気な黒人たちという古めかしい紋切り型にうんざりしてか、若きバラクがもういいだろうと思って席を立とうとすると、銀幕に注がれる、母のうっとりとしたまなざしに出会った。カンザスで生まれ育った白人の母が一七歳でハワイに移り住んだとき、同じような幻想、「温かく、官能に満ちた」別世界への夢を抱いていたことに、バラクはそのとき気づいた。「人種と人種のあいだの感情は純粋なものではありえない。愛の感情でさえ、自分に欠けている何かを他者のうちに見出そうとする欲望に染まっている」という省察は、マルセル・カミュの映画だけでなく、それを「異国趣味の映画」と嘆じたヴィニシウスの戯曲にも当てはめてみるべきものである。

五六年、レプーブリカ劇場でアリステウを演じていた黒人の俳優——のちにブラジルの黒人運動の主導者となる——アビヂアス・ド・ナシメントはその著作『ブラジル黒人の虐殺』（一九七八年）で、映画『黒いオルフェ』の「音楽、ダンス、リズム、色彩、幸福、愛などすべてが、異国情緒と土着のものを貪欲に求める消費者である世界市場向けの商品を作り上げるのに貢献している」(5)と、奇しくもヴィニシウスと同型の批判を向けている。とはいえ、マルセル・カミュの、そしてプロデューサーのサシャ・ゴルディーヌの異国趣味を嘆くヴィニシウス本人にも、アフリカ系の人びとに対する異国趣味がなかったとは言い切れない。ヴィニシウスはのちにこの戯曲に寄せた文のなかで、次のように書いている。

> 黒人はみずからの文化を有し、独自の気質を持っている。そしてブラジル社会の人種複合体のなかに組み込まれつつもつねに、みずからの文化の道を歩む必要性を表明し、ブラジル文化一般に対して、真に個人的な貢献を果たしてきた。肌の色、信条、階級から自由なあのブラジル文化に対して、である。
>
> この戯曲はそれゆえ、著者と興行主、上演に参加したひとりひとりからの、ブラジルの黒人が、不安定な生存条件のもとにあるにもかかわらず、ブラジルに多くを与えてくれたことに対する、彼らへのオマージュである。(6)

ここには、一九三三年の名著『大邸宅と奴隷小屋』で歴史学者ジルベルト・フレイレが打ち出した、ブラジル社会は白人、黒人、先住民それぞれの貢献によって成り立つものであるとする思想——現在ではごくあたりまえに思えるが、ブラジルを〝優等な〟国にするためには国民の〝白色化〟が不可欠であるとまじめに議論されていた当時には、人びとの考えに革命をもたらす思想だった――の明らかな影響が見て取れる。同じ文のなかでヴィニシウスは、アメリカ人作家ウォルドー・フランクとともにリオでアフリカ系の人びとの宗教儀式を見て回ったとき、「自分が何よりも黒人の精神で満たされているのを感じた」(7)と書いている。黒人のオルフェウスは、ヴィニシウスにとっても、外からのまなざしをみずからのものとすることによってこそたどり着きえた発想だったと言える。

映画『黒いオルフェ』は、原案となった戯曲『オルフェウ・ダ・コンセイサォン』と同じく、丘に住む黒人の音楽家オルフェウを主人公としていた。オルフェウの神がかったサンバは貧しい人びとに幸せをもたらし、運命の恋人の心を捕える。彼の存在のおかげで、丘の平和な暮らしが保たれている――。両作と、シネマ・ノーヴォの旗手として知られるブラジル人監督ネルソン・ペレイラ・ドス・サントスが一九五七年に撮った映画『リオ北部 *Rio Norte*』とを並べると、ヴィニシウスの異国趣味は際立って見えるだろう。『リオ北部』の主人公エスピリトは、丘に住む音楽家で、美しいサンバを作る貧しい黒人だった。彼のもとにレコード会社やラジオ局の白人たちがやってきて、言葉巧みに彼の作ったサンバを買い叩く、というか、盗み取る。エスピリトは、本来なら得られるはずだった作曲者としての名声も報酬も得ることができず、貧しい暮らしを抜け出せないまま、丘のならず者たちに息子を殺され、失意のうちにみずからも電車の事故で命を落とす――。

ファヴェーラの黒人の惨めさを描くことをためらわなかったネルソン・ペレイラの物語と比べると、マルセル・カミュの映画が自分の戯曲を台無しにした、と感じていたヴィニシウスもまたみずからの戯曲を、現実離れした、黒人の幸福な音楽家という夢で塗り固めていたように見える。そのようにして生まれたボサノヴァは、リオ北部の厳しい現実を締め出した、豊かなリオ南部――コパカバーナ、イパネマ、レブロン――に、ブラジルのどこにも、リオのどこにも存在しない空想の世界を築き上げていった、と言っても過言ではないのかもしれない。

二　マルセル・カミュの『黒いオルフェ』とサルトルの「黒いオルフェ」

ヴィニシウスの戯曲は、一九五四年にサンパウロの雑誌『アニェンビ』に掲載されて初めて公になった（主人公の名前に「ダ・コンセイサォン」とつけられたのは、ヴィニシウスに投稿を薦めた詩人ジョアン・カブラル・ヂ・メロ・ネトの助言によってだという。「無原罪の宿り」というそれ自体深読みを誘う意味を持つ「コンセイサォン」は、ここではオルフェウの住む丘の名前だと思われる。リオには実際にこの名前の丘があるが、それを指すものか否かは定かではない）。この戯曲をもとにしたマルセル・カミュの映画『黒いオルフェ *Orfeu negro*』が封切られたのは五九年。それから十年あまり遡る四八年、セネガルの詩人レオポール・セダール・サンゴールが編んだフランス語黒人詩の選集に、フランスの哲学者ジャン＝ポール・サルトルは「黒いオルフェ Orphée noir」という序文を寄せていた。この名前のあからさまな一致については、ブラジルの詩人、フランスの映画監督と哲学者の三者とも言及していない。

ヴィニシウスは『オルフェウ・ダ・コンセイサォン』成立の経緯について、黒人のオルフェウスを思い付いて第一幕をひと息で書き上げたのが四二年、未完のままだった第二幕を書き上げたのがロサンジェルスに大使として滞在していた四八年、と詳しく語りながら、サルトルの文章に想を得たという可能性がなかったことを暗に、だが念入りに説こうとしているようにも見える。(8)

とはいえ、四八年に『オルフェウ・ダ・コンセイサォン』を書き上げた時点ではたしかに知らなかっただろうサルトルのこの論を、他のブラジルの多くの詩人たちと同じくフランスの詩や哲学に通じていたヴィニシウスが、その後、サンゴールの編んだ詩選集で、あるいはその論を収めた四八年刊の『シチュアシオンⅢ』で、あるいは五〇年一月にブラジルで発刊された『キロンボ2』誌五号に載ったイロニーヂス・ロドリゲスによるポルトガル語抄訳を通じて、たとえば映画『黒いオルフェ』が公開される五九年頃までに、知った可能性は小さくはないと思われる。そしてその際、サルトルが次のように描いた「豊かに神話を生み出す偉大な時期に生きている」アフリカの詩人に、みずからが生み出したギリシア神話の時代を生きるブラジルの黒人が重なって見えたとしても不思議ではない。

しかし、「祖先の眠る黒い国」からいかに遠く隔たっていようとも、黒人はわれわれよりも、マラルメのいわゆる「言葉が神々を創り出す」偉大な時代にはるかに近い。西欧の詩人にとって、民間の伝説と結びつくことはほとんど不可能である。十世紀ものあいだ勿体ぶった詩が続いてきたために、詩人たちは民間の伝説から切り離されてしまい、そのうえ、民間伝承的な霊感は涸れつきてしまった。われわれにできることは、たかだかその簡潔さを外から模倣することぐらいだろう。これに反して、アフリカの黒人は、まだ豊かに神話を生み出す偉大な時期に生きている。それにフランス語で書く黒人詩人たちは、われわれがシャンソンに興じるようにこれらの神話に興じているわけではない。彼らは、呪文によってネグリチュードが壮大に喚起され姿を現わすようにと、自らの神話にとらえられるがままになる。そこでわたしは、この「客体詩」の方法を、魔法あるいは呪縛と名づけようと思う。(9)

ヴィニシウスの黒いオルフェウスはしかし、「反植民地主義」的なサルトルの黒いオルフェとはすれ違ってゆく。ニグロの詩人が過去の記憶を振り返ってネグリチュードを直視しようとするとき、それは煙のように消え去り、白人文化という壁が立ちはだかって視界を遮る、として、サルトルはこう書いている。

しかしながら、牢獄としての文化の壁は、断じて打ち破らねばならない。いつかは必ずアフリカに立ちもどらねばならない。ネグリチュードの詩人（vates）のうちには、帰郷のテーマと、黒い魂で輝く〈冥府〉へとふたたび降りてゆくというテーマが、このようにわかちがたく混じり合っている。これは、絶えざる深化の努力を要する探索であり、完全な脱皮であり、苦行である。そこでわたしはこの詩を「オルフェ的」と名づけよう。なぜなら、みずからの裡に倦まず降下してゆくこのニグロは、プルートーンに対してエウリュディケーの返還を求めにゆくオルフェを思わせるからだ。(10)

ヴィニシウスは、一九四二年に「オルフェウ・ダ・コンセイサォン」を発想したとき、「自分が何よりも黒人の精神で満たされているのを感じた」と語ってはいる。この戯曲はブラジル黒人へのオマージュである、と詩人が説く先ほど引用した一節にはしかし、サルトルの〈ネグリチュード〉をめぐる思想、闘争的な「人種主義に抗する人種主義」の影は見えない。見えるのはむしろ、三〇年代以降、ブラジルで広く受け入れられた歴史学者ジルベルト・フレイレの思想――ブラジル社会は白人と黒人とインディオそれぞれの貢献によって成り立つもので、白人による抑圧的な支配が他の奴隷制を有した地域ほど強くはなかったブラジルでは三人種は調和的に共存していたとする、フレイレ自身が使っていない「人種民主主義 democracia racial」の名のもとで、賛同されたり神話として批判されたりしている思想――の影である。(11)

ヴィニシウスのこの〝オマージュ〟は、政治経済の平面ではなお下層に押し留められたままの黒人を、文化の平面でのみ高く掬い上げようとする――その意味で、リオの黒人文化にルーツを持つサンバがブラジルの象徴に祭り上げられたのと同型の――振る舞いと言うべきだろう。ヴィニシウスのオルフェウスは「牢獄としての文化の壁」を打ち破るわけではなく、彼が降り下ってゆく冥府は理想と幻想の「祖先の眠る黒い国」ではなく、リオのカーニヴァルである。その物語に「帰郷のテーマと、黒い魂で輝く〈冥府〉へとふたたび降りてゆくというテーマ」はない。『オルフェウ・ダ・コンセイサォン』を演じる俳優はすべて黒人でなければならない、と一応指示しているヴィニシウスの一種「人種主義に抗する人種主義」的な措置も、中途半端なものに留まった。

物語は現在のこと、場所はこの街の丘のどれでもいいどれかで、この悲劇の登場人物は全員が黒人である——理由は単純で、わたしはドラマトゥルギーの観点から物語に完全な一貫性を与えようとしたのである。白人の俳優が入ることになればまちがいなく、登場人物たちの心理的同調性のうちに、このように展開する悲劇にとって異質な要素を作り出すことになる——とはいえこれは、この悲劇を、どんな場合でも、白人の俳優は演じることができない、ということを意味するものではない。(12)

明らかにあとから付け足されただけの、回りくどい最後の一文（"o que não quer dizer que ela não possa representada, eventualmente, por atores brancos"）は、この戯曲の上演の折りに実際に起こったことへの先回りした弁明のようにも取れる。ヴィニシウスが黒人に対して表わしていた敬意と善意は、思わぬ形で挫折を強いられることになった。この舞台は、リオ市立劇場に次いでレプーブリカ劇場で上演された。その二日目、オルフェウの父を演じていた俳優アビヂアス・ド・ナシメントが、詩人が俳優たちを無給で出演させていたことをめぐって、「黒人を利用している」とヴィニシウスを糾弾した。このときアビヂアス・ド・ナシメントは解雇され、顔を黒く塗った白人のシコ・フェイトーザが代役を務めた。

この事実を伝えているルイ・カストロは、のちにヴィニシウスがバイーアの黒人音楽を研究してギタリストのバーデン・パウエルとともに「アフロサンバ」を作るようになることを踏まえ、六年後に「ブラジルでもっとも黒い白人」とみずからを呼ぶ詩人に対してアビヂアスの仕打ちは不当なものだったと取っている。(13) しかし、詩人をのちにバイーアへ駆り立てた動機のひとつに、『オルフェウ・ダ・コンセイサォン』を舞台に上げたときに前借りした「黒人に加担する知識人の像」という負債を返済する意図がなかったかどうかは、別個に検証してみなければならないだろう。

三　サルトルとヴィニシウスの出会いとすれ違い

奇しくも、映画『黒いオルフェ』公開の翌年、六〇年八月から九月にかけて、ジャン＝ポール・サルトルは、作家ジョルジ・アマードとゼリア・ガッタイ夫妻に導かれて、パートナーのシモーヌ・ド・ボーヴォワールとともにブラジル各地を訪れている。しかし、おそらくは期待に反して、黒人の闘争とネグリチュードをめぐる彼の思想の理解者に会うことはできなかった。

アントニオ・セルジオ・アウフレード・ギマランイスの論文 "A recepção de Fanon no Brasil e a identidade negra" によれば、「サルトルとボーヴォワールは明らかに、ブラジルの黒人が人種主義の犠牲者である、と考える者には出会わなかった。彼らが出会ったのは反対に、一様に、黒人への差別は経済の面におけるものであり、解放闘争は階級をめぐるものにならなければならない、とする議論だった」(14)。アマード夫妻によるフランス語での案内が行き届いたものだったのか、またボーヴォワールの洞察がよほど鋭いものだったのか、ポルトガル語を解さない者が二ヵ月だけブラジルに滞在して書いたとは信じがたい犀利なルポルタージュとなっている日記に、ボーヴォワールはこのように書いている。

主人と使用人は、表立っては、同等な立場で生活している。イタブーナで、ファゼンダの管理人がわたしたちにお酒を振る舞ったとき、わたしたちの車の運転手もサロンでわたしたちといっしょに飲んだ。溝はもっと深くにある。管理人たちはプランテーションの労働者たちを同等どころか、人間としてすら取り扱っていない。〔…〕それから、サロンや大学やわたしたちの講演会の聴衆のなかにチョコレート色やミルクコーヒー色の顔を見たことは一度もなかった。サンパウロのある講演会で、サルトルはそのことをはっきりと指摘したが、訂正した。というのは場内に黒人がひとりいたからである。が、その男はテレビの技術者だった。人種差別は経済条件にもとづく。そうかも知れない。事実は、奴隷の子孫は皆プロレタリアートのまま残っているのだ。そして、ファヴェーラの貧しい白人たちは黒人たちに対して優越感を抱いているのである。(15)

サルトルや、この頃サルトルに影響を与えていたマルティニーク生まれの思想家・革命家フランツ・ファノンの思想を理解し、闘争に結びつける黒人の対話者には、『オルフェウ・ダ・コンセイサォン』上演の際にヴィニシウスと諍いを起こしていた、あのアビヂアス・ド・ナシメントのような人物こそふさわしかっただろうが、彼を含めたブラジル黒人運動の主導者にサルトルらが会った形跡はないと、ギマランイスは伝えている。じつはサルトルは、ジョルジ・アマードとともにリオデジャネイロを訪れた折り、ヴィニシウスに会っている。だがボーヴォワールは、パーティの喧噪のなかで聞き落としたのか、耳慣れない響きなので日記を書くまでのあいだ記憶しておくことさえできなかったのか、ヴィニシウスの名前さえ記してはいない。

ヴィラ・ロボスを除けば、わたしたちはブラジル音楽はあまり知らなかった。カーニヴァルを準備する「エスコーラ・ヂ・サンバ」は、まだ開いていなかった。アマードはわたしたちにいろいろレコードを聞かせてくれた。彼はひとりの作曲家を招き、その人がギターを弾きながら歌った。『黒いオルフェ』の作者がわたしたちのために、一夕、パーティを開いてくれた（彼は全然この映画が気に入らず、自分の意図が欺かれたと言っていた。わたしの会ったすべてのブラジル人は、安易で偽りのイメージをブラジルに与えたと言ってマルセル・カミュを非難していた）。わたしたちは彼の家で、ピアノやギターを弾いたり歌ったりする「ボサノヴァ」の一団の少年少女たちに会ったが、その演奏は、あまりにもおとなしいので、それに比べれば、もっとも「クール」なジャズでさえホットに感じられるくらいである。(16)

『黒いオルフェ』の作者——正確には『オルフェウ・ダ・コンセイサォン』の作者——は、他のところでもたびたび口にしていた映画『黒いオルフェ Orfeu negro』への不満を、自宅を訪れた「黒いオルフェ Orphée noir」の著者に対しても繰りかえした。だが、ボサノヴァが奏でられたヴィニシウスの家——実際には、ジョゼ・カステーロのヴィニシウス伝によれば、ヴィニシウスの当時の恋人ルシーニャ・プロエンサが所有する、リオ南部ランジェイラスにあるエドゥアルド・ギンリ公園を見下ろすアパートメントだったようだ——でのパーティの折り、これらの題の偶然の一致をめぐって誰もが奇妙なまでの沈黙を保っていなければ、ブラジルの人種問題や差別意識について重要な議論が行われたかもしれない。ヴィニシウスとルシーニャ、サルトルとボーヴォワールの四人が窓からエドゥアルド・ギンリ公園を見下ろす姿が見られたということを除けば、ヴィニシウス伝の著者ジョゼ・カステーロでさえこの一夜のことについて何も記していない。

これに先立つある日、フランス人哲学者とそのパートナーをリオの自宅に泊めていたジョルジ・アマードが呼んだ「ひとりの作曲家」が誰なのかは定かではない。しかしアマードは本当はこのふたりのために、ブラジル音楽に革命をもたらしたボサノヴァを生んだ若き歌手・ギタリスト、ジョアン・ジルベルトを呼びたかったらしい。アマードが電話をかけると、ジョアンはすぐに行くと二つ返事で答える。だが、ルイ・カストロの『ボサノヴァの歴史』によれば、「サルトルとボーヴォワールはすでに死んでしまったが、ジョアン・ジルベルトは未だにやってきていない」[17]。

ブルーズで踊る黒人たちの苦しみ、エロス、よろこびの分かちがたい結びつきが、そのリズムのうちにある、とハーレムの音楽を讃えていたサルトルが、ボーヴォワールと同じように聞き慣れない白人の「おとなしい」音楽に退屈していたのだとすれば、歌を披露するのがジョアン・ジルベルトであっても変わりはなかったかもしれない。ボーヴォワールはこの一夜についてあとは、サルトルがグラマラスな少女たちに目を奪われていたことにしかふれていない。パーティの招待主であるヴィニシウスが五年後、「世界中の若者たちの苦しみ」「ブラジルの若者たちの、新しい知性、新しいリズム、新しい感性、新しい秘密[18]」と囁くことになる音楽は、『存在と無』の哲学者の耳に届くことはなかった。

（1）Hermano Vianna, *O mistério do samba*, Rio de Janeiro, Zahar / UFRJ, 1995.

（2）『決定版 三島由紀夫全集』第三一巻、新潮社、二〇〇三年、四八三頁。

（3）Caetano Veloso, *Verdade tropical*, São Paulo, Companhia das Letras, 2012, p. 247.

（4）Barak Obama, *Dreams from my father*, New York, Crown Publishers, 2004.

（5）Abdias do Nascimento, *Brazil: Mixture or massacre?*, trans. by Elisa Larkin Nascimento, Dover, The Majority Press, 1989, p. 157.

（6）Vinicius de Moraes, *Teatro em versos*, org. Carlos Augusto Calil, São Paulo, Companhia das Letras, 1995, p. 49.

（7）*Ibid.*

（8）Vinicius de Moraes, *Teatro em versos*, pp. 42-44.

（9）ジャン＝ポール・サルトル「黒いオルフェ」鈴木道彦・海老坂毅訳、『世界文学全集二五 サルトル・ニザン』所収、集英社、一九六五年、一四八〜一四九頁。（Jean-Paul Sartre, "Orphée noir" in: Leopold Sédar Senghor (org.), *Anthologie de la nouvelle poésie nègre et malgache de langue française,* Paris, PUF, 1948, 2011, p. XXIV.）一部改訳。

（10） 同書、一四一頁。（Ibid., p. XVII.）一部改訳。

（11） ジルベルト・フレイレ『大邸宅と奴隷小屋』上・下、鈴木茂訳、日本経済評論社、二〇〇五年。

（12） Vinicius de Moraes, *Teatro em versos,* p. 49.

（13） ルイ・カストロ『ボサノヴァの歴史』国安真奈訳、音楽之友社、二〇〇一年、一三四頁。（Ruy Castro, *Chega de saudade - a história e as histórias da bossa nova,* São Paulo, Companhia das Letras, 2008, p. 117）

（14） Antonio Sérgio Alfredo Guimarães, "A recepção de Fanon no Brasil e a identidade negra" in : *Novos Estudos,* no. 81, 2008, p. 101.

（15） シモーヌ・ド・ボーヴォワール『或る戦後』下、朝吹登水子・二宮フサ訳、紀伊國屋書店、一九六五年、二六三〜二六四頁。（Simone de Beauvoir, *La force des choses,* vol. II, Paris, Gallimard, 1963, pp. 345-346）一部改訳。

（16） ボーヴォワール、前掲書、二六一頁。（Simone de Beauvoir, *Op. cit.,* pp. 342-343.）一部改訳。

（17） ルイ・カストロ、前掲書、二八八頁。（Ruy Castro, *Op. cit.,* p. 266.）一部改訳。

（18） Vinicius de Moraes, *Poesia completa e prosa,* Rio de Janeiro, Nova Aguilar, 1998, p. 1009.

研究活動記録

まえがきにも記したように「モダニズム研究」チームは、二〇一三年に発足し、五年間にわたって公開研究会やシンポジウムをはじめさまざまな催しを行った。以下はその記録である。

二〇一三年度

第一回〔研究会〕五月二五日

発表者　安保寛尚客員研究員

テーマ　中間航路を渡った猿――キューバのトリックスターについて

発表者　南映子研究員

テーマ　近代化初期のメキシコ詩における時間の感覚をめぐって

第二回〔中央大学人文科学研究所、岩手大学、ボルドー第三大学共催国際シンポジウム〕

定型詩の継承と逸脱　九月七～八日

発表者（題目は省略）　エリック・ブノワ（ボルドー第三大学）、ドゥニ・ドゥヴィエンヌ（東北大学）、水野尚（関西学院大学）、畠山達（日本大学）、ヴァレリー・ユゴット（ボルドー第三大学）、谷口円香（東京大学）、アリッサ・ルブラン（ボルドー第三大学）、ジェローム・ロジェ（ボルドー第三大学）、今井勉（東北大学）、本田貴久研究員、中里まき子（岩手大学）、坂崎康司（東北大学）、寺本成彦（東北大学）、岩切正一郎（国際基督教大学）、オリヴィエ・ビルマン（関西学院大学）、マリアンヌ・及川＝シモン（東京大学）、カティシャ・

ドラエ（ボルドー第三大学）、デルフィーヌ・ガルノー（ボルドー第三大学）、ダニエル・サバ（ボルドー第三大学）。他に、詩人野村喜和夫氏による詩朗読、渡邉守章氏・浅田彰氏によるVidéo Mallarmé « D'Hérodiade à Igitur » の紹介プレゼンテーション。

第三回〔公開研究会〕一一月九日
発表者　本田貴久研究員
テーマ　ジャン・ポーランとマダガスカル――その理論的源泉として
発表者　福嶋伸洋客員研究員
テーマ　イパネマの娘――〈詩〉から〈詞〉を生み出すヴィニシウス・ヂ・モライス

第四回〔公開研究会〕三月一四日
講　師　野村喜和夫氏（詩人）
テーマ　わがランボー体験
発表者　桑田光平客員研究員
テーマ　ジュール・ラフォルグを読む――モダニズム再考

二〇一四年度
第一回〔公開研究会〕六月二一日
講　師　松浦寿夫氏（東京外国語大学教授）
テーマ　モダニズムのハードコア、再説
第二回〔公開研究会〕読詩会一〇月一八日

発表者　小菅奎申研究員
テーマ　ゲール語の詩歌と山のモチーフ
発表者　南映子研究員
テーマ　メキシコ近代詩の川のモチーフ
第三回〔公開研究会〕一二月六日
講　師　真鍋晶子氏（滋賀大学教授）
テーマ　エズラ・パウンドのモダニズム
第四回〔談話会〕三月七日
講　師　小菅奎申研究員
テーマ　Sorley MacLean とモダニズム
なおこの談話は、『ソーリー・マクレーンとモダニズム』（小菅奎申著、人文研ブックレット三三号、二〇一七年）として刊行されている。

二〇一五年度
第一回〔公開研究会〕七月二五日
講　師　三枝大修氏（成城大学専任講師）
テーマ　詩の在り処——ジュール・シュペルヴィエルを読む
第二回〔公開研究会〕一一月一四日
講　師　エリス俊子氏（東京大学大学院教授）

テーマ　つぶやき、叫び、沈黙することば――二〇世紀前半の日本語詩とモダニズム
第三回〔公開研究会〕三月四日
発表者　桑田光平客員研究員
テーマ　〈声〉の密やかな交換――ジャコテとリルケ
発表者　加藤有子客員研究員
テーマ　両大戦間期ポーランド前衛文学とヨーロッパ

二〇一六年度
第一回〔公開研究会〕七月三〇日
講　師　土肥秀行氏（立命館大学准教授）
テーマ　イタリア・ノヴェチェント再考

人名索引

ア

カ

サ

タ

ナ

マ

ヤ

ラ

執筆者紹介(執筆順)

三《さい》枝《ぐさ》大《ひろ》修《のぶ》　成城大学准教授
土《ど》肥《い》秀《ひで》行《ゆき》　立命館大学准教授
真《ま》鍋《なべ》晶《あき》子《こ》　滋賀大学教授
本《ほん》田《だ》貴《たか》久《ひさ》　研究員　中央大学准教授
安《あん》保《ぽ》寛《ひろ》尚《なお》　客員研究員　立命館大学准教授
南《みなみ》　映《えい》子《こ》　研究員　中央大学助教
桑《くわ》田《だ》光《こう》平《へい》　客員研究員　東京大学准教授
エリス俊《とし》子《こ》　東京大学教授
福《ふく》嶋《しま》伸《のぶ》洋《ひろ》　客員研究員　共立女子大学准教授

モダニズムを俯瞰する

中央大学人文科学研究所研究叢書　67

2018年3月20日　初版第1刷発行

編　者　中央大学人文科学研究所
発行者　中 央 大 学 出 版 部
代表者　間　島　進　吾

〒192-0393　東京都八王子市東中野742-1
発行所　中 央 大 学 出 版 部
電話 042(674)2351　FAX042(674)2354
http://www2.chuo-u.ac.jp/up/

©　本田貴久　2018

ISBN978-4-8057-5351-4　㈱千秋社

本書の無断複写は、著作権法上の例外を除き、禁じられています。
複写される場合は、その都度、当発行所の許諾を得てください。

中央大学人文科学研究所研究叢書

1 五・四運動史像の再検討

A5判 五六四頁

（品切）

2 希望と幻滅の軌跡 反ファシズム文化運動

様々な軌跡を描き、歴史の壁に刻み込まれた抵抗運動の中から新たな抵抗と創造の可能性を探る。

A5判 四三四頁

三五〇〇円

3 英国十八世紀の詩人と文化

A5判 三六八頁

（品切）

4 イギリス・ルネサンスの諸相 演劇・文化・思想の展開

A5判 五一四頁

（品切）

5 民衆文化の構成と展開 遠野物語から民衆的イベントへ

全国にわたって民衆社会のイベントを分析し、その源流を辿って遠野に至る。巻末に子息が語る柳田國男像を紹介。

A5判 四三四頁

三五〇〇円

6 二〇世紀後半のヨーロッパ文学

第二次大戦直後から八〇年代に至る現代ヨーロッパ文学の個別作家と作品を論考しつつ、その全体像を探り今後の動向をも展望する。

A5判 四七八頁

三八〇〇円

7
近代日本文学論　大正から昭和へ
時代の潮流の中でわが国の文学はいかに変容したか、詩歌論・作品論・作家論の視点から近代文学の実相に迫る。
A5判　三六〇頁
二八〇〇円

8
ケルト　伝統と民俗の想像力
古代のドイツから現代のシングにいたるまで、ケルト文化とその稟質を、文学・宗教・芸術などのさまざまな視野から説き語る。
A5判　四九六頁
四〇〇〇円

9
近代日本の形成と宗教問題〔改訂版〕
外圧の中で、国家の統一と独立を目指して西欧化をはかる近代日本と、宗教とのかかわりを、多方面から模索し、問題を提示する。
A5判　三三〇頁
三〇〇〇円

10
日中戦争　日本・中国・アメリカ
日中戦争の真実を上海事変・三光作戦・毒ガス・七三一細菌部隊・占領地経済・国民党訓政・パナイ号撃沈事件などについて検討する。
A5判　四八八頁
四二〇〇円

11
陽気な黙示録　オーストリア文化研究
世紀転換期の華麗なるウイーン文化を中心に二〇世紀末までのオーストリア文化の根底に新たな光を照射し、その特質を探る。巻末に詳細な文化史年表を付す。
A5判　五九六頁
五七〇〇円

12
批評理論とアメリカ文学　検証と読解
一九七〇年代以降の批評理論の隆盛を踏まえた方法・問題意識によって、アメリカ文学のテキストと批評理論を多彩に読み解き、かつ犀利に検証する。
A5判　二八八頁
二九〇〇円

13 **風習喜劇の変容** 王政復古期からジェイン・オースティンまで

王政復古期のイギリス風習喜劇の発生から、一八世紀感傷喜劇との相克を経て、ジェイン・オースティンの小説に一つの集約を見る、もう一つのイギリス文学史。

A5判 二六八頁 二七〇〇円

14 **演劇の「近代」** 近代劇の成立と展開

イプセンから始まる近代劇は世界各国でどのように受容展開されていったか、イプセン、チェーホフの近代性を論じ、仏、独、英米、中国、日本の近代劇を検討する。

A5判 五三六頁 五四〇〇円

15 **現代ヨーロッパ文学の動向** 中心と周縁

際だって変貌しようとする二〇世紀末ヨーロッパ文学は、中心と周縁という視座を据えることで、特色が鮮明に浮かび上がってくる。

A5判 三九六頁 四〇〇〇円

16 **ケルト** 生と死の変容

ケルトの死生観を、アイルランド古代／中世の航海・冒険譚や修道院文化、またウェールズの『マビノーギ』などから浮かび上がらせる。

A5判 三六八頁 三七〇〇円

17 **ヴィジョンと現実** 十九世紀英国の詩と批評

ロマン派詩人たちによって創出された生のヴィジョンはヴィクトリア時代の文化の中で多様な変貌を遂げる、英国十九世紀文学精神の全体像に迫る試み。

A5判 六八八頁 六八〇〇円

18 **英国ルネサンスの演劇と文化**

演劇を中心とする英国ルネサンスの豊饒な文化を、当時の思想・宗教・政治・市民生活その他の諸相において多角的に捉えた論文集。

A5判 四六六頁 五〇〇〇円

19 ツェラーン研究の現在　詩集『息の転回』第一部注釈

二〇世紀ヨーロッパを代表する詩人の一人パウル・ツェラーンの詩の、最新の研究成果に基づいた注釈の試み、研究史、研究・書簡紹介、年譜を含む。

A5判　四四八頁　四七〇〇円

20 近代ヨーロッパ芸術思潮

価値転換の荒波にさらされた近代ヨーロッパの社会現象を文化・芸術面から読み解き、その内的構造を様々なカテゴリーへのアプローチを通して、解明する。

A5判　三四四頁　三八〇〇円

21 民国前期中国と東アジアの変動

近代国家形成への様々な模索が展開された中華民国前期（一九一二～二八）を、日・中・台・韓の専門家が、未発掘の資料を駆使し検討した国際共同研究の成果。

A5判　五九二頁　六六〇〇円

22 ウィーン　その知られざる諸相

もうひとつのオーストリア

二〇世紀全般に亙るウィーン文化に、文学、哲学、民俗音楽、映画、歴史など多彩な面から新たな光を照射し、世紀末ウィーンと全く異質の文化世界を開示する。

A5判　四二四頁　四八〇〇円

23 アジア史における法と国家

中国・朝鮮・チベット・インド・イスラム等における古代から近代に至る政治・法律・軍事などの諸制度を多角的に分析し、「国家」システムを検証解明する。

A5判　四四四頁　五一〇〇円

24 イデオロギーとアメリカン・テクスト

アメリカン・イデオロギーないしその方法を剔抉、検証、批判することによって、多様なアメリカン・テクストに新しい読みを与える試み。

A5判　三二〇頁　三七〇〇円

25

ケルト復興

一九世紀後半から二〇世紀前半にかけての「ケルト復興」に社会史的観点と文学史的観点の双方からメスを入れ、複雑多様な実相と歴史的な意味を考察する。

A5判　五七六頁
六六〇〇円

26

近代劇の変貌　「モダン」から「ポストモダン」へ

ポストモダンの演劇とは？　その関心と表現法は？　英米、ドイツ、ロシア、中国の近代劇の成立を論じた論者たちが、再度、近代劇以降の演劇状況を鋭く論じる。

A5判　四二四頁
四七〇〇円

27

喪失と覚醒　19世紀後半から20世紀への英文学

伝統的価値の喪失を真摯に受けとめ、新たな価値の創造に目覚めた、文学活動の軌跡を探る。

A5判　四八〇頁
五三〇〇円

28

民族問題とアイデンティティ

冷戦の終結、ソ連社会主義体制の解体後に、再び歴史の表舞台に登場した民族の問題を、歴史・理論・現象等さまざまな側面から考察する。

A5判　三四八頁
四二〇〇円

29

ツァロートの道　ユダヤ歴史・文化研究

一八世紀ユダヤ解放令以降、ユダヤ人社会は西欧への同化と伝統の保持の間で動揺する。その葛藤の諸相を思想や歴史、文学や芸術の中に追求する。

A5判　四九六頁
五七〇〇円

30

埋もれた風景たちの発見　ヴィクトリア朝の文芸と文化

ヴィクトリア朝の時代に大きな役割と影響力をもちながら、その後顧みられることの少なくなった文学作品と芸術思潮を掘り起こし、新たな照明を当てる。

A5判　六五六頁
七三〇〇円

31
近代作家論
鷗外・茂吉・『荒地』等、近代日本文学を代表する作家や詩人、文学集団といった多彩な対象を懇到に検証、その実相に迫る。

A5判　四三二頁
四七〇〇円

32
ハプスブルク帝国のビーダーマイヤー
ハプスブルク神話の核であるビーダーマイヤー文化を多方面からあぶり出し、そこに生きたウィーン市民の日常生活を通して、彼らのしたたかな生き様に迫る。

A5判　四四八頁
五〇〇〇円

33
芸術のイノヴェーション　モード、アイロニー、パロディ
技術革新が芸術におよぼす影響を、産業革命時代から現代まで、文学、絵画、音楽など、さまざまな角度から研究・追求している。

A5判　五二八頁
五八〇〇円

34
剣と愛と　中世ロマニアの文学
一二世紀、南仏に叙情詩、十字軍から叙事詩、ケルトの森からロマンスが誕生。ヨーロッパ文学の揺籃期をロマニアという視点から再構築する。

A5判　二八八頁
三一〇〇円

35
民国後期中国国民党政権の研究
中華民国後期（一九二八〜四九）に中国を統治した国民党政権の支配構造、統治理念、国民統合、地域社会の対応、対外関係・辺疆問題を実証的に解明する。

A5判　六四〇頁
七〇〇〇円

36
現代中国文化の軌跡
文学や語学といった単一の領域にとどまらず、時間的にも領域的にも相互に隣接する複数の視点から、変貌著しい現代中国文化の混沌とした諸相を捉える。

A5判　三四四頁
三八〇〇円

37 アジア史における社会と国家

国家とは何か？　社会とは何か？　人間の活動を「国家」と「社会」という形で表現させてゆく史的システムの構造を、アジアを対象に分析する。

A5判　三五二頁
三八〇〇円

38 ケルト　口承文化の水脈

アイルランド、ウェールズ、ブルターニュの中世に源流を持つケルト口承文化——その持続的にして豊穣な水脈を追う共同研究の成果。

A5判　五二八頁
五八〇〇円

39 ツェラーンを読むということ

詩集『誰でもない者の薔薇』研究と注釈

現代ヨーロッパの代表的詩人の代表的詩集全篇に注釈を施し、詩集全体を論じた日本で最初の試み。

A5判　五六八頁
六〇〇〇円

40 続　剣と愛と　中世ロマニアの文学

聖杯、アーサー王、武勲詩、中世ヨーロッパ文学を、ロマニアという共通の文学空間に解放する。

A5判　四八八頁
五三〇〇円

41 モダニズム時代再考

ジョイス、ウルフなどにより、一九二〇年代に頂点に達した英国モダニズムとその周辺を再検討する。

A5判　二八〇頁
三〇〇〇円

42 アルス・イノヴァティーヴァ

レッシングからミュージック・ヴィデオまで

科学技術や社会体制の変化がどのようなイノヴェーションを芸術に発生させてきたのかを近代以降の芸術の歴史において検証、近現代の芸術状況を再考する試み。

A5判　二五六頁
二八〇〇円

43
メルヴィル後期を読む
複雑・難解であることが知られる後期メルヴィルに新旧二世代の論者六人が取り組んだもので、得がたいユニークな論集となっている。
A5判　二四八頁
二七〇〇円

44
カトリックと文化　出会い・受容・変容
インカルチュレーションの諸相を、多様なジャンル、文化圏から通時的に剔抉、学際的協力により可能となった変奏曲（カトリシズム（普遍性））の総合的研究。
A5判　五二〇頁
五七〇〇円

45
「語り」の諸相　演劇・小説・文化とナラティヴ
「語り」「ナラティヴ」をキイワードに演劇、小説、祭儀、教育の専門家が取り組んだ先駆的な研究成果を集大成した力作。
A5判　二五六頁
二八〇〇円

46
档案の世界
近年新出の貴重史料を綿密に読み解き、埋もれた歴史を掘り起こし、新たな地平の可能性を予示する最新の成果を収載した論集。
A5判　二七二頁
二九〇〇円

47
伝統と変革　一七世紀英国の詩泉をさぐる
一七世紀英国詩人の注目すべき作品を詳細に分析し、詩人がいかに伝統を継承しつつ独自の世界観を提示しているかを解明する。
A5判　六八〇頁
七五〇〇円

48
中華民国の模索と苦境　1928～1949
二〇世紀前半の中国において試みられた憲政の確立は、戦争、外交、革命といった困難な内外環境によって挫折を余儀なくされた。
A5判　四二〇頁
四六〇〇円

49
現代中国文化の光芒
文字学、文法学、方言学、詩、小説、茶文化、俗信、演劇、音楽、写真などを切り口に現代中国の文化状況を分析した論考を多数収録する。

A5判　三八八頁
四三〇〇円

50
アフロ・ユーラシア大陸の都市と宗教
アフロ・ユーラシア大陸の都市と宗教の歴史が明らかにする、地域の固有性と世界の普遍性。都市と宗教の時代の新しい歴史学の試み。

A5判　二九八頁
三三〇〇円

51
映像表現の地平
無声映画から最新の公開作まで様々な作品を分析しながら、未知の快楽に溢れる映像表現の果てしない地平へ人々を誘う気鋭の映像論集。

A5判　三三六頁
三六〇〇円

52
情報の歴史学
「個人情報」「情報漏洩」等々、情報に関わる用語がマスメディアをにぎわす今、情報のもつ意義を前近代の歴史から学ぶ。

A5判　三四八頁
三八〇〇円

53
フランス十七世紀の劇作家たち
フランス十七世紀の三大作家コルネイユ、モリエール、ラシーヌの陰に隠れて忘れられた劇作家たちの生涯と作品について論じる。

A5判　四七二頁
五二〇〇円

54
文法記述の諸相
中央大学人文科学研究所「文法記述の諸相」研究チーム十一名による、日本語・中国語・英語を対象に考察した言語研究論集。

A5判　三六八頁
四〇〇〇円

55
英雄詩とは何か

古来、いかなる文明であれ、例外なくその揺籃期に、英雄詩という文学形式を擁す。『ギルガメシュ叙事詩』から『ベーオウルフ』まで。

A5判　二六四頁
二九〇〇円

56
第二次世界大戦後のイギリス小説
ベケットからウインターソンまで

一二人の傑出した小説家たちを俎上に載せ、第二次世界大戦後のイギリスの小説の豊穣な多様性を解き明かす論文集。

A5判　三八〇頁
四二〇〇円

57
愛の技法　クィア・リーディングとは何か

批評とは、生き延びるために切実に必要な「技法」であったのだ。時代と社会が強制する性愛の規範を切り崩す、知的刺激に満ちた論集。

A5判　二三六頁
二六〇〇円

58
アップデートされる芸術　映画・オペラ・文学

映画やオペラ、「百科事典」やギター音楽、さまざまな形態の芸術作品を「いま」の批評的視点からアップデートする論考集。

A5判　二五二頁
二八〇〇円

59
アフロ・ユーラシア大陸の都市と国家

アフロ・ユーラシア大陸の歴史を、都市と国家の関連を軸に解明する最新の成果。各地域の多様な歴史が世界史の構造をつくりだす。

A5判　五八八頁
六五〇〇円

60
混沌と秩序　フランス十七世紀演劇の諸相

フランス十七世紀演劇は「古典主義演劇」と呼ばれることが多いが、こうした範疇では捉えきれない演劇史上の諸問題を採り上げている。

A5判　四三八頁
四九〇〇円

中央大学人文科学研究所研究叢書

61 島と港の歴史学

「島国日本」における島と港のもつ多様な歴史的意義、とくに物流の拠点、情報の発信・受信の場に注目し、共同研究を進めた成果。

A5判 二四四頁
二七〇〇円

62 アーサー王物語研究

中世ウェールズの『マビノギオン』からトールキンの未完物語『アーサーの顚落』まで、「アーサー王物語」の誕生と展開に迫った論文集。

A5判 四二四頁
四六〇〇円

63 文法記述の諸相Ⅱ

中央大学人文科学研究所「文法記述の諸相」研究チーム十名による、九本を収めた言語研究論集。本叢書54の続編を成す。

A5判 三三二頁
三六〇〇円

64 続 英雄詩とは何か

古代メソポタミアの『ギルガメシュ叙事詩』からホメロス、古英詩『モールドンの戦い』、中世独仏文学まで英雄詩の諸相に迫った論文集。

A5判 二九六頁
三二〇〇円

65 アメリカ文化研究の現代的諸相

転形期にある現在世界において、いまだ圧倒的な存在感を示すアメリカ合衆国。その多面性を文化・言語・文学の視点から解明する。

A5判 三一六頁
三四〇〇円

66 地域史研究の今日的課題

近世～近代の地域社会について、庭場・用水・寺子屋・市場・軍功記録・橋梁・地域意識など、多様な視角に立って研究を進めた成果。

A5判 二〇〇頁
二二〇〇円

定価は本体価格です。別途消費税がかかります。